為政者は「無報酬、任期五年限定」の企業連合国家で統治を

過疎、介護対応は互助の「**結いの村**」で。

井筒屋 弟二郎
IDUTUYA Teijiro

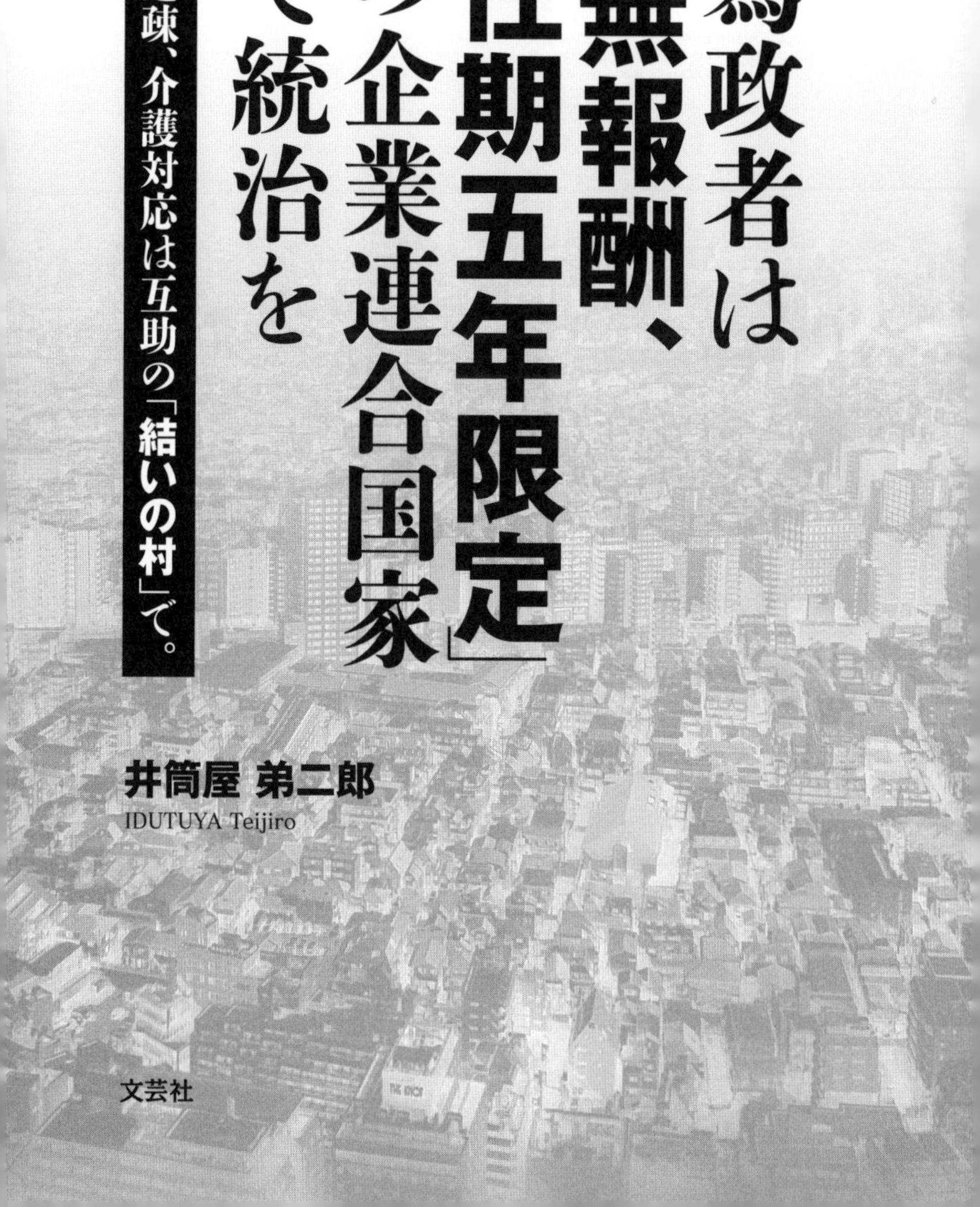

文芸社

目次

第四章　徒然なるままに発信

前書き

本書は、私のブログをまとめたもので、加筆修正をしたものです。人物の肩書や時世は当時のものとなっておりますが、補足で現状を書き足したものもございます。また、本書で書かれていることは、あくまでも私の主張、そして感じていることです。

本書を出そうと思った主たる理由は次の通りです。

①阪神淡路大震災以降、世の中（特に政治）が劣化し、もう元には戻らないと思っていた時、コロナ禍で、企業人が、即対応に動かれた。その時、半世紀以上前に、ジャスコの岡田卓也社長が「企業連合国家」と仰った言葉を思い出し、劣化是正は「企業連合国家で統治」しかないと思いました。さらに最近になって台湾総統選に立候補されるという郭台銘さんが「企業家による政治の時代に入った」と言われたこともその意を強くしました。

②老後の最終住処は自分で決めないといけないらしい。お金のある人はいいけど、ない人はどうするのだろう。齢はどんどん取って行くが身寄りのない人もいるだろうし・・と思ったこと。

また、二十歳前後に見たフェデリコ・フェリーニ監督の一連の映画で「愛の無機質化」

が猛スピードで進んでいる。それに対して「『復元力』を何に求めるか」がずっと頭から離れませんでした。現況の世相は「『愛の無機質化』が至る所で顔を見せ始めている」と言えるかもしれません。

そこで②の二つの課題に対して「結いの村」が解決策になるかどうか、是非「企業連合国家」で取り組むべきだと思っています。

③企業連合国家の統治者は在社。だから「無報酬」。無報酬だから「任期五年限定」。

権力は必ず弊害を生む。

④統治は本来「奉仕（＝三分の一の返還）」。

第一章　選挙で勝手連

選挙で投票用紙にSさん、Mさんと書こう勝手連

●収束しない新型コロナ

理由

（一）

大手の通信会社のSさんとMさんは、この新型コロナ禍で、早期よりストレートにウイルスを追っ掛けられたからです。

企業で、例えばラインが止まったとき、ロープも張らずに声高に「距離をとれ。密になるな」などとは言わない。ロープを張り、根本原因を捉えにいくはずです。それが普通のことだと思うからです。実際、二人はそうされました。

神戸大の感染症内科の岩田健太郎先生も感染者ゼロを目指すべきでない、としておられましたが、後に、自分は間違っていた（この発言にビックリ。なかなか言えない、勇気ある言葉で、ホッともした）と述べていました。

以下の二つは、私の感じたことです。

・せめて、自分の症状を相手にうまく伝えられない人と、その関係者に対し、ストレート

にウイルスを追っ掛け、定期的にＰＣＲ検査をやってほしい。
・コロナ対策は、飲食店への時短などいろいろやってはいるけれど、煎じ詰めれば密の回避です。一方、感染経路として家庭内が大きな割合を占めている、と分かっていながら、究極の密である自宅療養を可としている。この矛盾、さっぱり分からない。

（二）

それに組織が一丸となって、うまく運用されているようにはみえない。

河野さんが、ワクチンは行き渡っていない国のこともあり、これ以上増やさないと明言していました。同じ頃、田村さんが五千万回分の契約をしたと発表しました。ですがコロナに起因する現状に対して誰が指揮しているのでしょうか。西村さん？　田村さん？　河野さん？　岸さん？　それとも各都道府県の知事さん？

阪神淡路大震災の時、道路は瓦礫を運ぶ大型ダンプの廃棄順番待ちで大渋滞を起こしました。ところが、下河辺さんが復興委員長に就かれるや否や一発で解消。官僚ってすごいんだな、と感心した記憶があります。今回のコロナ禍ではモタモタ感が強く、下河辺さんのようなスカッとしたものが見当たらない。

　また田中秀征さんが、当時の村山富市首相に呼ばれ、部屋に入っていかれたとき、首相は、田中さんが部屋に入ってこられたことにも気付かれず、目を真っ赤にされていた。そして「五千人も亡くした」と仰ったとか。

今回の場合、村山さんのように、他人の痛みを我が事としているように感じられる例は見当たらない。

いったい、二十五年の間に何があったのだろう。この変質は根が深く元に戻らないと思う。

昔の派閥は悪、ということになっているけれど、それでも派閥は人材淘汰の場であったと思う。

小選挙区への移行は、「角を矯《た》めて牛を殺す」感が強い。以前なら、とっくに谷垣さんは首相になっておられただろう。

私企業で上記のようにお客様にモタモタした印象を与えたり、他人（お客様）の気持ちに無頓着だったり、人材育成がうまくいかなかったりしたら、多分ジリ貧で潰れていくと思う。

（三）
我々の側にも解せないところがある。それらをルル述べていきます。

一　GO TO なんとやらがそれ。

借金まみれの隣りのオッサンがやってきて「あんさん、家族旅行しなはれ。費用は援助します」と言ってこられたら、普通「気持ちだけ頂きます。ありがとう」と申し出を断った後「隣りの主人、ようあんなこと言いはるわ」と家族間であきれるはず。

ところが、我々は、こぞってGO TO なんとやらを利用しようとする。それで感染が広がりこそすれ、収束することはないのではないでしょうか。

こんなの、もうやめにしませんか。

「お前は商売の現状が分かってないから、そんなこと言えるんだ」と、お叱りを受けるかもしれませんが……。

そこで一つ質問があります。商売人は「あの人、借金まみれ」と分かっている人は、絶対相手にしないはず。なのになぜ、役所を相手にするのでしょう。ここもよく分かりません。もちろん仲良くし、喧嘩などする必要はありません。だけど、普段通り、こういう芯はもっているべきだと思います。

二　そこで、店の家族を含め、関係者全員のPCR検査（これは店とは関係なくとも、もらった一〇万円で、一回二千円＝ソフトバンク系が検査を始められたとき、企業が対象で二千円とあった＝として二週間に一度検査すると約二年弱できる。その際、陰性ならば白バッジを胸に付ける。願わくばインターネットで呼び掛け、白バッジを付けたお客さんが来店くだされば最高）をする。お客様への検温器の設置、マスクの着用依頼、アクリル板の設置、換気等々もする。そして「我々のできることはここまでです。それ以外は、我々のコントロール外で、それはそっち（役所）の仕事です。陽性者が街をうろつかないようにしてください。税金を払ってきたでしょう。お金がないというなら、公共事業を延期してください。あなた方が捉え損ねたウイルスのツケを我々の営業規制で取り返そうとするのはお門違いです。やることをやってから出直してください。我々は従来通りのやり方で店を営業します」と宣言する。それでも、あれこれ言われたら、他業種、他地域も含めた独立した企業連合体をつくり、弁護士さんにも加わってもらい、喧嘩ではなく、納得いくまで話し合うようにする。本来相手にしないものを、相手にしているのですから、堂々と渡り合ったらいいと思います。

三　私は最近選挙で、共産党の人に入れることが多い。なぜなら暑い時も、寒い時も共産党の人だけが、選挙のあるなしに関わらず、街頭で、憲法九条ほか、あれこれと訴えておられます（共産党の人は、心で動いておられるのかなと思う。兵庫県知事選に立候補された金田さんは選挙中であっても頼まれ事があると、そっちに足が向いてしまうとか）。こうした活動を見ると、ついつい情にほだされてそうなってしまう。

では、かつて自民党員だった時の私はどうだったのか。会社の指示通りに投票していました。選挙で一票の格差是正とやらで、地域がごちゃ混ぜになり、突然無国籍人間になったようで落ち着かない。今まで以上に選挙が馴染みのないものになり、候補者についても何も知らない。大なり小なり（関係者以外）同じような状況下で皆さん投票されているのではないだろうか。今の選挙は法順守に拘わるあまり、形骸化しているように思う。それでも、結局従っている。これってやっぱりおかしい。

ではどうするのかです。

候補者の政策（は教科書丸写しでも立てられるから）ではなく、言葉で心に響いたもの（→「税は本来全部福祉に使うべき」）。権力の中枢におられたから、それで済まないことは百も承知の江田憲司さんの言葉。だから江田さんにとって安倍さんの桜を見る会はありえない）があるときだけ選挙に行き、その人に投票すると同時に、投票用紙の裏にはその言葉も書く。そういう言葉に出会わなかった場合は、選挙に行かない。

そして投票率が五〇％未満ならばその選挙を無効にし、また選挙をする。行政が開店休業になるかもしれないが、それはそれで仕方がない。そういうことで、いいのではないかと思っているけれど、現実には、すぐそのようにならない。それなら、どうせおかしいままなら、いっそのこと「Sさん、Mさん」と書こうかなと思っています。つまり「選挙で投票用紙にSさん、Mさんと書こう勝手連」です。

（四）

岩田先生のところで「ホッとした」と書いたけれど、それは、作家で社会批評家のいいだももさんが亡くなられ「ああ、これで海保青陵（儒学者・一七五五～一八一七。明治維新一八六七～）の後継者が途絶えるな」と思っていたからです。

先生の発言は、まさしく海保青陵のいうところの命綱を、先生自ら切られた瞬間だったと思う。命綱を切ったらどうなるのか。芥川龍之介が思案したように地獄に落ちるのか？とんでもない。「空中に浮く」。カッコいいと思いませんか。維新前後の英雄たちは、今も映画やテレビでもてはやされ、政党の名前にすらあります。彼らの活躍があっての今日だろうけれど、一方で彼らは（対抗としての日本ということも含めて）西洋という命綱を追い求めました。

その結果「原爆付きの太平洋戦争」という重い代償を支払うことになってしまいました。芥川賞は毎回話題になるし、「復興五輪」だの「コロナを克服した証としての五輪」など、なりふり構わず空疎な命綱にぶら下がろうとする姿勢は、何も変わっていない。今度は、どんな太平洋戦争を引き起こすのだろう。いやすでに「一千兆円超の借金」という形で戦争に突入している。

若い世代には気の毒だが、今のままのやり方では、この戦争は決して収束しないでしょう。収束するとすれば、リーマン・ショック以上の爆弾を、自国を筆頭に各国に投下して終わるだろう、と危惧しているのは私だけだろうか。

リーマン・ショックの時、人切りを担当した。結局一番助けなければならない人々から切っていく。そんな体験、真っ平だ（金融論をはじめて聞いた時、千円が一万円にも、一〇万円にもなると教授は講義した。そのとき私は、「世の中そんなうまい話は、あるのかな」と思った。それ以来経済学は、あまり信用していない。リーマン・ショックの時、まさしくそのものだ、と思った）。

命綱を求めず、海保青陵の言う「空」になって考えませんか。

（五）

前記で「戦争に突入している」と書いたけれど、ちょっと心配になってきました。杞憂に終われば、それにこしたことはないけれど、しかし、若い世代の人は「戦争に突入している」（もっとも、これは想定内のことで、ことさら騒ぐほどのことではないのかもしれないけれど）と思って、仕事とは別に、真剣に備えてほしい（企業は赤字部門を切り離し、別管理にします。これは参考になるかもしれません）。というのは、過去に書いたことで、そうなった例がいくつかあるからです。ここでは二つだけ書きます。

例、その一

そして神戸のあの事件。少年は動物の解体にも興味があったという。

『うさぎの住んでいるお月さん』にある「今の子供はどんな美を心に宿し……どんな行動規範を自らに課すというのか」

←「自然という蓋をなくし……心や思い出が、森や小鳥たちが、手や足までもが私たちの体からどんどん離れていってしまいます」

←「肉体の存在を確認するということによってのみ、存在を認識しうる」

←「何でも、誰でも、ともかく、願わくば、自分より弱い相手を見つけ、その相手の意志とは関係なく、リング上に引きずり上げ、戦いの対象とする。それが、生きる、ということになる」

……一九八九年九月一九日……まさしくその通りのことが、その八年後に起きました。

例、その二

安倍さんは自分の手の平の上の方も亡くされた。

政治家が「自然科学なんぞと言うものは、過程でどんなに間違いがあろうとも、それ自体、自浄作用があり恣意は受け付けない」という、この単純なことを理解できず、泥を被らず（※後述一）、今流行りの「科学絶対教の盲信者になり下がり」これまた理研で逝かれる結果を招いてしまいました。とても心が痛みます。二度あることは三度ある。これ以上は勘弁してほしいものです。

……二〇一五年三月六日………※そしてその数年後、近畿財務局の方が亡くなられる。すでに起こしてしまった二度の太平洋戦争は仕方がない。しかし三度目を起こさないためにも、一人でも多くこの勝手連に加わってもらえたらありがたいです。

※後述一

では、どうすればよかったのか。

本人には「理研を離れてもらうことになるけれど、気にせずこれまで通り研究に専念してください」。京大には「よろしくお願いします」。

次官には「なんとか会議をつくり、対外窓口はそこに一本化せよ」。次官がもう少し具体的に、と尋ねたら「何もせず二〜三年は、ほっとけ。事の真偽など政治家にとってどうでもよい。黙っていても先生方がされる」と言えばいい。

政治家も官僚も、この手のことは得意中の得意のはず。なぜこの時は、それを使わなかったのか。得意なのは「身内」にだけか。

二〇二一年八月九日

ふるさと納税に透けて見えるもの

●税金の使い方は、これでいいのか

最近「そもそも論抜きで、税金の使い方も、へんてこりんかな」と思っています。

・森喜朗さんは、女性に対する発言でオリンピック・パラリンピック組織委員会会長を退かれた。

正確には、人間も所詮はコンピューター。つまり、森さんというコンピューターが、おそらく我々よりはるかに多くの女性と会われ、そこから得た情報をインプットした結果のアウトプット＝発言ではないかと……。私としては、このように、いわば数式的に示してもらわないと分からない。

それを、世界がどうのこうのなどということで、森コンピューター＝森さんという人格＝を廃棄処分にした。私には、このことの方が、はるかに残酷に映ります。どなただったか女性の方が「森さんは、女性を蔑ろにするような方ではなかった」と言われていましたが、退かれた。

一方、オリンピックが無観客になり、予定していた警備もなくなる。しかし警備会社の中には、他の仕事をして、二重の支払いを手にしたところもあるとか。この実害についての「誰かが責任を取った」という報道を、今のところ私は知りません。

これって、へんてこりんと思いませんか。

・「ふるさと納税」というのは、なんか怪しげで、私は端から関心がありませんでした。この胡散臭いものに（官僚の若手は、チョッと怪しいかもしれませんが）、阪神淡路大震災時の経験から、ある年齢層以上の方は平嶋さん（元総務省局長）以外にも、快く思っていない人がいたのではないか。日本の官僚は、そこまで腐っていないと思っています。
けれど、「ふるさと納税」は、今も続いていますし、この制度に拘わった人が総理になられた。マイナンバーカードも同様で、普通売れないものは売り場から引き揚げます。おまけを付けて売ることはしない。これも、へんてこりん。

・かつて、車で一～二時間で行ける公園を、あちこち訪れたことがあります。公園に入って、まず思うのは「年間維持費は、いくらなんだろう」でした。というのは、立派なグラウンドや球場を備えているからです。遊ぶための立派な設備が朽ちていて、ときには危険防止のためロープを張って入れなくしています。ということは、訪れる人が少ないからだと思います。

また、公園は樹木や芝生の占める割合が多いのですが、それらと全くそぐわない抽象的な彫像。しかも「著名な○○国の××」と説明されています。「寄贈」とは書いてないので、高いお金を出して設置されたのかなと思ってしまいます。

公園について、最終的に決めるのは議員さんだと思うけれど、議員さんは（徴税や支出や予算組など）直接お金に関与しないので、「公園」と言われれば、反対しにくいのかもしれません。議員さんの最大の関心事は「選挙に勝つこと」だからです。

私は、モーム流にいうと「パンのためなら、人生何をやってもいい。ただし、街角にお巡りさんのいることだけは忘れるな」という考えの持ち主（もちろん犯罪はいけません）。だから、選挙期間中候補者が嘘八百を並べても仕方がないと思っています。

もちろん、候補者が自覚して嘘をついているわけではなく、信じて言っておられると思います。

かつて、年金関係について調べたことがあります。その過程で固定された年率が出てきました。即「そんなアホな」と思いました。企業的感覚からすると、そんな危険なことはできないからです。もちろん、担当大臣は、それなりの検証結果として決められ「自分が嘘つき」だ、とは微塵も思われていないでしょう。

でも「担当大臣は大嘘つき」です。その固定率のため、みんなが後々苦しむことになります。この手の嘘について、責められることもない。選挙民がこの手の大嘘に気づくこともない。私も、調べよと言われてなければ、気づいていない。

お金に直接的に関与せず、ただ自分の当落が最大の関心事という今の在り方で、金遣いの決定者を決めるというのはやっぱりまずい。

それよりは、その言動が即自分のパンに直結する人が、お金の使い方の最終的決定者になるようにすべきだと思います。

・コロナで支給された給付金一〇万円は、謳い文句通りでない部分もあったようです。まず役所から何らかのお金が出るとなると、私はそれをもらう手順を決めていました。まず役所（多くは、どこか別の事務所を構えていて、年配の男性一人と女性が二、三人）へ行き、説明を聞き書類をもらってくる。後は、企業の実態とは関係なく、説明通りに実施するものは実施して、書類を揃えて提出するだけ。書き直しや再提出を求められたことはありません。

そして、そのもらったお金で経営の助けになったこともありません。「大いに役立った。余計なことを言うな」と、お叱りを受けるかもしれません。けれど、少なくとも私の勤めていた会社では、必要のないお金でした。

・コロナ禍の初期の頃、自動車学校まではいかない規模の小さな自動車教習所に行ったとき、壁に「従業員のＰＣＲ検査を定期的にしています」と貼り紙がしてありました。文字通り生死に関係すると同時に、会社の生死に直結するからだと思うけれど「こんな小さい所でも頑張っているんだ」と感心しました。

一方、同じ頃、どこかの保健所の所長さんが、講演で「ＰＣＲ検査は精度が七割程度だから必要以上に検査をしても意味がない」と言われていました。そう言いながら、結局コロナかどうかは、そのＰＣＲで判断している。「だったら一〇〇％でない分、より念入りに検査をしなければならないのではないか」と素人の私は思うのだけれど、専門家はそうではないらしい。

役所人は法のバリア内にいる限り、結果に関係なく実害は被らない。私企業で赤字（＝感染者数）をどんどん増やしている営業所の所長さんが、「一生懸命働いている」という理由で褒められたりしません。所長は交代させられ、少なくともボーナスはガクンと減らされる。

ここが小さな自動車教習所（私企業）と役所の大きな違いです。

つまりは「税は結果に関係なく使われる」。これもすっきりしません。

二〇二二年五月二一日

政治家の様々な顔

●石原慎太郎さん

ずっと前、何かの本に「文学では、詩人が一番、次が批評家で、作家は三番手」とありました。

私にとっての詩人は「丸投貢」、「岸上大作」です。

なぜなら、彼女、彼は詩を生み出さざるを得ない必然の本体だからです。

その視点からすると、俳優の故・石原裕次郎さんは、存在そのものが「詩」だったのではないかと思っています。その兄である故・石原慎太郎さんは、文学から逃れられるはずもなく、正真正銘の必然の本体です。慎太郎さんは、我がままなお父さんであったようですが、しかし、裕次郎さんに対する尋常ならざる心配りは、その資質から来ており、詩人の宿命の業の深さを、幼少の頃から本能的に、裕次郎さんの中に感じておられたんだと思っています。

「第一位の弟には、かなわない」と思われ、だから「政治に行く」と決められた、というよりは、慎太郎さんは男だから「詩」を「政治」で書こうとする衝動を抑えられなかったのだと思います。できることなら、その中に裕次郎さんに見せたようなものを感じ取れたらよかったのに、とも思っています。しかし、そうではなく、どちらかというと勇ましく、故・中曾根（康弘）さん的だったような気がします。

中曾根さんは、口を開けば「世界」でした。私は「世界」と言われると、「どこにあるの」と戸惑ってしまい（※後述一）、「人は、どこに消えたの」と不安になります。というのは、一〇七人の犠牲者を出した尼崎での列車の大惨事（二〇〇五年四月二五日）は、このこと（＝人が消えること）の延長線上にあると思っているからです（※後述二）。

思うに、自民党で、政治の中心から「人」を欠落させていったのは、中曾根さんからで、「中曾根嫌い」は身近に接していた人たちは、このことを知っていたからではないかと思っています。

そして、梶山静六さんの死をもって自民党は消滅します。自民党から「人」が消えたというわけです。小泉（純一郎）さんは、その没落した「自民党」に石を投げつけ気勢を上げました。国民は、二十歳の川すら越えていない小泉さん（※後述三）に喝采を送りました。

愛の無機質化（映画監督のフェデリコ・フェリーニ『道』→『甘い生活』→『8《はっか》 1／2《にぶんのいち》』はっか　にぶんのいち）が猛スピードで進むなか、石原慎太郎さんだからこそ書ける「政治の詩」があったはず。

私が田中角栄さんを初めて知ったのは、新聞で顔写真を見たときです。即、嫌いになりました（※後述四）。これも理由は簡単。「この人、行為の持つ悪に、まるで無頓着」と感じたからです。たとえ善行であっても、その影を引きずっている。それを承知で進むのは仕方がないでしょう。

しかし、「行為の持つ悪」に、まるで無頓着な人は、そもそも「政治家になるべきでない」と思っていたからです。お金を自分で稼ぐ人はともかく、権力による徴税で得たお金の舞台で戯曲を演じることは許されることではありません。

政治を戯曲として捉えれば、なるほど彼は天才でしょう。

だが、戯曲の中で生きられるのは、ごく一部の権力者のみ。彼らは、自分を阻む障壁を権力で破壊できるからです。話は飛びますが、まさしくプーチンは、今その戯曲の坩堝にいます。我々は決してその観客になってはいけない、と言いつつ、常に主役と共に、その中で酔いしれようとする性癖があり、時には舞台に上り脇役を演じ（ゼレンスキーさんの支持率が、四〇％台から九〇％台に上昇したのは、その好例）ストーリーを複雑にしてしまいます。

我々も戯曲の中で生きようともがくけれど、生活という現実に、いつも跳ね返されてしまう。そこに生じた欠乏は、幻想への原資に変化する。すなわち小泉劇場の開演であり、プーチン座の暴走である。

石原慎太郎さんは、このからくりを充分認識されていたはず。彼が、政治で詩を書こうとするならば、この「からくりの破壊」、つまりは東京五輪招致ではなく「究極の戯曲＝東京五輪」の破壊です。この点を熟知した石原さん以外、誰がその役割を果たせるというのか。その意味からすると、石原慎太郎さんは、東京五輪招致時「職場放棄をされた」と言うしかありません。

ところで、政治の中心から「人」が消えるご時世。果たして、「金儲けの企業に人のぬくもりはあるのか」と思っていましたが、心配する必要はないようです。

二〇二二年二月一九日『朝日新聞』（大阪本社）夕刊に、次のような記事がありました。

――「コロナで困っているんだ」。二〇二〇年七月、ワインの輸入商社「ヘレンベルガー・ホーフ」（大阪府茨木市）の山野高弘社長（四十九）に国際電話が掛かってきた。三十年来の付き合いがある独西部モーゼル地方の農園主からだった。

収穫したワイン用のブドウを国内外のレストランやホテルに販売しているが、新型コロナウイルスの感染拡大で取引先は軒並み休業に。ワインに換算すると、約二万五千本分のブドウの買い手が決まっていないという。

十数人の社員と話し合い、その日のうちに折り返した。

「全部買い取ります」。

自社の売り上げも前年比で六割減。それでも、長年、家族のように付き合ってきた農園を助けようと腹をくくった。「経験したことのない大きな取引。でも、ワインは保存がきくし、時間を掛けて売ればいい」——

この社長さんすごい。農園主さんも喜ばれたと思います。

（なぜだか分からないけど、朝日の記事を写しながら、涙が止まらない。歳のせいかなあ）

※後述一

入学して間もなく、クラス文集に「フランスについて勉強している人のことは、一切信用しない。そう信じ込ませた彼らが悪いのである」と書いたことがあります。彼らの言動で、「なるほど」と思ったことがなかったからです。田舎にいる時から「フランスという呪いに酔っぱらっている」と映っていました（ただし、文芸評論家の中村光夫さんは別）。

その後、深田祐介さんの『新西洋事情』（新潮社）で「フランスは周りの国から変人だと思われている」と、いうふうな記述に接し、「やっぱりな」と思いました。そういうわけで、今でも十把一絡げに「世界」と言われると戸惑います。

※後述二

「トイレにはトイレットペーパーがある」（京都駅で紙消失をうけて）

―平成十七年一月四日　ひと復活宣言―

※その数カ月後、尼崎の脱線事故起こる（※後述二）を載せるかどうか迷ったけれど、バイデンさんに「全能の神」が降臨したので、載せても許されるかな、と思って載せました。

※後述三

大人って何もの（「二十歳の川すら越えていない小泉さん」の訳）

映画監督の篠田正浩さんが、自分のことを「年相応の顔にならない」と嘆いておられた。こういう言葉は、今の日本では、もう死語なのかもしれません。多分、今様の教育や風潮がそうしたのだと思っています。それで、うまくいけばいいけれど、大人になっても元気過ぎて、どうも荒れ模様が続きそうです。

何をどう思ったのか、学生時代の二月一一日の建国記念日、私は学校へ行った。雪の祝日、誰もいないと思っていたら、どこからともなく声が聞こえてくる。校庭に近づくにつれてだんだん大きくなり、なんと、それは教宣のハンドマイクだった。

一人の青年が、銅像の前で誰もいないキャンパスに向かって演説をしていた。

「H！」と叫んだ。

彼は一瞬「ギョロ」と睨み、そしてバートランカスターのようにニッと歯を見せ、マイクをだらりと下げ、左手で頭の雪を払いながら、ギュギュウ、ギュギュウと私に近づいてきた。

彼は私と同じクラスの青年だった。

夜来より降り積もった真っ白な雪、深々と舞い落ちる雪、しなだれた重々しい木々、そしてキャンパスを包囲し鉛の空に林立する校舎群。

そのいずれもが、彼に聞き入る大群衆だ。

それは青年だけに許された特権（「総てを知った青年など一文の値打ちもない」）。

この時以来、私は次のように定義した。

「きれいに整えられた庭園を、わけの分からん錦の御旗を揚げ、ワッと叫びながら荒らし去る。それをブツブツ言いながら、元のきれいな庭園にしていく。それが大人だ」と。

そして、成人式を迎える青年がいれば、必ずこの光景と定義を話し、「いつ大人になるかは、自分で決めよ」と。

何かを達成することに熱心な大人が増えつつある今日、篠田さんの言葉を噛みしめてみてはどうでしょう。

「軸受けなしの、軸だけ社会」が、うまくいくとは思わないからです（本来もっと早く首相になっているはずの谷垣禎一さんが、そうならなかったのは、このことの典型例だと思っています）。

※後述四

いつだったか、田中真紀子さんが「父が生前、顔は笑っているが目は笑っていないと、いっていました」と言うようなことを言われていた。

それを読んだとき、「それは少し違う」と思った。

それから、間もなくしてだったと思う。竹下（登）さんが「家族が私の眼は梅原（猛）さんの眼に似ているというんです」と言うようなことを、ちらほら言われはじめた。〈著者注：梅原（猛）哲学者〉

さまざまなことの積み重ねのうちに、ふと気が付いてみると、笑ったような向こうに眼のある顔になっていた。それは、仏像の眼であり、梅原さんの眼が、その眼だというのです。

その梅原さんは「怨霊はいけない」と言われ、竹下さんは「一度はいいけど、二度はいかんわな」と言われていました。

田中真紀子さんの言から、怨霊の入り口には、行かれたかもしれないが、行為の持つ悪に辿り着かれたとは思えない。

しかし「田中角栄さんは雪深い北国の希望の星だった」という文を読み、「俺には角栄さんを、とやかく言う資格がないんだ」と気づきます。

私は、瀬戸内から約四里内陸部に入った、一年を通じ恵まれた気象条件の下に生まれ育ったからです。今もそう自戒しています。今回はプーチンさんに触れたかったので、ご勘弁を。

二〇二二年三月二六日

お役所の事なかれ主義のお仕事

●自助作用の流れについて、一考察

ここでは、どうしたら「自助の効果」が上げられるかについて、箇条書きにして述べます。

・コロナの感染者急増で、ところによっては「検査、食べ物、症状の判断」など、全部自分でやらないといけないようです。「ホームページを開き、それに従ってください」と言われると、私のようなアナログ人間は、戸惑ってしまいます。

また、グループホームから出なくてはならないようになったとき、役所は関与せず、個人で段取りすることになるらしいのです。お金のある人は、いくらでも行き先を見つけられるだろうけれど、お金も身内もなく、一方体はどんどん弱っていく。そうなったらどうなるのだろう。明日は我が身。落ち着きません。

・テレビで見ましたが、アサリの産地偽装。その是正は業者の方々だけでは、どうにもならないから、と役所にお願いに行かれていた。また、役所の方が、「相談があれば、アドバイスはする」と言われていました。こういうことは、業者の方々の仕事でもない（他人の領域に関与できるはずがない）し「アドバイスする」で済むことなのだろうか、と思いました。

その続編で、業者の方々が引き続き一生懸命是正に取り組んでおられるのを見ました。熊本県もようやく動き出したようですが、放映がなければ、何も変わらなかったかもしれません。熱海市土石流災害、知床観光船沈没事故、学校でのイジメ等々、亡くなられた方々は「必殺仕事人に恨みつらみをぶちまけたいだろうに」と思ってしまいます。役所の仕事って何なのだろう、と改めて考えてしまいます。

・若者はなんとなく「年金はもらえないかも」と思っている節があります。こうしてみてくると、自助への流れなのではなく、自助そのものでやっていく方が、気楽になれるのかもしれません。
・かつて流通革命の謳い文句の一つは「問屋などを飛ばし、その分安く売る」ということでした。
・流れが自助ならば、いっそのこと流通革命よろしく「中間飛ばし」にしてしまえばいいのです。

私たちは「大きなことは、国しかできない」と漠然と思っているけれど、よくよく考えてみれば、元のお金は従業員の所得税も含め企業が出している。そして、その税の徴収、どう使うかの計算、それを決める人、さらにそれに基づく分配など、これらのことに手間暇かけている。それならいっそのこと、その中間を飛ばしてしまう方が、安上がりではないのかな、と思います。

・それに、役所はどの程度か知らないけれど、大企業と同じような構造になっている部分もあるのではないかと思う。つまり、下請けや、孫請けの上に乗っかっている。おそらく、発注後はそれらを厳しくチェックすることは、ないのではないか。やっぱり、そんな疑似私企業は消えてもらった方が良いと思うのですが……。

・あるセミナーでO社長が、隣りの二木会長に「一緒にやりませんか」とメモを渡され、それがきっかけでJ（現I）が生まれたとか。そのO社長は時々「企業連合国家」と仰っておられました（地方の社長さん方は「元Dの創業者のNさんになら、潰されるかもしれないけど、Oはんなら大丈夫だろう」ということでJの連合国に加わられたとかで、これはJが大きくなる一つの要因だったように思います）。

二〇二二年五月二八日

人間カメラ三十六枚撮り論

負の遺産をどのように償うか、について私の意見を述べます。

●企業連合国家

・流動する首相候補第一位

立憲民主党の枝野さんは、かつて世論調査で首相候補第一位でした。今は河野太郎さんが人気のようです。

なぜ、その時々でコロコロ変化するのでしょう。

身近で実際を知ることのできないものには、自分の願望や想像を膨らませて色付けしたり、あるいは女性は、女性特有の感性で相手を見てしまうのかもしれません。そして、その幻想は幻想故に、永遠に追い続けられ、このコロコロにより、私たちの実生活もふらふら揺れ続ける。時には、このコロコロの中から我々が経験済みのお化け（世界を相手に戦うという、身の程知らずなこと）も現れました。

今また、このお化けの尻尾がチラチラしています。身の程知らずの日本は、本当に借金を返済し終えたのでしょうか。

橋を屋根替わりに利用した小屋で住んでた家の長男が、村の農協に押し入り、捕まり服役する。出所したその日、どういう訳か、いの一番に私の兄を訪ねてきました。

そのとき、私は小学三年生くらいだったと思う。たまたまその青年と目が合うと、何とも言えない、はにかんだような、ばつの悪そうな笑い顔で私を見た、その人の姿を今もって拭い去ることができません。詳細は延べませんけど、しかも、私は、その弟さんの凄惨な死にざまを後に知ることになるのです。

彼らが、どんな経緯で朝鮮半島から日本にやって来て橋の下で暮らし、そのような人生に行き着いたのか、詳しくは知りませんが、少なくとも私には、完済したようには思えません。

例え「あかまんま」（中野重治さんの歌より）の世界であっても、大義名分を掲げる限り、人が何人死のうが関係ない。既述の通り、大嘘つきの担当大臣でも咎められることなく居座っていられるのです。

それは、札束用輪転機を持たない企業には必然の、幻想のないほぼ実利という投票（購入）によって決まる「赤字」というチェックを受けないからです。今の仕組みは、やはりへんてこりんというしかありません。

・人間カメラ三十六枚撮り論

ところで「選挙で選ばれた人が、国政を決める。官僚はそれに従え」というのは、正しいのでしょうか。

それを単純化して「首相を直接選ぶのは是か非か」について考えて見たとき、「人間カメラ三十六枚撮り論」というものがありまして、それを当てはめると、比較的簡単に「非」となります。

政治を行うというのは、いろいろの要素を判断し、上手に裁かなければならないと思うのですが、それらを感じ取る感光紙は少ないより多い方がいい。ただ、それはスポーツのように白黒のハッキリしたものでないので、誰しもが感光紙を意識せずに振舞います。

人間も所詮機械ですから、感光紙の枚数は機種（人）それぞれ限定枚数。しかし無意識ですから無限枚数（女性登用はその典型←※後述一）として考え行動します。そこに齟齬が生じ、失敗という形でカウンターを喰らいます。私などは、この繰り返し。もっとも、このことは悲嘆に当たりません。なぜなら、食物がガソリンとしても、点火はこの齟齬であり、これこそが本当のエンジンだからです。

ところで「人間カメラ三十六枚撮り論」を図示すると次のようになります。

		感光紙の数	E列から見た関係
A列	○	36枚	喧嘩
B列	○○	30枚	嫌悪
C列	○○○	24枚	尊敬
D列	○○○○	18枚	評価
E列	○○○○○	12枚	

上図で、政治を行うのはＥ列の人よりＣ列の人、Ｃ列の人よりＡ列の人の方が適材です。形はピラミッド型になるのが理想です。

厄介なのは、目に見えないものですから「Ｅ列の人は、Ｄ、Ｃ列の人を評価できてもＢ、Ａ列の人を評価しない」ということです。というよりＥ列とＡ列は喧嘩になる場合が多く、うまくいきません。

Ｅ列の人から言わせると、見えないものを、あれこれ言うＡ列の人は「ウザイ」と言うことになるし、Ａ列の人もいずれは「堪忍袋の緒」を切らしてしまいます。

ＥＡ関係は、うまくいきません（「予言者はその国に受け入れられず」）。

二人の磁場のぶつかり合いは、時として心神喪失をきたし、犯罪に至ります（もちろん、当事者はそのことを充分認識しているけれど、その磁場から離れたくても、行き場がない、というのが現実かもしれません。掃除屋の岸田さん、なんとかなりませんか。「休耕田は無税にし、白線区画とトイレと水道と見回りと住所の認定、衣食住は自分で賄え。同じく空家も無税。前者は男性。後者は女性。役所を通さず国が整備し、ただひたすら所有者にお願いする。入所に関しては条件を一切つけない」というのはどうですか。女性が我が子を犠牲にする事件に触れる度に、この三十六枚撮り論が頭をよぎります)。

E列とA列はうまくいかない、とは言うものの、身近に感じられる事柄については、双方とも「そうだ」と合意できるものと思っています。

・兵庫県知事が、政策について最初に述べられたのは、公約でもあったからでしょうが、部署を設け財政などを見直す、いわば時間の掛かるものでした。

その後、コロナに触れられ「国とよく相談していく」とのことでした。

このS知事に対して、八十代の女性が新聞の声欄に「若いのだし見守ろう」と投稿されていました。四十歳を過ぎたS知事は、もう老人（この老人説に異論のある方、大宅歩さんの本を読んでみてください。彼は十八歳のときが一番輝いています）だと思うけれど、この女性の主人が、当選後それなりの日数があったにも拘わらず、S知事と同じことを言われたら、きっと「おとうさん、何言ってんの。離れをどうするかなど、どうでもええ。早う火消さな。母屋が燃え、死人も出ていると言うのに」と、怒られたと思う。

これが、分かっているような、いないような、身近であるようで、ないような、政治家と選挙民の関係を象徴的に物語っていると思っています（ついでに言えば「潰れかかっている親分に、何を相談されるのだろう」と思いました。というのは、和歌山県知事の言動を見てきていたからです。五人や五〇人の長ではなく五百万人の命を背負っている―最近知ったのですが、県議会で『県庁にもっと近い所に住んではどうか』という問い掛けに、『私にも個人の生活がある』と答弁されたとか―。兵庫県のS知事は私以上にN知事のことを知る立場におられた。N知事流に言えば「相談」ではなく、自分のやりたいことを実現するため「駒としての国をどう利用するか」のはず）。「国」とせず、身近なものに置き換えて考えれば、案外E、D、C、B、A間の溝は、なくなるのかもしれません。

身近に感じられることを常態として、E、D、C、B、A列が、自然な形でピラミッド型になるのは、企業ではないかと思います。コロコロ変化も起きにくく、これだと、上に立つ人は、先に触れたように、議員さんたちと違って、その言動が必ず損得に直結する「何かを背負った人」になります。その分、責任が明確です。

さらに、繰り返すようですが、企業連合国家は赤字と隣り合わせであり、その現実は決して幻想を許しません。もちろん、カリスマ経営者（私の知る限りでは、例えばDのNさん）はいます。

しかし、現実から遊離すると、長続きするのは難しいようです。また、例えばトヨタが、プーチンさんのように武器で人を殺すというようなことはチョッと考えにくい。誰もトヨタの車を買わなくなるからです。あるいはゼレンスキーさんのように他企業の進出にトヨタが武器で立ち向かうというのも考えにくく、あくまでビジネスで処理するはずだからです。

『けものたちは故郷をめざす』

これは何十年も昔に読んだ安部公房の小説なので、そのあらすじも作者が何を言いたかったのかも思い出せません。しかし、『けものたちは故郷をめざす』という題名だけは、ふと、私の頭に浮かんできます。

人々はチルチルミチルのように、幸福の『青い鳥』を求めるほど尊大な生きものではなく、もっと健気にさまよい続けながら一生懸命生きているように思います。

犯罪といわれるものも、そのほとんどが、自分の住むべき故郷をめざし、あるいは「今、住んでいるところは、自分の故郷ではない」と、そこから抜け出そうと、もがく過程の軋轢が、犯罪という形で現れたのかもしれません。

そして、多分、ほとんどの人々が「我が故郷」に、ついに辿り着くことなく、死んでいく……。

しかし、願わくば、誰しもが「我が故郷」に辿り着き、あの世へ旅立ちたいに違いありません。

人々は時々「俺は今、なぜ、ここにこうしているのだろう」と自問することがあると思います。そして「結局、自分自身が悪い。故郷への道中で、途中下車したり、逃げたり、手抜きをしたのがいけなかったんだ」と思う人もいるはずです。

具体的には、職業であり、職場であり、住む街であったり、そして結婚だったり、です。

「これが自分の故郷だ」と思ったら、手抜きをせず、ためらうことなく進む必要があると思います。

しかし、うまくいかなかったときは、そこが「我が故郷」でないので、拘わらず明るく晴れやかに、そこを離れる勇気を持つことが大切だと思います。

三十六枚撮り論からすると、場合により、化学反応みたいなもので、理性の働く余地はありません。

このことを、決して忘れないようにしたいと思います。犯罪や病気を避けるためにも……。

※後述一
「女性登用」。この言葉は、聞こえはいいけど、当然ながら女性（に限らず全ての者）の持つキャパシティは限定。無限ではありません。女性が自己主張すれば、その原資を、自

分の中をはじめ、どこかから持ってくることになります。今の世の中の雰囲気は、このことを忘れていると思います。それに、女性の地位云々の指標は勝ち組の話です。立憲民主党の江田憲司さんの基本原則からすると、勝ち組は政治の関与外（江田さんが、そう仰っているのではなく、私がそう解釈しているだけ。念のため）。

そんなことより、報道で知る限り、どちらかというと、勝ち組でない場合が多いように思う（子供の虐待にも繋がっている）事件等の対策として、ぜひ実現してほしいことがあります。

「女性だけ、小学校一年から中学生三年、もしくは高校三年まで空手を必須とする」。これです。

二〇二二年六月一一日

教育についての箴言

●教師が人をつくる、のではない

（一）教育について

今回は、学校教育の在り方について述べてみようと思う。

・英数国理社など（入社した企業がやればいい）どうでもよいと思う。

・妊娠前後から、出産後数年までの病気（子育て関係含む）の兆候、及び病気を小学一年から九年間繰り返し教える。そして一定の点数を取らないと中学を卒業させない。

・健康保険、年金についても、九年間教える（知識格差＝所得格差を極力避ける糸口作り）。

・少なくとも、自分に関する確定申告ができるように九年の間に教える（このことに関し私の知る限り、最初に言われたのは西武鉄道の堤義明さん。表現は違っていると思うけど）。

・既述の通り、女子だけ九（〜十二年間）空手を必須とする。

・男子は九年間、少なくとも一家の夕飯の支度ができるように、料理を必須とする（ただし、男子は自己陶酔型なので、水道光熱費が、人により女性の二倍になることを計算に入れること。国全体としては重要なことなので)。

・企業は高卒までで、大卒以上は採用しない(※後述一)。

・文部科学省、学者先生方っているのかなあ。

・民主主義など、目に見えないものは、頭に入るのか。実生活で生きているのか。

私は、子供の頃一度、村八分にされかかったことがある。I地区の実質ドンである婦人会長の逆鱗に触れたからである。もちろん私は、そんなこと、全然思ってもみない。何が婦人会長の逆鱗に触れたのかも、さっぱり分からない(ただ、I地区では子供でも、言いたいことは自由に言えたんだと思う)。

そのとき、近所のおばさん方は、私を庇ったからといって、損することはあっても得することはない。それでも「○○チャンは、そんな子じゃない」と必死になって庇ってくれはった。私は、そのお陰で難を逃れる。

日本では一応、人権は守られて、民主主義の国。だけど、入管施設に収容中のスリランカの女性の方は亡くなりはるし、近畿財務局の方も亡くなられた。パワハラやイジメで亡くなる大人や子供も、なくならない。そしてプロレスラーの方が亡くなられるとか、何かが起これば法をいじり、当然事情を知る当事者が、やるべきだと思うけれど、第三者云々と言ってお茶を濁し、それを繰り返す。

なぜ、そんな七面倒くさいことが必要なのか。その付近にいる人たちの中に、私にとってのおばさん方（プロレスラーの方の場合、明らかにテレビ局）がいれば済むことではないか。

・かつてセブン・イレブンＨＤの鈴木敏文さんが、「報道は三割が嘘」と言われていた。三割という絶妙の数字に、実感がこもっていて、印象に残っている。

ウクライナは、なぜ負ける喧嘩を選択したのか（バイデンさんの警告無視）。自分で戦闘を選んでおきながら、戦況不利で他者を非難するのは、理解できません。これでは、死、破壊という現況結果の視点からすると、人々にとっては「プーチンさんと同じ」ということになる。

それでも、学校で学ぶ歴史は、アゾフ連隊に加わり戦死された五十一歳の女性のお母さんの願い、「とにかく生きていてほしかった」は伝えられず、「独裁者のルカシェンコ」、「自由を勝ち取った英雄のゼレンスキー」となるのだろう。つまり中国は、壮大な形式美で、その他はドラマ性を重んじ、それが歴史を形成していく。「歴史は繰り返される」というのは、こういうことの結果だからかもしれない。

現に、日本でも歴史の本に「谷間の世代女性群↑終戦時十五歳前後の女性が人身御供になったからこそ、その上に日本復興の塔が建立できた」とは一度も出てこない。大学を含めた先生方からも聞いたことはない（女性の方が、取材に基づいてそういう本を出されたことは知っているけれど）。

文部科学省や学者先生方は、いったい何をしてこられたのか。一位だった競争力は、下がって三十四位。言い訳できまい。特に、直接接触される先生方の責任は重い。とはいえ、彼らに何かを期待できるのか。答えは「ノー」だ。なぜなら、彼らは単に彼らの趣味に没頭しているからだ（※後述二）。社会に貢献するなどの発言は、後付けの理屈に過ぎない。

鈴木さんの三割嘘は、場合により、全部嘘なのかもしれない。

こうみてくると、省や先生方など、いらないのでは、と思えてくる。

軍国主義真っ只中で暮らしはったおばさんたちの方が、よっぽどましだ！

なんとか主義など、目に見えないものは、為政者が扇動道具として使っているだけで、人々の日常生活と無縁だと言うことの何よりの証拠だ。

（二）自己喪失について

教えられた「ラベル」で、人を見てはいけないのは当然ですが、インプットの危険性についても述べてみます。
・テレビで、若い男性のアナウンサーが、当時百歳を超えた長命の「きんさん・ぎんさん」に著名な政治家の名を上げ「〇〇さんは、どうですか」と質問した。すると、きんさんだったか、ぎんさんだったか忘れたが、即座に「あれはだめだ」と答えられた。私は、むしろその質問をした若いアナウンサーの方が気になり、その返答にどう反応するのかと聞き入っていたが何もなく、それで終わってしまった。
・私は「俺って、二十代半ばまでの貯金を、ただ食い潰しているだけ。情けない」と思って今日まで生きてきているけれど、同じくテレビのアナウンサーだった二十九歳の女性が、退社し独立するに当たって、何をテーマにしようかなと考え、結局「女性問題」にしたというのである。
　好きに考えていいはずなのに、ラベルのパッチワークの中でしか生きていない。しかも、ラベルを追い求めることが、自分にとってプラスになると考えている。頭で考えるな、体で考えろと言いたい。

　ここでも、軍国主義真っ只中で暮らしはったおばさんたちの方が、よっぽどましだ。私は民主主義がだめで、軍国主義がいいと言っているのではない。ほん最近の昔の人には自分があったのに、なぜ教えられたラベルをやすやすと信じるのか。自分がまるでないではないか、と言いたいのである（※後述三）。
・先日テレビで太鼓作りの放送を見たが、技術を獲得する方法について「盗む」と答えられていた。明珍火箸の継承についても同じような記事を読んだことがある。そこにはラベルはない。自分しかない。ここで、この話は終わるつもりだった。
　ところが、別のテレビ番組で、その担当者の一人が、ウクライナ関係で「私は何度も『殺すな』と言ってきた」と言うのである。ビックリ仰天。

その発言の有効性を信じているからこそ、その発言を繰り返したのだろうが、そんな発言が「何の役にも立たない」と思ったことは一度もないのだろうか（他人に言われなくても、脳は『殺すな』と命令している。だが、手足はせせら笑い、言うことを聞かない。脳遊びに溺れる人間への肉体の復讐だ。犯罪心理学？　冗談じゃない。

人の心に土足で入り込み、嬉々とする奴など人間じゃない。人間じゃない奴の言うことなど聞くわけがない。自分と射撃をやっている人の経験談から得た結論だ↑※後述四）。ここまでくれば、「大人にならない」どころの話ではない。その担当者は、教壇にも立っておられるようだけれど、日本の病巣は底なしかもしれない。

・小泉純一郎さんのことを「二十歳の川すら越えていない」と表現したが、赤いちゃんちゃんこを着るような年になっても、青年だけに許された、整備された庭園を荒らし回る特権＝すでに壊れていることに気づかず「自民党をぶっ壊す」と息巻いた。田舎育ちの私には、とても理解できない「原発反対」の講演に、つい最近まで、のこのこ出掛けられている。

一議員ならともかく、総理として推進しておきながら、とてもやないが、そんなことはできないはず。恥ずかしくないのだろうか。総理としての尊厳など、端っからなかったのではないか、と思えてくる。「原発反対」、結構なこと。私はもともと「改革などない」という立場です。それは、改革には必ず犠牲が伴うからだ。

そうではなく、日々の生活の中で新しい芽はないかと目をこらし、見つければその方に舵を切る。現状を日々新たにすれば、犠牲も少なくて済む。そしてふと、振り返れば「ずいぶん違っていたな」となる。

「三菱商事が新しい電力関係の入札で総取りした」という記事を見た。小泉さんは講演などせず、血眼になってこういうことを見つけ、それをどう推進させるかということに傾注すべきだ。つまり「荷車に土蔵を」である。表に出ず陰で汗をかく。

しかも、その見本が小泉さんの近くにあったはず。竹下登さん。都会育ちは田舎者に全く気づいていない。田舎者からすれば、都会人はやっぱり大人にならない＝二十歳の川を越えていない、と映る。越えなくて確たる自分が持てるわけがない。

・プロ野球の中日ドラゴンズで活躍された谷沢健一さんの息子さんは、野球など鼻にもかけず、ラグビーに熱中されたとか。私の知る限り、有名な野球選手の周りの親戚は、大体孫の次の世代ぐらいまで、才能のあるなしに関わらず、野球をやる。そうではなくラグビーをされたというのは、自分をはっきり持っておられるということで、それだけで尊敬するし、私なら、次世代の総理にその息子さんを推薦したい。

片や小泉さんはどうか。一億数千人の命を預かっていて、自分がピンピンしているのに、冗談かも知らないが、一億数千の命を預かっているという自覚を「親バカ」に置き換えられたら、たまったものではない。受け手の方も、潰れかかった会社に入社するとは、どっちもどっち。さらに、それに拍手喝采を送る観客も、これまた、どっちもどっちだ。

田舎人間は、自分の立場に拘わりを持つ。それは多分、あの説教爺さんから、しつこく繰り返し繰り返しインプットされたからだと思う。私はそのプログラムから、小泉親子を見ているのだと思います。

おそらく、きんさん・ぎんさんも、そうなんだと思う。私の実感では、阪神淡路大震災から潮目が変わったように思う。説教爺さんは大震災と共に消えてしまったのかもしれません。

私は、別に小泉親子を人々が、礼賛しようが一向に構わない。繰り返しになるが、競争力が一位から三十四位になると、そうも言ってられない。この期間は、ほぼ阪神淡路大震災後と重なります。
・前にも言ったが「ジョンソンさんは、イギリス人だと思ってない」(企業連合国家は「戦争よりソロバンで解決する」は、私の発想ではなく、イギリスに学んだもの。イギリスのウクライナへの肩入れは、ジョンソンさんであって、イギリスではない)と。私としては、ジョンソンさんが辞められるとやらで満足だ。
果たして日本の場合、ジョンソンさんと同様のことがなかったと言えるのか。そうとも言えまい。そして「忖度の日本。離縁状のイギリス」を自覚すべきだ。やっぱり自分がない。

(三) 自己喪失の原因について

これまで、自己喪失について見てきたが、その根幹は何かを探ってみます。

・平田オリザさんが、神戸新聞で述べられていたが、東京では公立の小学校から、公立の中学校に進む生徒はグンと減るのだそうである。びっくりした。私の住んでいる所では、私たちの時と同じく、多くが地元の公立小学校から地元の公立中学に行っているので、全国どこでもそうだとばかり思っていました。

でも、中味は濃淡はあれ、似通っているかもしれない。一番ポピュラーなのは水泳かもしれない。学校に入る前から教室に通う。勉強の方も入学前に通うのが、当たり前かもしれない。自ら考えて行動するというよりは、まずはお仕着せから始まる。勉強、スポーツの技量習得を問わず、その方がよいのかもしれません。

ただ、東京五輪開催に関して、スポーツ関係者は押し並べて「我々はそれに向かって準備するだけ」の発言だった。特に男子は、全部判で押したような答えだった。私の知る限り、たった一人、長距離の女子が、「人を不幸にしてまで参加したくない」と言った趣旨のことをコメントされていた。平和の祭典などと言いながら、不都合が生じると「五輪不参加」となり、それに従う。

もともとは好きだからこそ続けていると思うので、「大きなお世話。好きにします」と言えばいいのに。いつもそう思う。まるで自分がない。お金がいるなら自分で集める。集まらなければやめます。それだけのこと。

勉強だって、通るための勉強で、その最短方法のパターンをたくさん持っているところが有利になる。それを、自分で考えるよりは、借用する方が手っ取り早い。余談ながら私が試験で過去問の大切さに気づくのは、五十代半ばを過ぎてからでした。塾に通っている子供たちは、もっと早く気づいているだろう。自分で考える工夫もしていると塾が言っても、それはそれ用のプログラムであって、所詮お仕着せでしかない。

私の育った所は、市川沿いで、毎年夏には大水で茶色の濁流が渦を巻きながら流れる。そのうねりの川に、月見橋から、I地区の少年たちが輪を作り、次々と飛び込んでいき、その大波に乗りながら、必死に泳いで川岸に辿り着く。その輪の最年少は、私で小学二年生だった。

それは夏の年中行事でもあった。それができたのは、市川は自分の庭みたいなもので、夏休みなど毎日そこで遊んで川を知り尽くしていたからだと思う。そのせいか、大人も何も言わなかった。これは、どう考えてもお仕着せとは言えない。

また、I山の天辺から、自分の立っている位置より低い所から生えている適当な太さの木に飛び移る。体重で木が撓り着地する。そこから、また同じことを繰り返し、ついには山を下り終える。この遊びも一人でよくやった。そんなわけで、なんとかジャパンとか、なんとかランドなどは、天然物には遠く及ばず、全く興味が湧かない。

他にも、少年団でやるものとして、泥棒と刑事に分かれて遊ぶ「泥棒」という名の遊びがあった。泥棒にロープで手足を縛られ、小雪のちらつく山小屋の屋根に放り投げられる。そうなると嫌が上でも考える。まず「刑事は、いつ助けに来てくれるんだろう」「縛られた手足が痛い」「寒くてたまらない」「屋根から転げ落ちたらどうしよう」と、ついには声を出して泣きながらも、頭はぐるぐると回り続ける。

祭りや正月前には各家を回り、こんにゃくや竹輪などの注文を取り、それを仕入れて前日に配る。時には隣り村まで足を延ばし、荷車で飛び入りの行商をする。そして、下っ端は一円札を数札もらい、もちろん年上の者が多く取る、その儲けの配分。だから、早く大きくなりたいと思った。

元旦、初日の出を見るために、午前二時の進軍ラッパで起床し、なぜか隣りの辻川山に登り、どういうわけか、辻川の人も多く来ているのに、我がＩ地区少年団が、麓の田圃を踏み荒し、暖をとるため、つぼき（米脱穀後の藁を乾燥と保存のため、田んぼの中に作ったもの）を崩し、藁を山上まで運ぶ。田んぼの持ち主も文句を言わない。

二月一〇日の「えべっさん」の景品と、とんどの火を守るため、これまたどういうわけか、少年団が前日社殿に泊まり込み、番をする風習。

日曜日の朝は決まって、女子は「えべっさん」の社殿の拭き掃除。男子は境内の掃き掃除と、そのゴミを境内の真ん中に集め燃やす（時には、さつま芋、餅、盗んだ栗を焼いて女子を含めた、みんなで食べる）。これも子供の仕事でした。

また、昼過ぎまでは市川で遊んだ後、午後からは「えべっさん」で球技をするのが習わしだった。その「えべっさん」には、必ず涼みに来ていた説教爺さんがいて、子供を捕まえては説教をしていた。子供もそれを嫌がるというのでもなく、当たり前として受け入れていた。

「民主主義？　等々どこの国から仕入はったか知らないが、そんな、はっきり見えないものなど糞くらえだ。自分の体を通して学んだものだけを信じ、そんな言葉のために自分を犠牲にすることはない。学校教育？　そんなのやっぱり糞くらえだ。私を作ったのは、紛れもなくI地区の少年団だ」。そして、その中（説教爺さんに説教をインプットされたこと）では「企業連合国家では警察はいらない（※後述五）」となる（糞くらえは「そのために戦争したり、死んだりすることはない」と言う意味）。

大人が、子供のためと頭で考えて、手を貸すことなどは、もうやめてはどうか。体を通さず知識というパッチワークでできたものが、切って血を流すはずもなく、人造人間の製造に過ぎない。

・多分、小学校の三年生の頃だと思う。なぜそう思ったのか、といわれても困るのだけれど、家の近くを歩いているときに、ふと、道べりに転がっている丸い小石に目が行き「この丸い小石、なんでこんなに自然なのだろう」と思った。好き勝手な形をしていながら、周りとちゃんと溶け合っている。そして、その小石は私がものを見るときの全てのものの中心に居座ることになる。

私が初めてモディリアーニの絵を見たとき「この人はハンサムなんだろうな」と思った。それは、絵が大変きれいだったからです。事実、モディリアーニ展用のパンフレットの彼はとてもハンサムだった。つまり「人間自分をごまかすことはできない（モーム）」というわけです。

専門家で大学でも教えておられる方が、「太陽の塔は国宝ものだ」と仰っていた。私はあの塔を見るたびに「岡本太郎さんの顔」を連想してしまう。そっくりだからである。そして、それはそんなに愉快になるものではない。それを「国宝」と言われると、「結局、国宝ってそういうものなのか」とガックリくる。

「勉強って、何なのだろう。本当に必要なものなのか」とも思ってしまう。ある大学院を出た青年が、今、さるプロ野球の応援団をやっているという。何をどうやろうが、他人に遠慮することなく好きなようにやればいい。そうだけれど、果たして大学院に行く必要があったんだろうかと思う。

小学校の時、私は漢字が苦手で、漢字テストの結果、成績順に並ばされ、どういうわけか、いつも悪い見本として、みんなの前で担任の先生から、「〇〇があんなとこに居る」と名指しされていた。同系統の英語も苦手で、今なら小学校の時、不登校になっていたかもしれない。でも英語圏で生まれていたらちゃんと話せたと思う。英語で飯食う人、何人いるか知らないけれど、ずいぶん生徒に負担を掛け、ムダ金を使っているように思う。

今まで述べて来た、これらのことを解消するのは、結局企業が大卒以上は採用しないようにすればいい。そうすれば、もっと自由に好きなことができるし、小学校前からラベル人間になる訓練を受けなくても済む。英語などどうでもよく、企業が必要だと思えば、その国へやればいい。他の分野でも同じ。どこかへ行かせるなり、自分たちで必要な研究をやらせればいい。その方がよっぽど効率的だ。十八歳だと、どんな分野だろうと充分間に合う。

十八歳では遅いと思うなら、中卒で採用すればいい。火傷をしないためにも、親分は当てにしない方がいい。前にも言ったように、借金まみれの企業は相手にしないはず。とは言え、「改革などない」という考えの持ち主。だから税金を払いながらで、しんどいけれど親分の道連れにならないように準備するしか仕方がない。そして充分取って代わった段階で、自然な流れの中で入れ代わればよい。

「我々は企業。最善で現実的なのは、安全な国に移転することだ」と言われれば「スンマセン」と言うしかない。そうなっても、九〇％支持のウクライナ同様、結局は国民の選択（※後述六）。それも大歓迎だ。亡国もやむなし。企業連合国家は「国境の県境化」を標榜しているので、それも言っても、困る人もいると思うので、それを避けるには、野球の監督さんがよく言われるように、一丸となって企業連合国家で、やってみることしかないと思っています。

※後述一
ロシアの侵攻、安倍元総理の国葬のいずれも、昔なら学生のデモがあったと思う。また、派閥の発生は、自分たちの考えが、既存では我慢できなくて徒党を組むという一面（それが、戦略であったとしても）＝エネルギーがあったと思う。

しかし、今はない。安倍政権通算在職日数三千百八十八日。しかも、いろいろいっぱいあった。本当は何をどう動くか分からず、若手にそういうエネルギーのマグマもなかった。それが最長の最大の要因だと思う。

国民民主党の玉木雄一郎さんが、国力を揚げるために、科学技術振興に力を入れる、と仰っているが、正論で私もそう思う。しかし、肝心のその対象者に、先ほど触れたように、エネルギーがない。だから、まず「エネルギー源を生み出すには、どうしたらいいか」から取り組まなければならない。

昔は、それでも企業には、その元となる「村」があったが、今はそれもない。今までの教育システムは、一位から三十四位へ落としたのだから、言い訳のできない失敗システム。

一度に、そうはいかないと思うけれど、ぜひ高卒で、ごまかしの効かない「もの作り」を通して、それに取り組むということも、この中には含まれている。ぜひ試してほしい。

※後述二

教養課程では、専門科目以外の科目も取らないといけないということで、何だったか忘れたが、自然科学系のものを取った。そんな関係で教室には、いっぱいの生徒がいた。その教授は、何でも朝永振一郎さんの親友だと言うことで、科学の素晴らしさを、とうとうと述べられた。

それを聞いていた私は、ついムカッとして、立ち上がり「偉そうに。あなた方は単に趣味に没頭しているだけじゃあないですか」とやらかした。そして、何をしゃべったか覚えていないが、勢いで言いたいことをまくしたてた。しゃべってはいたものの、だんだん、心のどこかで「これ、俺の負けだな」と感じていた。

というのは、大人数の生徒の前で、いわば恥をかかされたような場面であるにも関わらず、教授は手を後ろに組み、すこしうつむき加減のまま、教壇を行ったり来たりしながら黙って聞いてくださったからである。やがてチャイムで私の独演は終わる。試験も白紙で出したか、勝手に自分で問題を書き直し、それに対する答えを書いたかだった。

もちろん、単位がもらえるとは思っていない。さて次は何を取ろうかな、と思いつつ、通信簿を開くと、なんと「優」がついていた。私の完敗である（今なら、どうなるのだろう。みなさん仕分け上手だから、それはそれ、これはこれとして処理されるのかなあ。それとも、いちいち制度を作らないと動けないのかなあ）。

※後述三

「変な話だけど、日本の家庭の中でほとんど主権を持っているのは、女性ですよ。奥さんですよ。子供が順調に育つかなとか、そういう危機を一番感じるのが女。対処法も女が考えるんです。だから、しっかりしなきゃあいけない（二〇二〇年九月七日神戸新聞朝刊の扇千景さんの記事より）」。「雄岡山（おっこさん）」の存在など意識することなく「雌岡山（めっこさん）」としての役割を自覚した泰然自若たる「美しい扇さん」を見る思いがする。後述する「小嶋千鶴子さん」然り。今の女性より彼女達の方が遥かに存在感がある。

※後述四

既述の通り、子供の頃、夏休みなど、市川へ行って、泳いだり魚を取ったり。川の真ん中に石を積んで造った壁までの往復で水泳競争をしたり。午後は「えべっさん」で、ソフトボールなどをして一日中遊んで過ごした。そして、それらはほぼ裸足だった。

今から約四十年ほど前、たまたま、子供の遠足に同伴し、小川に裸足で入った。昔の記憶があるから、へっちゃらだと思っていた。ところが、間もなくして、足の裏が痛くてたまらない。やがて痛さを通り越して、気分が悪くなり、ついにその場に倒れこんでしまう。こんなはずじゃあない、と思ってもどうにもならない。

そしてその時、ようやく自分は、脳で考えて行動しているつもりが、そうではなく、肉体をほったらかした報いとして、肉体に復讐されていることに気づく。また、射撃をやっている人から、「無性に何かを撃ちたくなる時がある」と聞いたことがある。「殺すな」という脳の叫びは「何の役にも立たない」ということだ。

※後述五

説教爺さんとI地区の少年団で育ったら、そこでつくられた規範は社会規範と重なり無理なく移行できた。だから、企業連合国家から、はみ出る心配はあまりしなくていい。それに、罪を犯すと、企業連合国家にいられなくなることもそれほど無理なく受け入れられる。

では、今はどうか。このことだけでは、片付かないような気がしている。一時よくあった学級崩壊がどんなものかよく知らないけど、当の本人に悪気はなく、普通に自分を出しているだけだと思う。それが周りを引きずり、徐々に全体へと伝播していく。今は「本人のため、全体のため」という仕切り方で、別個の集団で扱っているのかもしれない。

私たちはどうだったか。私の経験からだけだけれど、Kチャンという子がいたけど、ごくごく普通にみんなと一緒に同じようにやっていた。そういう方面の学問も、そんなに広まっていなかったからかもしれない。（多分だから良かったのだと思う）。今と少し違うと思うのは、卒業後のこと。Kチャンからけっこう離れた所に住んでいたHさんという、わりと可愛い女の子がいた。女の子ばかりだったので、Hさんが跡を継いでいた。同窓会があり、ある女性が「Kチャンは、何かあるとHさんの所にやってきて、ああだった。こうだったと報告に来るのよね、Hさん」という。それを聞いてHさんは、静かに笑いながら「ウンと頷く」。

地域でどうのこうのと言いながら、とてもやないが、それには及ばない。恥ずかしながら、私も四十年以上住んでいて向こう三軒両隣りのご主人と何度話しただろう。片手で済む。一方行政は、「なんとか大学」をやっている。やっぱりどこかおかしい。

※後述六

某テレビで、防衛費GDP二%、一%、ともう一個。たったこれだけを示し、台湾を守るため中国と事を起こせば、沖縄は攻撃されるであろうから、絶対あり得ない「国民の生命と財産を守る」という詐欺的議論のなか、アンケートを取っていた。このアンケートは明らかに詐欺幇助的。

そして、結果は二%OKが九〇%。一方、多くの人は「増税NO」とか。九〇%の人が二%OKなら増税OKのはずがそれはNO。岸田さん、民主主義国家の運転大変ですね。矛盾はこれだけではない。核を持っている国が、持たない国が持とうとすると悪魔呼ばわり。我々もそれを意識することなく受け入れている。結局、ロシア、中国に関わらず「強いもん勝ち」。それでも欧米は「正義面」できる。民主主義とはケッタイナ主義。そして、学校で「正義の味方」として九~十六年間教える。

でも、この矛盾、企業なら普通はない。「設備の拡張OK」。ただし「設備投資NO」とは従業員、普通は言わない。同じく「設備の拡張OK」。「ただし、給料減額」とは社長、普通は言わない。やっぱり、企業連合国家の方がまともだ。でも企業には「倒産」がある？　民主主義国家の治者は「倒産でも存続可」。やっぱり企業の方がまともだ。

（四）女性は庇護の対象か

父親は「死んでやっと身内。それもせいぜい七割以下のどこか」というガラスの天井。この言葉を突然想い出しました。

以下は別途に投稿するつもりでした。しかし（一）教育について……　との関連で続いて載せることにしました。プロ野球の監督さんじゃあないが「軸受けなしの軸だけ社会」では、優勝できないと思うからです。

・ガラスの天井は、あってはならないものなのか。

また、女性は庇護の対象か。

繰り返しになるかもしれませんが、私が子供の頃、Ｉ地区を仕切っていたのは区長さんではなく婦人会長でした。私の生まれたＩ地区では、二月一〇日に「えべっさん」があります。多くの出店の中、いつも一等地にデンと店を構え、並み居る男たちを顎で使っていたのは大柄の女性でした。その光景を物心ついたときから見ていました。

既述の通り、終戦直後の日本を実質的に支えたのは「谷間の世代女性群」です。

戦後の全ての人々は、決して彼女たちに足を向けて寝てはならないと思っています。

このように、私にとって女性は、庇護対象どころか、もの心ついた時から、でんと構えた不動の山のような存在です。それに庇護対象なら、とっくにこの世から消えているはず。

ところが実際は、男性より長生きです。世の中の雰囲気に流されることなく、男性も女性自身も、ありのままを見てはどうですか。

そして、山は山だが、ありのままの女性の山にはこんな山もあります。

ある時期、生徒さんたちを通して先生方と接する機会がありました。男性の先生方は、総じてそういうことはなかったけれど、女性の先生方は、生徒に対する寄り添い方が、小学校、中学校、高校ではっきり区別できました。小学校の先生方は、生徒より、中学校の先生方は中庸、高校の先生方は、確かに生徒が一方的に悪いのだけれど、自分中心で機関銃のように生徒さんを責め立てられた。

少なくとも、私の経験範囲内では例外はなかった。

またある時期、塾で教えたことがあるのだけれど、「そんなことせんと、頼むから勉強してくれ」と言いたいときもあったが、女生徒には絶対「勉強せよ」とは言わないと決めていました。

彼女の夢は、先生になることで、幸い現役で自分の希望通りの大学に合格しました。そして最後の授業で、なぜ「勉強しろ」と言わなかったか、その理由を自分の体験から説明しました。確かに先生として実績を残し、生徒さんや父兄からも賞賛されると思うけれど、一方で、生徒に険し過ぎる山で臨むと、必ず、登れない生徒が排除される。そういう先生になってほしくなかったからだと。

こういう話は十八歳では、なかなか実感として納得してもらえないと思うのだけれど、幸い私の説明にピッタシの女の先生の授業を受けており、彼女も充分納得してくれました。では、私の説明にピッタシの女の先生は悪か。必ずしもそうとは言えないでしょう。むしろそれは、神が女性に与えた特権を行使しただけかもしれない。しかし、それは同時に凶器にもなります。

その回避は、女性自身がそのことに気づき、自身でコントロールしてもらうしか手立てがない。それが、私が女生徒に説明した所以である。

女生徒の塾での軌跡は、「勉強せよ」とは一切言われず、偏差値をグンと上げ、有名大学に合格したわけでもなく、しかし自分の希望する大学に行く。そこには、なんのドラマ性もなく歴史にならない。しかし、自分の「さが」と向き合う一つのきっかけとなったとしたら幸いである。

・日本におられる外国の方は、姿かたちや、立ち居振舞いも、だんだん日本人と変わらなくなるように思います。ベニシアさんは、その典型例かもしれません。同じようにスタイルも良く、とても綺麗な女優さんですが、活躍されればされるほど、その体の中から八千草薫さん（女性らしさ）が消えていく。男にとっては、とても寂しいことです。今の風潮の中では、女性は女性でなくなり、男性も男性でなくなるような気がします。

それは、環境問題と同じく、いつか反撃を食らうかもしれません。既述の通り「軸受けなしの軸だけ社会」を目指すのは誤っていると思います。出生率の低下は、その現れかもしれません（テレビで見る限り子沢山の大金持ちと言う例は見たことがない。だから経済的な理由で、子が産めないというのは、本当でもあるが嘘でもある）。

あるいは車で放置され死亡するというのは、そのしわ寄せが、もっとも弱い子に向けられた例かもしれません。軸を我が子とし、親が軸受けに徹していれば、決してそんな惨事は起きなかっただろうと思います。それでもなお、女性が不平等の立場にあるとして、全てを「男性と同等に扱うことを主張する」というのであれば、以下のことを解決してからにしてほしい。

男にとっての「ガラスの天井＝子供が産めないこと」。

このガラスの天井は強烈で、子から見て「母親は生まれる前から身内」。

だけど、父親は「死んでやっと身内。それもせいぜい七割以下のどこか」です。

男は有史以来、この不平等を受け入れて生きて来ています。

女性の皆さん、神さんから贈られたそんな素敵なプレゼント、どうぞ大事にしてください。

二〇二二年七月一六日

就職と仕事の意味を履き違えるな

●成果主義の落とし穴

私は仕事、とりわけ「就職」については、自分なりの考えを持っており、それをここで述べましょう。

・パンが全てに優先する、という考えなので就職についていては、できるだけ誰もが「我が故郷」で働けるようにと願っています。

正直に言って、今のところ私に、特にこれと言って何かがあるわけではありません。今すでにあるものを、うまく組み合わせれば充分ではないかと思っています。ただ、就職の世話をする人は、職を求めている人に対し、「一次面接官」にならないようにしてほしいのです。職安に行って、関連コピーをしてくれたり、企業に何度も電話してくれた一例を除いて、いつも「俺、なんで企業からの出張面接官（職安職員）に面接されなあかんのや」という思いになりました。

企業側の条件と、毎日向き合っているので仕方がないと理解はできてもスッキリしません。だから就職の世話ではなく、その人の幸せと犯罪防止に直結する「我が故郷」探しを手伝っている、と思ってやってもらえればありがたいです。

テレビの『ポツンと一軒家』はよく見ますが、「なぜ、こうなったのですか」という質問に「親が決めたから」というような答えに時々出会います。

原生林の、とある小さな沼地で誰にも気づかれず、ひっそりとその生涯を終える名もなき花。果たして、そういうふうに自分は暮らせるだろうかと、ふと思ったことがあります。私には怖くて無理です。他の人がいて、初めて自分も存在する。個を主張するだけが、生き方ではないのではないかと思っています。

だから、縁に委ね、とりあえず、石の上にも三年、ということで、あれこれ考えずそこで頑張ってみてほしいです（もちろん、合わなければ遠慮なく辞めるのもＯＫ）。

・発明に関し、会社の得た利益と発明者の取り分について、裁判があった時、ふと、「自分の給料について当てはめたらどうなるのかな？」と考えました。

一、自分には親から引き継いだものがある。

二、人との出会い。大相撲の白鵬さんが、モンゴルに帰る予定だったと聞いてビックリしました。才能豊かで引く手あまただと思っていたからです。

三、本人の努力。

単純に考えて自分の取り分は努力分。つまり三分の一ということになります。あと三分の二は、何らかの形で社会に返さないといけないのではないかと思いました。そう考えると、年功序列。終身雇用（※後述一）。正社員が基本。それでやってきて、それなりの成果を上げていたのに、成果主義やら、なんとやらで、結局は順位を下げている。年功序列などはだめだ、と言う人は、それは社会保障的面もあると思うので、それに代わるものを分かりやすく示してほしい。

私は、村が企業に移り、いわばI地区の少年団的結合の大人版で企業は動いて来たと思っています。そこはやっぱり、年功序列。終身雇用。正社員的社会です。ところが、世界は、ＩＬＯという戦略を用いて、日本潰しに動き出す。その尻馬に乗られた先生方もおられたのではないかと思っています。そして、企業の中の村的構造が徐々に崩壊していくにつれ、競争力も弱まり今日に至っている。ずっと前からそう思っていました。

つまり、連合軍により、二度目の敗戦を味わうというわけです。じゃあこれからどうするねん。分かりません。とりあえずは、目の前の、おかしいと思われるものを一つずつ改めるくらいです。

既述ですが、プロ野球の監督さんは、必ず「一丸となって優勝を目指す」と言われます。

また、今年の夏の高校野球の県予選で、いいところまで行きながら敗れた高校二年の投手や主力の野手がインタビューで、いずれも〝泣きながら〟「先輩に申し訳ない。来年は必ず恩返しをする」と言っていた。

最近はやりの、会社の分離的やり方を推奨されている社長さん方、「新成長戦略」の経団連（※後述二）は、野球の監督さんや高校生の発言を聞いてどう思われるのでしょう。「それは古い。デジタル野球（※後述三）を目指せ」かなあ。あるいは、太鼓づくりや明珍火箸も「盗む」ではなく「デジタル」だ、と思われているのだろうか。

先に「阪神淡路大震災を境に潮目が変わった」と言いましたが、「説教爺さんや銀行筋は、そのときくらいから徐々に〝数字化〟されていった」と思っています。もっとも企業はほっとけばいい。必ず「赤字」というチェック機能があるから。札束用輪転機を持つが故に、その機能が働かない今の世の中の統治の在り方よりは、目の前の、おかしいと思われるものを一つずつ改めるに当たっては、企業連合国家の方がいいのではないか、というのが一つの方向性です。

では、みんなの意思はどうするのか、です。

・端的に言って、今様の参政権はなし。組合の役員さんの選挙だけでいいのではないか、と私は思っています。そうなると、組合の役員に選ばれた人は、経営者以上に大きな荷を背負うことになる。経営者はいわばパンのみ。なぜなら勝つことが最優先だからです。

そのことを支えながら、なおかつそれ以外を全部背負うことになる。大企業は何段階かに分けないと、今の二の舞になって、実感できない人選びになります。そうならないよう工夫が必要だと思います。そしてそのとき、役員に立候補できる資格はたった一つ。

それは「他人の痛みを追体験できる感性があること」。組合の上にいる人は、それを必ず引き継いでほしい。痛いと放っておいてもあれこれ考える。ぜひ、お願いします。というのは、今の教育を含めた流れは、その継承はないように思うからです。既述のように「本来、税は全部福祉に」と言う江田憲司さんの言があるにも関わらず、流れはそうなっていない。

自民党の若手の役員さんが「何が問題か分からない」と仰ったとか。その発言自体は、ごく当たり前だとは思います。ただ「一億を宗教団体に寄付し破産する」となると、それは普通ではない。関係者にとっては、悲惨な出来事です。掃除屋らしく「掃除をしないと」と思ってもらわないと困ります。しかし、これはその役員さんだけのことではないようです。安倍元首相の国葬賛成派は、若い世代に多いとか。私は、同じ流れだと思う（※後述四）。

この流れに対し、デジタル化社会は、心の琴線をインプットしてくれるのかなあ。江田憲司さんが継承されず、痛みが感知されないとなると、理屈の上では継承可能だと思うけれど、デジタル化社会を標榜する人は、デジタル化に夢中になっていて、他のことは頭にはないのかもしれません。

例えば将棋界を例に取って見てみます。ＡＩ将棋は「将棋の美」を、どう取り込んでいるのだろう。そうではなくＡＩには「美」がないから強いのだろうか。つまり「琴線」無視が、「デジタル化社会」だとすれば、若手に「他人の痛みを追体験できる感性があること」を求めても筋違いだということになる。「愛の無機質化」が必然の世界となります。
・翻って今の制度下での選挙で、選挙に行かなあかんと、いくらか義務的に行く人、候補者と何らかの関係がある人を除けば、果たして、どれだけの人が、今の選挙制度を必要と思っているでしょうか。その意味では、今の選挙制度は実質的に崩壊していると思う。
詳しく数字で示す能力はありませんが、「全ての選挙を合算した場合の投票率」は五〇％を切っているのではないか、と思っています。そうでないとしても、市町村長選挙で五〇％を大きく下回る「こんな投票率で長？　選ばれた人、どんな気持ちなんやろう」と思うことはよくあります。

私は「五〇％切れば、その選挙は無効とするべき」と思っていますが、選挙はみんなが、その必要性を実感できない存在になっているのかもしれません。それを「とにかく投票を」と空念仏を唱えられてもねえ。「テレビで、あんなこと言ってて虚しくないのかなあ」と思ってしまいます。

ではどうするのかですが、私は荷車を引きながら行先を見つけるタイプなので、今のところ確たるものはありませんが、先ほど述べた組合役員への選挙と、企業連合国家の執行者に対する投票という形はどうかと考えています。そのときの投票者は誰にするのか。改革などない、という主義。だから先の話は、経営者と組合でよく話し合って決めてもらえばいいと思っています。

ただこの場合、、リーマン・ショックの時に、経営者が全員一律で一時帰休を提案したけれど、組合が承知せず、派遣社員だけが対象となり、中には退職の憂き目に遭う人も出ました。また、労働者の賃金格差で競争に負け、海外移転するくらいなら、パンのため、賃下げを申し出ればいいではないか、と思うのです。

誰かが悪いわけでもない。仕方がない。賃下げ？　それが組合員のためでないのなら誰のため？　もちろん「けものたちの故郷」のため。そうたりうるなら、ＯＫといった柔軟性を持ってほしい。また、独立した企業と連合体という形は、ＥＵと似ている。ＥＵも、いろいろと変遷があるようなので参考になるかもしれません。

・もともと、国の自助の流れで、こうなった企業連合国家なので、とりあえず、その流れでやれるところまでやる。

今、コロナの規制に関し、なんでも国などよりも企業の方が厳しいところがあるとか。企業は日々の仕事に直接影響するから自然と、そうなる。そういうことを積み重ねる。つまり荷車をあっちこっちにぶつけながら、もちろん国の決め事は守り、選挙のことも含め、国の決め事以外に、あくまで企業の存続に関する事柄の範囲内で、いろいろ自分たちで決めてやったらどうですか。今は、いい機会かもしれません。

何なら、新たに、そういうことをお互い話し合う「企業の、EU的アジア分室」をつくり、あくまで企業人による企業のための取り組みを実験したらどうかと思います。「経団連」？　二〇二二年七月二九日の経団連からのお知らせを見ましたが、それはそういう性質のものではないのかもしれませんが、政府や東京都のメッセンジャーでした。

役所がパンクしたとき、暗黙でまとまりをもって動かせるのは、企業だと常々思っていますが、少なくとも二〇二二年七月二九日のそれには、その匂いが感じられません（また、私企業なら必然の「保健所の所長さんが、『これとこれを、こういう形でしてくれ』と、SOSを発信しながら助けを求めて企業回りをした」と言う話は聞いたことがありません。すでに、そういう所長さんが居られたらごめんなさい）。

前々から気になること＝早晩海から魚がいなくなる、があります。

とある池で、池にかなり入った所で櫓を組み、いつも釣りをしている叔父さんがおられる。先日たまたま、その人が釣り上げた魚を引き寄せている場面に遭遇した。どうしはるのかな、と思って見ていると、魚が手元に近づくと、右手を水に突っ込みゴソゴソ。魚を水面上に引き上げることなく、池に戻しはった。これだ！　と思った。

日本の、プロでない海釣りの好きな人たちが、一年間に揚げる漁獲高がいくらか知らないけれど、皆さん、高いお金払いはってて、言いにくいのですが、池の叔父さんのようにはなりませんかね。今年は海に魚がいない、という報道に接するたびに、プロの漁師さん方が目に浮かび、切なくなります。

突然ですが、私は、日本にはもう川がないと思っています。

私は、市川のほとり、それから枝分かれした用水路や溝に囲まれて育ちました。市川にはフナ、ハイジャコ、バックン、ギンタ、ウナギ、ナマズ、ドジョウ他いっぱい魚がうじゃうじゃいましたし、それらは同じくその支流にも、うじゃうじゃいました。

私の家は、うら溝という用水路の崖の上に立っていて蛍は、いっぱいいたし、七夕ブナは捕り放題でした。うら溝のへりを、水草を啄みながら川上へと移動する。それを網で掬う。小学校の一、二年生の頃は、家の前の小溝の上流と下流に網を張り、自分専用の生簀を作り、いっぱい放していました。ドジョウなどは田んぼの小溝の泥を手で掬えば、いつでもわんさか捕れました。

これが、私の川です。ところが、もうずっと前から、市川にも、うら溝にも魚がいません。そんな関係から、今でも、川を見つけると必ず、魚がいないかと魚を探します。でも、どこに行ってもやっぱり魚を見つけることができません。私にとっては、もはや川はゼロです。そう言えばトンボも蝶々も、蝉も、カブト虫も、わんさかいたのに、それもほとんど見なくなりました。

海だけが例外のはずはなく、いずれ早急に海から魚がいなくなると思っています。それで、漁師さんが目に浮かび、釣りを楽しむ方々を見るたびに、ついつい「釣ってすぐ放してくれはったらな」と思うのです。

そんな次第で、農業同様、漁業も「捕る」から「工場で生産する」というふうになるしかないのではないか、と思っています。その方が企業連合国家に参加しやすいかもしれません。


常々福祉についても、考えます。

それがどれ程福祉的なのか、私には判断できませんが、それらしいと思われることをした例を挙げてみます。
・入社のため応募した女性と面接中に「市役所から市営住宅を出るよう言われている」と言う話になった。家賃滞納がその理由だという。そこで面接を適当に終え、終わりにすれば済む話です。しかし、小学生の子供が二人いるとなると、場合によっては、転校もしなければならない。そう考えると「ハイさようなら」とはチョット言いづらい。
とりあえず、その女性と一緒に市役所へ行くことにしました。担当者に会って「うちの会社が保証人になるから、そのままおいてやってほしい」と頼んだが、答えは「NO」。そこで、市会議員さんに事情を説明して担当者の説得をお願いした。

するると、議員さんもすぐ動いてくださったが、答えはやっぱり「NO」。仕方がないので、会社に「もし、彼女が払わない場合は、私の給料から引いてもらっていいから」と頼んで、滞納分を市に納めた。市役所からの帰り道、さすがに「これって、俺の仕事？　むしろ市の仕事では」と思った。
・ある従業員は、健康診断の結果の数値が悪く即入院と言われた。しかし、一向に入院する気配がない。理由は金がないからだという。病院の相談員、及び区の係の人の助けを借り、なんとか入院にこぎ着けました。
・独身の従業員がゴミ屋敷に住んでいる、と聞いたので、訪ねてみました。なるほどゴミ屋敷でした。特にひどいと思ったのは、枕元にびしょ濡れの座布団を敷き、その上に灰皿を置いているのです。その理由は、寝たばこで火事にならないようにするためだという。風呂はゴミ箱代わりでゴミの山。部屋中、文字通り足の踏み場もない。仕方なく、二人で即、掃除に取り掛かった。ほぼ一日掛かった。後日訪ねてみると、畳がどの部屋も新調されていました。
「どうしたん」と聞くと、チョット照れながら「この方が、気持ちがいいので」と。以後何度か訪ねましたが、ゴミ屋敷になることはなかった（市役所の皆さんも、テレビで紹介されるようなひどさになる前に、法など糞くらえで、五～六人で押し掛けて、片付けてみはったらどうですか。案外、次に行くと畳が新調されているかもね）。

・これは少し哀しい話だけれど、従業員の一人が亡くなった。そのお母さんは勤めてはったけれど、なぜか親戚も、会社からも、お母さんの同僚も来ておられなかった。お母さんは、誰にも知らせてないという。結局、お母さんと、その娘さんと娘さんの一歳くらいの息子さん、そして私の四人で葬儀を済ませました。

まだ、今のように家族葬がない時で、葬儀屋さん、お坊さんに、ごく普通に来てもらって、お通夜とお葬式、〆て九万余。なぜか、費用は私が担当しました。その額で収めたのは、会社から亡くなった本人に渡せるお金が一〇万ほどだったからです。後に訪ねても、お母さんはいつまでも泣き崩れておられた。理由は分からないけど、誰にも知らせなかったことの悔悟と、息子への自責の念がそうさせたのではないかと、いつまでも哀しい想いを引きずる出来事でした。

上記のことが、普通にどこでも行われていることかどうかは分かりませんが、例をあげたのは、あまり福祉がどうだのこうだのと肩肘張らず、今できることを精一杯やればいい。その延長で、もう少し広く手がつけられるようであれば、それはそれでよし。そういうつもりです。こういう方面は、やはり組合に担ってもらうのがいいように思う。

うまく考えられない場合は、既存のものに委ねればいい。ただし、そのときは一つだけ条件があります。法には「だからできない」という法と、補完も含め「だからできる」という法（明石の泉市長がその典型）です。企業人は「だからできる」で物事に当たらないと前へ進めないけれど、役所の方はどちらかというと前者に傾斜しがち。だから、企業人に合わせ、後者で取り組んでほしい、と切に願うのです。

※後述一
定年は六十二歳。十八歳で働き始め、平均寿命八十四歳として、三分の二の在職中に最後の三分の一分を準備する。

※後述二
日産で社長や会長をされた川又克二さんが、かつて「自動車がなくなることをしょっちゅう考えている」と言われた。驚いたが、深みのある発言でもあった。

※後述三
佐々木朗希投手が完全試合目前で交代した件。訳が分からず、ただ「井口監督ってすごいな」と思った。

その後、一応、佐々木投手を見てみようと思いテレビを見てみた。そして「なるほど」

と、「井口監督の思いが理解できた（ど素人の、あくまで私なりにではあるが）」。そしてやっぱり「井口監督ってすごいな」と思った。なぜ、そう思ったのかというと、プロ野球選手の投手だった鈴木啓示さんを、はじめてテレビで見たときのことを思い出したからである。「なんだ、こりゃ。まるでキャッチボール。ちぎっては投げ、ちぎっては投げ。まるで力感がない。これで何百勝？」と驚きました。

鈴木啓示さんは、西本幸雄監督から、今でいうところの「完全なイジメを、ずっと、しかも人前で受けはる」。特に、これは、ひどい。キャリアも実績も鈴木さんよりはるかに下の（元阪神の）「山本和（幸）を見習え」と、しかも人前でいうのである。

後に、鈴木さんが西本さんに会われた時、西本さんは、鈴木さんに「すまなかった」と謝られる。全て計算ずくだったのである。鈴木さんが西本さんと出会っておられなかったら、鈴木さんは三百勝に届いていなかったかもしれない。

今では、ＡＩは野球界にも入っているようだけれど、少なくとも私の目には〝ちぎっては投げ、ちぎっては投げ〟は見当たらない。ＡＩで西本さんの上＝三一七勝以上の投手が現れるのかどうか（資料は神戸新聞『わが心の自叙伝』）。

※後述四

大学生に「議論したら」というと「ラインにしよう」とか「議論で打ち負かされるのが

嫌」とか。表層で片付いてしまう傾向の流れ。

二〇二二年七月二三日

安全保障について

●誰を何を守るのか

(一) 木々の安全保障

後述になるが（一九二頁参照）、「今までで一番恐怖を感じたのは、トルストイの『戦争と平和』の、ニコライ老侯爵とマリアの関係である。それは、初めて読んだとき、『生命の継続と非継続はこういうことなんだな』と感じたからである」とある。

そう感じてからだともう半世紀以上が経っている。私のように感じた文章的なものが、教科書に載っているかいないか、私は知らない。『戦争と平和』は専門家しか読めない本ではないし、税の援助を受ける大学で、文学を専攻しておられる先生方は五万とおられる。私が気づくくらいだから当然、諸先生方のどなたかの同種の文章が、教科書に載っていてもいいはずだ。

だとすれば、なぜ、例えば旭川市の公園で凍死しなければならない悲惨なことが起きるのか。ウクライナとロシア＝日本とロシアなどの関係で「力が根底」だとか。

だったら、教育委員会を含めた先生方が鈍感で、行動力ゼロ（※後述一　企業へのお願い）ならば、防衛大臣は自衛隊を派遣して、イジメた生徒を拘束すればいいではないか。法律？　法と人の命とどっちが大事なのか。外国は関係なし。国内だけで済む話。国は、なぜ凍死された生徒さんを守らなかったのか。ロシアのウクライナ侵攻で「日本の国を守る」という一見「もっともらしい発言」と、それを「幇助する」あるテレビ局。凍死された生徒さんと、その親御さんを守れもしないくせに、「国を守るなどと言うな」と言いたい。

私にとっては、木々＝人間の安全が第一。「それ（ニコライ老侯爵とマリアの関係）だけで充分。戦争までいらない」という所以である。

安全保障については、ウクライナに関連して後述するとして、ここでは次のことを強調したい。為政者は感情問題（例えば、戦争犯罪）が発生する前に事を収めるよう決断してほしい。感情問題が発生した場合、それは外交課題というよりは、国内問題に変化する。この認識が全ての出発点。そうでないと「内閣の一丁目一番地」といいながら他人に頼ったり、見せかけの外交で「ズルズルと何も進展させない」のが、もっとも有効な手立てになってしまう。

それでもその問題を処理しなくてはならない場合、「英雄」になることよりは「愚か者」になることを我々が評価する必要がある。国内問題だから決定権は我々国民にあるからです。

例えば、ロシアとウクライナの停戦交渉に関して、二〇二二年三月二九日、トルコ仲介でウクライナとロシアが協議を行い、ウクライナの停戦協定案をロシアは歓迎した。しかしブチャで四百十人の遺体が発見されたことから、四月三日ゼレンスキー大統領が「ジェノサイド」と非難し、停戦への道は閉ざされた。

そして、死、破壊、避難民の拡大、さらには全世界への経済的影響。それらがその結果の現実だ。そうではなく、それはそれで別途考え、森などどうでもよく、木々を第一に考え、カッコ悪く愚鈍にやり過ごしていれば（現に兵士の死者数は、発表せずやり過ごしているではないか）、今頃は、以前の世界を取り戻していたかもしれない。

（二）戦闘の位置付け

「その戦闘の位置付け」については「点数をつける」ということについて触れてみたい。

・民主主義、自由、人権、歴史、民族、宗教等々目に見えないものは一切考慮しない。

・逆に、死、破壊、負傷、避難民、等々目に見えるものだけ評価項目とする。

・点数を何点にするかは難しいので、全て一点またはマイナス一点とする。従って、原爆投下もマイナス一。手の指の骨折もマイナス一。

これなら素人の我々でも評価表をつくれる（もちろん、自分流の点数配分ができれば、なおよし）。

一例だけを示せば（※後述二）、

	ウクライナ	ロシア
避難民	マイナス一千四百万点	マイナス二十万点
合計	マイナス一千四百万点	マイナス二十万点

この結果からは、自国民にとって、ゼレンスキー大統領が一番の「悪」だとなる。

そして、この評価表が戦争の脚本家を無能にする唯一の方法だ。

さらに、何の代償も払うことなく意思表示できる、戦争に繋がるアンケートには「反対」と応じ、「戦争に加わらない」と決心する。これはどんな状況下にあろうとも自分で決められる。最後の砦はこれしかない。

(三) 繰り返す戦闘

今、現実に起こっているロシアの侵攻は、プーチンさんが一方的に悪い。だが侵攻後は、ひょっとして一人の演者なのかもしれない。プロ中のプロがあらゆる手段を用いて、九〇%支持のウクライナ市民を背景に、「民主主義、自由、人権等々」の御旗の下、今ではその御旗を離れて戦いが続けられているのかもしれない。

つまり自分たちの正義の高揚を全世界に知らしめるためにだ。武器の支援といっても、やみくもにするはずもなく、他分野も含め、全てを計算ずくで事に当たる。それが仕事の人たちがいるはずだ。果たして「そこに木々は存在するのか」怪しいものだ（※後述三）。戦争の最前線で殺し合うのは木々のみ。この図式は先の大戦でもそうだっただろうし、結局木々にとっては、何も変わっていない。まさしく「歴史は繰り返される」だ。

日本の首脳も、さまざまな面で「反ロシア」に加担している以上、この計算ずくに無縁ではあるまい。我々は岸田首相も、この戦争に片足くらいは突っ込んでいると思っておく方がよい。台湾となると、ハッカー止まりでは済むまい。九〇％支持のウクライナの二の舞を演じないよう、各人が今から「いかなる戦争もしない」と決心するしかない。

（四）建前と本音

我々が、ロシアのウクライナ侵攻で教訓とすべきは、ロシアのウクライナ侵攻ではなく、ゼレンスキーさんを「九〇％で支持するウクライナそのもの」だ。

中味のない綺麗事だけの「建前社会」。そこでは、かつての派閥で機能した、後述するが（一二七頁）「銀行筋」はない。まさしく人気投票だけが存在する。それに沿った候補者の擁立。他人ごとではない。「怨霊は一度はいいけど、二度はいかんわな」などという会話は、今では成り立たない（※後述四）。今の体制を早急に変えるべきだと思うけど急にはそうならない。このことをしっかり心すべきだ。つまり「ゼレンスキーさんを選ぶな（※後述五）」です。

プロサッカーチームのヴィッセル神戸の責任あるスタッフの方が、今流行りの、パワハラだったかの類で、オーナーのMさんに辞めると申し出られたが、Mさんは「私が信頼して決めたこと」と仰って、その申し出を受け付けられなかったとか。二人並ばれた写真付きで神戸新聞が報じていた。今の選挙事情ではこう言い切るのは難しかろう。本当は、Mさんのように言い切れない雰囲気にしている西欧かぶれの学者先生方とマスコミが一番悪い、と思うけれど、これが現実。仕方がない。

（五）国民を騙すな

では、なぜ「ゼレンスキーさんを選ぶな」なのか。

ベラルーシの人々は、なぜ国外に大量に避難しないのか。それよりも、中国、ロシアで、今暮らしておられる日本の方々は「日本政府、及びあるテレビ局がアンケートで、それを幇助しているように、なぜ武器を取って戦っておられないのか。いや、即中国やロシアから逃避されないのか」。日本政府はそれ用の航空機を手配しないのか。日本と同じとはいかないまでも、少なくとも中国で日本人は殺されていない。

「もろ手を挙げての歓迎」どころか「自ら仮想敵国に飛び込んでいる」ではないか。それが、一万数千社もあるという。だから「もろ手を挙げての歓迎」こそが、その生活環境で生活できず、殺戮と破壊回避の本当の現実なのだ。そして、そのための代償をどう最小にするかを考え実行すればよい。国民はそれを大歓迎するはずだ。

現に、「一兆円を手渡した（青山繁晴さんによる）」小泉純一郎さんは大歓迎されたではないか（※後述六）。それが政治家のなすべきこと（※後述七）。「大砲の準備などではない」と言いたい。

「殺すな」ではなく「国民を騙すな」。そして、おそらく「武器を備えろ」と提唱する政治家やテレビ局に「自分に呪文をかけ自分を騙すな。目を覚ませ」。「台湾のために、少なくとも沖縄が、犠牲となる可能性を孕ませるような考えに傾斜する報道はやめよ」と言いたい。

※後述一　企業へのお願い

・「何か事が起これば、専門家や有識者で検討して法をいじる」。その繰り返しです。

イジメに関する解決策は「距離を取る」以外に方法は、ないです。そこで「親御さん、その子供さん、学校で何らかの兆候を感じたら、学校などに行かず、我が社へ遠慮なく来てください」と受け入れてくれませんか。そして、そういった方面に携わっておられる方々と共に対処する。中身のない綺麗事の建前で固められた枠の中で暮らして、それで良いのか、という気がします。

私は何度か夜間の学校に行ったことがあります。年齢も仕事もバラバラ。しかし「自由、人との関わりも心にわだかまりもなく、緊張感は不必要、自然体、等々」と言った表現すら、ちょっと違う感じで、ともかく全てが『平坦』で落ち着けました。それは、何かの目的があっての学校生活だったとしても、むしろ、意識することもなく、ごくごく自然に『学校でみんなと過ごす、その時間そのものが、学校に来る目的』という感じでした。それは、私の経験した限り夜間学校に共通する部分でした。つまり「企業連合国家で、そういう学校を創ってくれませんか」というお願いです。

先生を経験された方から「ともかく書類が多くて大変」と聞いたことがあります。日本は民主主義で自由の国と言いながら、多様化かどうかは知らないけれど、学問が細分化、専門家化して、そのため、ふと気づけば、その細分化した専門性に包囲され身動きが取れなくなっている「全く自由のない国になっていた」。

「道を歩いていると思ったら、いつの間にか土塀の上を歩かされていた。今度はピアノ線だという。うまく渡れるだろうか――一九八九年九月一九日記述――」というわけです。

・先日、銀行で書類を提出するとき、途中でどう記入するか分からず、尋ねると、それまでの記入が間違っていて、改めて新しい用紙を渡されました。二度目も結局間違いだらけで没になり、三度目は係の人に「これはここ、次はこっち」と記入項目を指定してもらい、中身は素通りで、ようやく書類が出来上がり、提出しました。

細分化した専門性に包囲され、身動きが取れなくなっていて「全く自由のない国になっていた」のはあらゆる所で、そうなっているのかもしれません。そして、その第一の犠牲者は、その「自由のない国」で暮らすことが義務付けられた「子供たち」なのかもしれません。それが、上記のように企業にお願いする理由です。

※後述二
・ウクライナ　ＵＮＨＣＲ（二〇二一年一〇月一一日更新）
・ロシア　ＢＢＣ ＮＥＷＳ ＪＡＰＡＮ（二〇二二年三月一五日）

※後述三
・兵士の死亡について、ロシアの公式発表三月二五日、一千三五一人。以降なし。
・ウクライナ側は死亡した兵士の総数を公式に発表していない。ウクライナは定期的にロシア側の死者数を発表しており、六月下旬の時点で約三万五千人。
双陣営とも「戦局」で頭がいっぱいなのだろう。

※後述四
・そんなものが何の役に立つのか。「パン＝当選が全てに優先する」から、「旧統一教会問

題は、まあ、しゃあないか」となり「無罪放免」。一方、もう一つの基準「政治家資質＝他人の痛みを追体験できる感性」からすると「議員を辞めてください」となる。ここで故・竹下登さんに登場願って「今回は大目に見る。二度目に、宗教関連に限らず同種問題起こせば自民党から永久追放する。法は関係なし。自民党がそう決めれば他党も必ずそうなる」。これで終わり。

・若者の皆さん、勉強などどうでもよいので、後述するが（一三九頁）「蛸壺に籠り、ただひたすら、自分の心の隅々まで丁寧に訪ね歩く旅」をやってみませんか。その結果、問題を案外「簡潔に片付けられる」ようになるかもしれませんよ。これは体力がいるので、若いうちでないと無理。検討してみてください。

※後述五

・ゼレンスキーさんがロシアの人に侵攻反対蜂起を促すのは、極論すれば「当局に捕まれ」と同意語だと思う。例えば、北朝鮮と日本が戦闘になったとして、日本の首相が「北朝鮮の皆さん、日本侵攻反対運動を起こしてください」と言えるだろうか。そんなこと、とても言えまい。

「武器をよこせ」と他国をなじる。こう見てくると、ゼレンスキーさんは、ずいぶん手前勝手な人だ。ロシアへの呼び掛けは、あるいは無意識下の兄弟喧嘩なのかもしれない。

だとすれば、他国は一斉に手を引くべきだ。（※後述八）

※後述六
・青山さんと正反対の意見もあるようです。もし正反対が正しいのなら北朝鮮から、ミサイルを二～三発撃ち込まれても文句は言えないけれど、私には青山さんが正しいのか、正反対が正しいのか検証する能力はありません。だから、念のためここに載せておきます。もし、正反対が正しいのであれば、私の記述「御免なさい」（正反対の方に問い合わせたが、返事をもらえなかった）。

※後述七
だけど、騙したのなら良くない。せっかくの一兆円をパーにしてしまった。さらに、北朝鮮に追加の追い銭（＝テレビ＝竹下登さん＝パソコン）を支払うという唯一の解決策の糸口を使えなくした。それは、小泉さんに理念がなかった証でもある。今も拉致問題の見通しがないうえ、防衛費をこれまで以上に積み上げるべきだという。さてさて、これからどうなることやら。

※後述八（二〇二三年一〇月一四日）
「装甲車をロシア軍に売るウクライナ兵」（ロイター　二〇二三年四月一四日）。正しく兄弟喧嘩そのもの。各国は手を引くべし。

（二〇二四年二月一一日）

また、プーチン大統領のインタビューでの発言―ロシアとウクライナの戦いは「ある意味で内戦だ」（二〇二四年二月十日産経新聞）―は「我田引水」と非難されるだろうけれど、少なくとも「兄弟喧嘩」と感じた私にとって不自然さはない。

「だから、侵略ＯＫ」ではなく、ウクライナの一般市民のことを考えると「ともかく停戦」でいいではないか。行司役（アメリカ）とプーチン大統領が話し合って決めるのが一番手っ取り早い。

経済人は、自分たちのために、これなら声を上げれるのでは？　是非そうしてほしい。

二〇二二年八月三日

結いの村

●最近の事件について思うこと

（一）復元力を求めて

私の生家は、I地区の「えべっさん」の真下にあり、「えべっさん」は何でもお見通しの「神さん」でした。良いこと、悪いこと、悲しいこと、嬉しいこと、その絵馬のせいか、何でも包んでくれました。そのうえ、I地区の「えべっさん」には、神主さんなど人はいません。だから、自分の都合のいいようにつくれる神さんでした。このことが他から邪魔されず、害にもならず、大いに良かったのだと思います。

都会に出て、何かの話のとき、キリスト教系の学校を出た人から「いや、神さんは弱い者イジメしかせんのや」と言われ、びっくりしました。「えべっさん」とは対照的だったからです。

しかし、その後「やっぱし、神さんは弱い者イジメしかせぇへんのや」と思うようになりました。最近では「神さん、悪乗りし過ぎる。わけが分からん」とも思っています。

「I地区のえべっさん（=大人から）」に「バチが当たったんや」と言われれば「なるほ

ど」と大体その筋が読めました。しかし、今はその筋が見えません。「あんなええ人がなんで」ばっかりです。

ほんわかしていた、あの神さんは、いったい、いつから「へまばかりする」ようになったのでしょう。

—神から「弱い者イジメ」を受け、例えば宗教などに触れ、それを自己昇華させ、新たな世界を知る、ということもあるでしょう。しかし、それは普遍性ゼロではないにしても、極めて個の限定的世界です。少なくとも生活レベルでの普遍性はないです。生活レベルで、普遍性がある、と言われれば、切なすぎます（二〇一五年三月六日記述。※後述一）。—

やっぱり「弱い者イジメ」は「悪」なのです。

しかし、それが「神の御心」。

だとすれば、どうするのか弱ってしまいます。「イジメが常道、愛なしが、神の世界」と言われると、ちょっとキツイ。どこかで、ほんわか、変わることのない愛で包んでほしいものです。

手前勝手な屁理屈で、神の領域に踏み込んだ人類が「弱い者イジメを得意とする神」同様に、「弱い者イジメを常道とするようになった」のは、必然の帰結かもしれません。とはいえ、「天皇陛下が、弱い者イジメをされる」とは考えられません。

それは、ある隔絶をつくり出すことにより「永遠の愛」を享受しようとした人々の知恵かもしれません。

I地区の人々も、ごく自然に、ほんわか包んでくれる「I地区のえべっさん」をつくり出したのだと思います。もっとも、神さんから言わせれば「もう何十年も前から、お金のために臭いウンコを山にバラ撒くし、最近ではブンブン羽が鳴る。とてもやないが、落ち着いて暮らせない。だから、とっくの昔に日本から逃げ出したよ」と言うことかもしれません。

となると、日本には日本の神さんはいなくて、西洋の神さんばかり。弱い者イジメが蔓延るわけだ。「愛の無機質化」は、こういうことの結果かもしれません。

・「愛の無機質化」とは、具体的に何かですが、これについて述べます。
イタリア映画『道』（一九五四年）を見たのは、十五歳の頃だったと思う。二人の主人公の、切なく哀しい物語がズシンと心に残った。次にフェデリコ・フェリーニ監督のことは知らないまま偶然『甘い生活』（一九六〇年）を見る。そして『8《はっか》 1/2《にぶんのいち》』（一九六三年）。

このときは、監督のことを知って見た。『道』があってこその→『甘い生活』→『8《はっか》 1/2《にぶんのいち》』。「愛の無機質化」が猛スピードで進む中で、どうするかが頭から離れないままとなる。

ちょうどその頃「復元力を何に求めるか」ということが、よく議論されていた。東工大の判沢弘先生は「地方がもっと独立したかたちでやって行くべきではないか」と言われていた。このことは、今、流れは、そういう方向かなと思っています。

一方、ある人は「結局、行き着くところまで行くしかないのではないか」と言われていた。私は「抽象の坂本善三は、最後は阿蘇の自然に帰ったという」ことが心に残り、少なくとも私に関しては「復元力は道端の丸い小石。I地区の少年団。周りの人々。これらにその根源がある」と思っています。

それはI地区の自然がある私には、当てはまるけれども、それで全てOKとはいかない。「結局、行き着くところまで行くしかないのではないか」からも逃れられないのではないかと思っています（この場合、行き着いた先、どう戻るのか。私なりの思いはあるけれど、しかし実現はまず無理だろう　※後述二）。

デジタル庁「我が国経済の持続的かつ健全な発展と国民の幸福な生活の実現を目的とするデジタル社会の形成」。

その記事と同画面に「新型コロナワクチン接種証明書アプリ」というのがありました。これは私でも矛盾なく受け入れられる。

一方、同時期、どこのお医者さんに電話しても「ワクチン接種の予約は、いっぱいです」と断られる。「いつ頃なら予約できますか」と尋ねても、「ワクチンがいつ入るか分からないので、いつになるか分かりません」。

また、ワクチン接種券発行依頼に役所に行くと、「ここではやってない」との返事。もちろん、そう応えた人に悪気はない。あれこれと役所をうろついて、ようやく券が手に入る。そして、接種についても「ほとんど、どこも満杯」と言われ諦めていました。

それでも気になるので、調べてみると、近場で空きがあることが分かりました。「デジタル化が遅れているから、うまくいかない。それさえできれば、全てが解決する。だから、景品付き促進策ＯＫ」と言われても「また、役所の詐欺が始まった」と思うだけ。コロナ第七波でワクチン接種に関し、現在はそれが有効な手立ての一つだと分かっていながら、（当事者でないので、実情は分かりませんが）上記の通り、少なくとも我々の段階では、何も変わりません。

これからも、おそらくこの繰り返しだろう。願わくば、デジタル庁という前に、「そもそも役所というものの性癖が何か」を考え、組織をいじるではなく「その性癖の是正」に取り組んでほしい。そして「掃除屋に徹する」。それで充分です。

じゃあ「デジタル化」はどうするのか。パンが最優先。それは企業がやればいい。役所は自由にやってもらうべく、障害を全て取り除くことに徹する。それで不都合が出れば、その掃除をする。従業員は他社に勝つことを最優先し、諸般の決め事など無視し、やりたいようにやればいい。それで競争に負ければ、それは自分の力が足りなかったのだから、仕方がない。国境の県境化だから諦めもつくはず。私は、そう思っています。

会社で必要なプログラムは、私が自分で組んだ。そのとき、いくら教えても必ず間違える事務員がいた。今は、私がその事務員になっている。

コロナ第六波の時、対処について役所に電話すると、「ホームページを開いて、そこに書かれている通りに、自分で対処してください」と言われた。仕方なくホームページを開いたが、必要とする画面に辿り着けない。「デジタル社会」と言われてもピンとこず、どんな社会かイメージが湧かない。

我々段階では、右にあげた例（ホームページを開いて自分で対処すること）が、それに当たるかどうか知らないけれど、デジタル庁は「優勝するためと、我が国経済の持続的、かつ健全な発展と国民の幸福な生活の実現を目的とするデジタル社会の形成」のため、人間監督を廃し「デジタル監督に代えよ」とプロ野球のオーナーさんに厳命するのかなあ。

既述の「西本幸雄監督さんと鈴木啓示さんの軌跡」（八四頁参照）は、喪失した方が「国民の幸福な生活の実現」だと思っているのでしょうか。デジタル庁は、それはそれ、これはこれだ、と言うかもしれません。

・小さい、しかし、決定的なものに変身するかもしれない「最終警告書」、「利用停止予告」などの「スマホでの自動受信」。そして、その発信者の『送信の普通感覚化』。詐欺に引っ掛かるのは嫌だが、若者の詐欺に加担することへの無自覚感も気が重い。

・サイバー空間（仮想空間）とフィジカル空間（現実空間）を高度に融合させたシステムにより経済発展と社会的課題の解決を両立する、人間中心の社会（超スマート社会、Society5．0＝日本政府がこれからめざすべき未来社会の姿として掲げている社会構想）。

テレビで、なんだか目に被りものをしている姿は、外から全体の姿が見えるのだが、その姿は腰をかがめ、足は折れ曲がり、あっちにふらり、こっちにふらり。とても見ておれない。「あんな、美の欠片もない世界が、なぜ受けるのか」と言っても、社会に浸透すると思うとゾッとする。

それは、私たちの心の在り方が、現状で推移すると暗黙の仮定に立っている。環境問題は分かりやすいが、仮想空間の社会も同じで弊害がないなどということは、ありえない。神さんは、どこかで「愚か者め。ウッシッシ」と、ほくそ笑んでいることだろう。

そして、必ず「神さん、悪乗りし過ぎる。わけが分からん」と思うことが、ますます増えるに違いない。だから、とてもやないが「それはそれ、これはこれ」では済まないように思う。「愛の無機質化」に対して、どんなプログラムを用意してくれるのか？

結局、企業連合国家で考えるしか仕方がないのかもしれない。

企業は、勝つことが最優先される。デジタル社会はおかしい、とは言ってられない。つまり「結局、行き着くところまで行くしかないのではないか」と言われた方の世界がピッタシだからである。それだけでうまくいかないのは、前記の通り経験済みなのだから、当事者が考え対処するのが一番いいと言うことになる。

（二）国道三一二号線

・夏休みは、一日中遊び呆けていたが、夜は国道三一二号線上で二組に分かれてリレー競争をしたり、あるいは、どの家も、夕涼み用の床几を道路上に持ち出していたので、そこに仰向けに寝っ転がり、夜空と向き合う。そして、年上の者が、不思議な話や、怖い話、星のことなど、あれこれと話してくれた。もちろん、夕焼けや、激しく道路に打ち付ける夕立。しとしとと降る梅雨時の雨。満天の星空。みんな好きだし、私に限らず子供ながら、大人から聞きかじった一端の天気予報士。だから空は大好きだった。

しかし、私はどういうわけか、星の話を聞きながら、夜空を見上げていると、決まって自分の体が底なしの、真っ暗な空間に、止めどもなく落ち込んでいく感覚に襲われた。体は、夢で意識だけが目覚めたときのように、金縛りで動かず、言いようのない恐怖に襲われる。

学生時代に、私が教授に「あなたがたは、単に趣味に没頭しているだけ」と言うことになるのは、この体験が、根底にあるからです。宇宙などとても相手にできず、心のどこかで「あるがままを、あるがままに受け入れて暮らしたい」と願うようになっていったのだと思う。
・私は、これまた軒先を一〇キロメートル先からチラッと覗く程度に、環境問題に触れたことがある。なんだか経済学の理屈を用いたり、排水方法はこうするとか、学問って、こういうことかと思ったけれど、卒業せなあかんので、今度は黙って聞いていた。
環境問題の裁判などで、国や企業は矢面に立たされるけれど、それを考え出した学者先生方は表に出てこない。直接の因果関係がないせいか、よく分からない。しかし、失念してしまったが、どなたかが対談で「原爆を作った科学者だ。どうせろくなことしない。そう思って戦後まもなくより生化学方面を研究している」と仰った記憶があります。だから矢面と無縁と言うのは私としては納得がいかない。

「原爆」は「細微なものへと突き進むことの象徴」として捉えるべきで「平和利用はOK」。しかし「原爆は反対」とは、ならない。原発云々と言われる前から、そう捉えていた。弱い者イジメを得意とする西洋の神さんは、「人間のご都合主義など許してくれるはずがない」からである。私は環境問題での裁判があるたびになんだか、割り切れない気持ちになる。
・私の義父は「マージャンはやらない」と決めていた。「凝り性」だから「弊害」も考慮してそう決めたという。代わりにゴルフをやった。身長は一六〇センチメートル以下で、どちらかというと痩せていた。それでもシングルになった。

私は株を一時期やったことがある。やり方は簡単。大きく下落したとき、有り金をはたいて、時には一千万の借金をして買う。一番多く買ったのは、山陽特殊鋼の株で一〇万株。昔は、お客さんが列車の網棚に、週刊誌や新聞を放り投げていた。その中から、たまたま手にしたのが株式の新聞で、そこに未上場の山陽特殊製鋼のことが載っていた。そこで野村証券に頼んで一〇万株買った。やがて上場され儲けた。その後、野村証券から、あれこれ勧められたが買わなかった。お陰で、株で損をしたことがない。

理由は忘れたが、ある時から「株はやらない」と決めた。決めてはみたものの、今でも少し未練がある。それは、Dの株を買わなかったこと。Dは一時八〇円まで下げた。私のやり方では、その時点で借金は危険を伴うのでだめだけれど、当然、有り金はたいて買いである。

やがて、Dの株は四千円台まで跳ね上がる。買っていれば億万長者だろうに、と女々しく未練が残る。ゴルフや株のことを言うつもりはない。環境問題のことを言っているつもりです。

私の小さな頃は、頑固一徹「何々はやらない」という偏屈叔父さんが結構、身近にいた。・学者先生方が、死なないから、命綱を付けず「やあーめた」と、崖から飛び降りる（※後述二）。そうしていただければ、いっぺんに環境問題は解決する。それ以外の解決策は無理だと思う。例えば、「原発に代わる太陽光発電」などと言っても、それは、細微なもいのを他の細微なものと取り換えるだけで結局、細微なものへと突き進む構図は変わらないからです。

・昔は戸が閉まりにくいと、鑿で溝を削ってなんとかなった。今は金属枠だから素人ではどうにもならない。また、あるとき、掃除機のゴミ袋がなくなり買おうとしたが「製造中止」。

掃除機そのものはどうもないのに、結局買い替えることになる。また、先日パソコンの診断で「買い換えた方がよい。国が部品保存の年数を決めている」と言われた。

政治家さん方の環境問題への関わりは、いったい何なのだろう。「ブレーキとアクセルを同時に踏んでいる」と思った。

・これも、小学三年の頃である。I山の獣道を歩いていて、ギョッとして立ち止まる。緑というよりは、黒に近い入道雲のようにググっとなった葉っぱの盛り上がりが、道を塞いでいた。怖くなって引き返そうと思ったが好奇心から、そっと盛り上がりを覗くと、そこには小さな祠が鎮座していた。

なぜか「大人ってえらいなあ」と思った。どうにもならないようなものは、神さんに祈って、自分の心と向き合ったのかもしれない。これは、宇宙に対して私が感じた恐怖と同じなのかもしれない。

個人としては、そういう社会で充分だ。

しかし、病気を前にして、そうはとても言えない。正直、それで片付ける自信はない。ただ年を取ると『この先生』の言うことなら、「間違って、あの世へ行くことになっても、まあええか」の気持ちは分かる気がして来ている。

それと、自分たちの果たすことはたった一つ「命を次世代に繋ぐこと」からすると、医学といえども、趣味に没頭して、だんだん危険水域に近づいて行かれるのはちょっと困るから、「祠や信頼できるお医者さんくらいでやめてもいいかな」と思う。
・「お月さんのおもちをたべたい」という「子供の詩」がラジオから流れてきました。なんでも、お爺ちゃんが「お月さんで、うさぎがもちをついている」と言ったからだとか。「あほな！」というのも正しいし「人間だからこそ、それを真実にできる」というのも正しい。私は後者です。だから、宇宙開発は基本的に反対です。お月さんのうさぎは「迷惑している」と思うからです。
もっとも「俺は宇宙開発に生き甲斐を感じている。文句あるか！」と言われれば「スンマセン」と謝るしかありません。たった一度の人生、私ごときが他人さまにツベコベ言える立場にありません。それはそれで仕方がありません。

ただ、一つだけ約束してもらえませんか。「宇宙に放り出したゴミは必ず持ち帰り、他人に頼らず自分の家の敷地内で保管する」と。

例えば「御堂筋歩行時、大小便、垂れ流しＯＫ」なんておかしいでしょう。積もり積もれば、御堂筋界隈の人々は辛抱たまらず逃げ出すかもしれません。

地球も月も同じで「クッサー」と言って、逃げ出すかと思うと「ゾッ」とします。

素人の杞憂とはいえ、宇宙開発だけが例外で「公害はない」とは、とても思えない。それは地球温暖化の比ではないに違いない。地球温暖化はまだ、自分たちが我慢すればなんとかなるかもしれない。しかし、単なる、趣味の没頭や好奇心のせいで、そのような状況を招けば「お月さんでは、うさぎがもちをついている」派は、たまったものではない。

どうしても宇宙開発をするというのであれば「月でウサギはもちをついていない」派に提案です。前者は地球だけ。後者はその他の全部の星、ということで妥協してもらえませんか。たった一つと無数との交換。悪い話ではないはず。あなた方の好き勝手で地球が一瞬で消え「お月さんではうさぎがもちをついている」派も一瞬で消滅する。そうなっても一切文句は言いません。その代わり地球を出て行った暁には、二度と地球に来ないでください。お願いします。

また、マスコミや文科省や学者や先生方にお願いです。報道は仕方がないにしても、子供に宇宙開発の素晴らしさを吹聴するのはやめてもらいたい。どうするかは、子供たちが決めればいい。

私は、たまたま、恐怖を感じたからいいものの、今日、毎日、子供の頃の私のように夜空と向き合うことは難しい。だから、星を見ながら、勝手にあれこれ空想する楽しみもあるように、残しておいてほしいのです。

(三) 結いの村が意味するもの

これを考えるきっかけは「自分の取り分三分の一」。それと、老後の最終住処は自分で決めないといけないらしい。お金のある人はいいけど、ない人はどうするのだろうと思ったこと。後見人といっても法の範囲らしい。そして、どなたかが新聞でボヤいておられたが、「大して仕事もしないのに、お金だけ取られる」、それが実態らしい（そんなことなら、いっそのこと、ほんのこないだまで、少なくとも家では、あまり豊かでない長男が両親の面倒をほぼ見た。

だから「親は長男が見る　※後述三」。そして、ただし「財産は無税で長男が継ぐ」。それでいいではないか。分かりやすくてすっきりする。今の制度は、それを中心に見直せばいい）。結局自分たちで決めるしかないのかなと思ったからです。

年功序列。終身雇用。正社員が基本、つまりは社会保障的側面で三分の一返しているので、あと三分の一を結いの村で返すというわけです。できれば、会社も協力してくれれば、それに越したことはないですが、やっぱり個人の意志で、組合、次が経営者くらいの順番になるかと思います。

では、どうするか。手っ取り早く言えば、老後に備えて、お金を貯めるということです。

どういう貯め方をするかなどは分かりません。会社にするのか、ほかその方面のやり方は、世の中にわんさかあるので、おいおい決めればいいと思います。

定年を六十二歳としたのは、十八歳で就職するとして、八十四歳までの生活費を貯めるのに一年ちょっとでは、しんどいので、現役二年で退職後一年分を貯めるとしたせいです。まあここらあたりのことは、おいおい個人が設計すればいいと思います。

もちろん、これは一つの暮らし方を提案することだけのことで、どうするかは個人の自由です。会社からも、組合からも強制するものでもありません。

定年後は、結いの村に移り住む。持ち家があれば、子供に譲る、でもいいし、端っから借家住まいでもいいし、適当に個人がすればいい。

結いの村の家は、できれば猫の額で結構なので、畑がある。周りには、山や川がある。夏休みは孫が一カ月泊まってくれればありがたい。最低、学校の宿題だけは早々に済ませ、気ままに遊び呆ける。なんだったら、塾も一カ月休む。

ことによっては、孫が「じいじ、ばあばと暮らす」と言ってくれればそれもまたよし。


結いの村でする仕事は、どちらかと言えば、結いの村の世話係。村の住み人ほか、その家族等周辺の困り事も面倒を見る。定年後十五年、七十七歳までそれをやり、それ以降は世話される側になる。もちろん、個人差があるので、そこらあたりは、世話人さんと本人で決めればいい。祭りなども、できるようだとある方がいい。祠もあり、日本から逃げ出した神さんが帰ってこれるよう神社のある場所がいい。だけど無理は厳禁。拘る必要は全くなし。

昔、I地区の村では、近所の揉め事は隣保長さんが裁いていた。それで収まらなければ、区長さんだった。そういうことでいいのではないか。決め事を作れば窮屈だ。できるだけ決めない方がいい。「企業連合国家では弁護士不要」が私の目指すところです（※後述四）。

基本的には同じ会社の人たちの村。ソフトバンク村。楽天村等々。村の集合体の大きさは、例えば、一軒の散髪屋さんがやっていける程度とか、小さなスーパーがやっていける程度とかを目安にすればいいかな、と漠然と思っています。

基本はそこに住む人たちが、あまり細かいことは決めず、暮らしやすいようにすればいい。

後見人制度について、見直しを図るという。以前、年金について調べ担当大臣が「固定率」を定めていて、それを見て「あほな」と思いました。何も変わっていない。結いの村では、机上の空論はいらない。有識者ではなく、肌感覚でできることを精一杯するだけです。最終目的は『8《はっか》 1／2《にぶんのいち》』→『甘い生活』→『道』（※後述五）。「愛の無機質化の解消」。つまり判沢弘先生の、地方で「行き着くところまで行った結果（企業活動）」としての復元力に「結いの村」がなり得るかどうかの試み、というわけです。もちろん、反デジタル集落（※後述六）。
・小さい頃から「播州弁は、きたない」と周りから言われ、私も「ほんまやなあ」と思っていました。ところが、古文を習うようになって「おや。これ、今使っているやん」と思う言葉がちょくちょく出てきました。「俺って、平安と繋がっているやん」とチョッと嬉しい気分になりました。教科書にいろいろ書いてあるけれど、I地区での大人の暮らしぶりから「本当は、大昔から、人々は何も変わっていない」と思うようになりました。
夜学では二回りも三回りも違う同窓の男性や女性との付き合いを経験し、ありのままで通じるのを経験したけれど、塾の講師になるとき「俺、小学生や、中学生とうまく付き合えるだろうか」と、とても心配でした。しかし、自分を変えることなく、ありのままで行けました。

団塊の世代、と言う言葉は知っていましたが、気に掛けたことは一度もありません。しかし、ずっと後になって「そや、俺、団塊の世代に片足くらい突っ込んでいるんや」と気づきます。気づいたけれどやはり、私には、なんの関係もない命名でした。小学校の時のI地区が、私の全てを決めていたからです。

人って果たして変われるのだろうか。今平安時代に降り立ったとして、なんの不自由もなく暮らせるのではないか、と思っています。

先日、マイナポイント申請に行きました。長蛇の列でした。それだけでは、すまず、一カ月ぐらい後にやってくる手続き関係の窓口も順番待ちの大きな番号札を持たされ、これまた長蛇の列でした。みんな「ピアノ線の前で、渡れず」右往左往しています。

私が小川で、足の痛みで気分悪く倒れこんでしまったとき、感じたように、頭に体を合わせるのではなく、体に頭を合わせるべきではないかと思っています。

・海保青陵（一七五五～一八一七年）を知って、思います。他国に壊されないと自分を取り戻せないのではなく、二百年という長い年月は経たけれど、それでも何とか繋いできた（永井荷風→柳田国男→いいだもも）海保青陵の立ち位置を取り戻し、今こそ自分の足で歩む必要があると思います。つまり「明治維新からの脱却」です。
とりあえずは、目の前にあるものを一つずつ片付けるべく、結いの村で試みるしかないと思っています。

※後述一
なぜ、七年前「切な過ぎます」と書いたのか分からない。もちろん「言語道断の行為」ですが、どこか「切ない」。何をどう信仰しようが構わないけれど、「宗教の普遍性は生活レベルでは、ない。だから、生活レベルに落とし込んでくる（例えば、寄付や病気と教義

を結び付けてくるなど）宗教や勧誘（欠乏を増幅させるもの）は偽物」と、心しておく方が無難です。卑劣な教団の向こうに、多くの切な過ぎる人々の影がチラつく。どこかの大学の先生が「自己顕示の面もあり」と言われていたが、「そんな面は皆無」。なぜなら、対象への思いが一万％以上でそんな余地などあろうはずがないからです。

それにしても、周辺を含め、全体が、なんとも、切な過ぎます。

※後述二

学者先生方に「死なないから、命綱を付けずに崖から飛び降りてほしい」と言っても「いやだ。俺が俺の人生をどう生きようと、つべこべ言うな！」と言われれば、これまた「スンマセン」と謝るしかありません。せいぜいできるのは「命を繋ぐため、頭のいいあなた方。どう生きるかを、次の中から選んでもらえませんか」と提案することくらいです。

一、細微なものへと突き進む研究はするが、用いるのは「伝承」のみ。

二、細微なものへと突き進む研究はするが、用いるのは「手書き」まで。

三、細微なものへと突き進む研究はするが、天皇陛下が「やめなさい」と言われれば、やめる（これを記入するかどうか迷ったけれど、二十歳過ぎの自分の備忘録として上げておきます）。

四、これまで通り、細微なものへと、限りなく趣味に没頭する。ただし、それによって、神さんが臍を曲げたとき、一〇〇％説得できる手立てを見せてもらうと同時に、公害で裁判になったら、国や企業ではなく先生方が矢面に立つ。賠償も先生方の責任とする（命を繋ぐ阻害要因を生み出したのは先生方だから）（※後述七）。
五、これまで通り、社会規範のなかで好きにやる。

※後述三
「親をみるのに『制度』でいいのか」（亀井静香さん）。

※後述四
かつて、一度公職選挙法を読んだことがあります。

そのとき感じたのは「こんなの守れる人は、政治家になるべきでない」でした。

それは本来、自由人であるべき政治家をグルグルに縛り付け、身動きの取れないものにしているからです。最近も、法をチョッと見ることがあります。しかし、人を対象とするのではなく「法が法自身のために、自己防御している」部分に気づき、二、三行で嫌になり、読むのをやめてしまいます。これも政党間、あるいは専門家の学者先生方が加わられて出来上がった技かもしれません。

どこからも突っ込まれないように、ああじゃのこうじゃのと、言い訳がましく続くのです。果たして、そんなものが実生活で、スパッと役立つでしょうか。

人気投票や学問や理屈で出来上がったパッチワークの世の中は、デジタル空間の世界で、外から見ると腰が曲がって足はふらつき、見られたものではない。結いの村では、「弁護士不要」とする所以です。でも、いつも斜めにものを見ているわけではありません。小山嘉昭先生の『詳細　銀行法』を読んだときは『日本には、すごい人もいるもんだ』と、とても感動しました。

※後述五
阪神淡路大震災後、神戸の長田が撮影現場になった関係か、神戸で山田洋次監督の講演があった。講演後質疑応答があり、その席で「世は『道→甘い生活→8《はっか》　1／2《にぶんのいち》』と猛スピードで『愛の無機質化』が進んでいる。とてもやないが『フーテンの寅さん』では持たない」と質問しようとしました。

しかし、あまりにも多くの方が『男はつらいよ』礼賛で、そんな気持ちが吹っ飛んだ。やがて私も、寅さんの大ファンになる。そんなこととっくに忘れていた。ところが今日（二〇二三年二月一一日）たまたま運転中に、ＮＨＫで山田洋次監督の話を聞く機会がありました。監督には中学のとき「ちくわ」を買ってもらった「おでん屋のマドンナ」がおられ、それが根底にある、とのことでした。

運転中で正確でないかもしれないが、片時でも「よかった」と思うことがあれば、いいのではないか、とかそういう話でした。そして何度か「それが私の限界かもしれない」と仰られ「でも、それが私なのだから仕方がない」とも何度か言われました。

よくぞ講演会のとき「質問せず」でよかった、と胸を撫ぜ下ろす。まさか何十年も後に監督の言われる「そういう瞬間」を味わい「生きた甲斐」を感じるなんて、と思った。そして「結いの村」は結局「寅さん村目指しなんだ」とも思いました。

※後述六

役所に行くのが憂鬱。便利になっているけど、機械にボタン入れるといっぱい項目出てくる。役所に顔を向けた画面しか出てこず、戸惑ってしまう。私は図々しく、尋ね回るからいいけど、みんながみんな、そうではないと思う。だから役所でも、うろうろしてしまう。

T村の運動場は郡内で唯一、直線で一〇〇メートルがとれるほど広かった。そのせいか、競輪も間近でよく見た。それは運動場が小学校、中学校共用で広く、北側が小学校、南側が中学校だった。だから、同級生でなくても、一度も話をしたこともなくても、そこにいる子の顔を見れば、そのおばあちゃん、おじいちゃんの顔も思い浮かべられました。

私は中学の時、T村中学から隣りの町の中学に転校した。しかし、特にイジメられたわけでもないけれど（今から思うと、本当の理由は別のところにあったのかもしれないが）

居心地があまり良くなかったので、二年生になる時、担任の先生に、元の中学に戻りたいと言った。そのとき、担任の先生は「だんだん慣れて来たけど、そうか」と言われて、それ以上何も聞かれなかった。
その先生は、クラスで騒ぎが起きると、それがどう収まるか、何も言わず、じっと見守るタイプの先生だった（今の先生方は、どうしはるのだろう。学んだ学問に従って処理？専門の相談員を呼ぶ？　というよりは、スマホでＡＩに訊きはるのかなぁ？）。
また、その件で親が先生と話したこともなく、担任は私に、持っていく書類を手渡してくれはった。私には分からないけど、一度の申し出で、何も言わず渡してくれはったのは、学校で先生と向き合って話したのは、その時が初めてだったけれど、しかし、多分、先生は「私という生徒」をきちんと把握してくれてはったからだと思う。（※後述八）
言いたいのは、今は（学校に限らず）ルール作りから始め「全ての行動基準の真ん中にデンとそれを座らせる」。でも当時は、それに頼らなくても、何もかもが身近で、すぐ「寄り添って」もらえたのだと思う。今は、そうしないと外野（マスコミ）がうるさく、身が持たないから、ついついルール作りから始めざるを得ないのかもしれない。

※後述七
企業連合国家では、中卒、高卒で採用だから、企業が科学者を育てるため「その責任は

企業がとる」でスッキリする。

※後述八
新聞で見る限り「イジメ」られた生徒は、必ず先生に何らかの訴えをしている。もし、その先生が、私の担任のように、その生徒の故郷探しを即（※後述九）手伝ってあげていれば、悲しい事件は起きなかったと思う。次の学校でまた同じことが起これば、何度でも故郷探しをすればいい。

※後述九
イジメに関しては、教育などは何の役にも立たず、それは一種の化学反応と見る方がよい。だから距離を取る以外に解決策はない。

故郷探し
四四頁『けものたちは故郷をめざす』を参照。

二〇二二年七月二八日

第二章　混沌状態の政治を危惧する

河野太郎さんの政治家資質について

●今、何をすべきか

既述の通り「他人の痛みを追体験できる感性があるか、ないか」。それが私の政治家資質に対する判断基準です。

それ以外は、何も必要ないと思っています。なぜなら、一、他の事柄は学べば手に入りますが、この感性は生まれ持ったもので、学んでも手に入らない。二、あなた方は自前で稼いで賄いをしているのではなく、権力をもって稼（税）いでいる以上、痛みのある人を第一に考えるべきだと思うからです。

（一）人の痛みを感じているのか、疑問

河野さんが、「欧米に比べ日本のコロナ感染者は桁違いに少ない」と言われたとき「おやっ」と思いました。

次いで、コロナワクチンを、これ以上増やさない理由の一つとして、「若者のワクチン接種志向が低い」と言われました。

コロナの後遺症で苦しむ若者の報道は、何度もされていました。そんな状況下での、担当大臣のこの発言は、私には理解できません。そして、そういう発言がいつも「すっと出てくる」のに違和感を覚えていました。こうした発言は、他人の痛みを追体験する感性が欠落しているとしか言いようがありません。自分が痛くないから、考える必要性に迫られず、そこいらにある教科書（文字通り教科書とか、外国とか、目の前の現象とか）で判断してしまう。河野さんの場合は、合理性です。だから迷いがなく、分かりやすく、力強く、単純で、反撃しづらく、つまりは「突破力」となる。

谷垣さんの一言一言は、たとえそれが「分からない」という簡単な発言であっても「熟慮されているなあ」と伝わってきて感心するけれど、「すっと」発言される河野さんは「結局、教科書準拠だな」と思うだけで、何も伝わってきません。河野さんの発言がとかく話題になるのは多分、このためだと思う。河野さんを支持する議員さんも同類だと思っています。

また、組織に手を付けるとか。ならばその前に、「あなたの、役所に対するそもそも論は何ですか。そのそもそも論からして、組織を改変すれば役所の弊害がなくなると思いますか。もしそうだとすれば、ほぼ永遠にその弊害が言い続けられているのは、なぜですか」と聞きたいです。

(二) 責任て、なんだ

「親分が責任取って辞めたら、親分を支えた人も辞める」というのが、少なくとも、今の日本では普通で「親分が責任とって辞めたから、次は親分を支えた俺だ」と言う理屈は、ちょっと違うように思う。ここは衆議院議員の甘利明さんが、河野太郎さんについて仰ったことの方が受け入れやすい。

プロ野球のヤクルトの宮本コーチは、傍目には、そんなに重い責任はないのではないか？　と思ったけれど、ヘッドである以上という理由で、自ら辞めると申し出られたとか。野球界ではそうなっているみたいです。河野さんには、そういう感性が欠落しているのだと思う。果たして、そういう人が首相になってもいいのかなと思う。

(三) 「改革」という人の本質

河野さんは言うなれば、改革派に分類され、支持する人も議員さんも、率直に言ってなんの根拠もなく、改革派という言葉の雰囲気で支持している、と私は思っています。

イギリスの政治学者が、アメリカの政党について、「ラベルの違う二本の瓶」と評しましたが、そう学んだとき「イギリス人らしく言い得て妙」と思ったけれど、同時に「同国での政《まつりごと》に、中味の違う瓶、などない」とも思いました。

このように、そもそも「改革」などと言う人は、信用していません。日々の現象を抽象化し「本当のこと」に辿り着く努力をせず、男だけがはまり込む独り善《ひとよ》がりのストーリーに酔っているだけ、と思っています。

かつて流通改革の寵児といえば、Nさんが率いるDでした。次から次へと新手をぶち上げ流通関係者は憧れたものです。片や、J（現・I）はどうだったか。どちらかというと地味で、これといった新味のない会社でした。そんなことから、年一回の全国の幹部が集まる会合では、O社長に対し、Dを念頭においた「従業員」からの厳しい質問が、次々と出ました。

それは、ある役員が「今日のことは、絶対マスコミに漏らすな」と厳命するほどのものでした。O社長は内心、おもしろくないはずだった、と思いますが、淡々と普段通りでした。一方、「銀行筋」はどうだったか。「Oはんが、社長やるなら融資する」でした。O社長が「従業員」の意見を気にして、顔をそちらに向けてコロコロしていたら、おそらく、今日のIはなかったと思います。

DとJの違いは、多分、Jには四百年（※後述一）という歴史があり、四日市のO屋には、「荷車に土蔵を」という言葉があったことだと思います。大見得を切るのではなく、品揃えや陳列、接客等々日々の仕事のなかで、新たなものに取り組む、つまりは「日々改革」という伝統と知恵の積み重ねが「振り返ってみればずいぶん違っていたな」ということになっていたと思います。改革とは、そういうものだと思っています。

上記のようなことから、私は「河野さんは、政治家でない方がよいのではないか」と思っています。

(四)ブーメラン効果

昔は政治家が今よりも、もっと身近だったように思います。私も、自民党の政治家のパーティーには(お前行ってこいと言われ、代理で)よく行きました。その分、政治家も世情を身近に感じる機会があり、議員というワンクッションがワンクッションの機能を果たし、内閣ができていました。

ところが、今はそのワンクッションの働きがなくなっています。つまり、Jに対し「銀行」が果たしたような役割がどこにも見当たらず、「Jの従業員」ばかりになってしまっているのです。新聞は「こんな立派な記事があるのに、なぜ、日本はこうなってしまったのだろう」と思うことがあるけれど、特にテレビはひどい状態です。政治討論会の番組に政治評論家が一人も登場せず、全員御用聞き(官府の命令を受けて公用を弁ずる人『広辞苑』)ばかりです。

そのうえ、ご丁寧に朝、昼、晩と自民党の総裁選をやっているような状態で、これでは国民が「Jの従業員」になってしまっても、仕方がないのかもしれない。しかも、どちらかというとD的なやり方が好まれているような感を受けます。その結末は、結局自分に返ってくる（Dの実質的消滅）というのに。困ったことです。なぜ、こうなってしまったのだろう。

（五）「選挙に勝つには、どの顔がよいか」

過去に書いたことでそうなった例の一つとして、神戸の少年の件に触れましたが、改めて当時の文を読み返してみると「縦（心）のない、横（見た目だけの、聞いただけの理解しかできない社会ではテレビに出たり、派手な行動をとったり、つまりは肉体を提供するのが、もっとも有効な手段となる。また、肉体の存在……）」となっていました。

東須磨小学校で起きた先生間のイジメ事件のトラブルは、主人公が一人から複数になっただけで、中味はほぼ同じだと思います。つまり、事件の背景は街中にも浸透してきている。この事件があった時、自民党の若手は何歳だったのだろう。

若手、中堅が総裁選で「選挙に勝つには、どの顔がよいか」を判断材料にするならば、前記のように「テレビに出たり……つまりは肉体を提供するのが、もっとも有効な手段となる」が必須となる。とすれば、まさしく事件の背景は、国会にも侵入しつつあることになります。

また一〇一頁では「抽象の坂本善三（注・抽象洋画家）も、最後には阿蘇の自然に帰ったといいます」とも既述しました。

社会の復元力を自然美に求めたからこそ「今の子供は、どんな美を心に宿し……」としたのですが、果たして、それだけで復元力になるのか？　正直自信がありません。

二〇二一年九月一六日

※後述一

Ｊの歴史は、三四〇年ではなく四百年に、また「大黒柱に車をつけよ」ではなく「荷車に土蔵を」にしておきます。

『竹槍戦術←戦時中竹槍で敵と戦うこと』

●鏡に映った日本の現状

以下は、二〇一五年三月六日、京都烏丸御池交差点で手配りしたものです。

ここに載せたのは、
・総裁選のキングメーカーが安倍さんだとか。それでいいのでしょうか。
・安倍さん辞任後の支持率調査で、二十～三十代の安倍さん支持率は七〇％台半ば。それでいいのでしょうか。
そこで前記の質問をよしとした人に、

「近畿財務局職員で亡くなられた方は、国から死刑執行をされるがごとき、どんな罪を犯されたのですか。ただ一生懸命生きてこられただけではないのですか。それが罪なのですか。お答えください」と問いかけるためと、もう一つは、「何もできないけれど、国から思いを汲み取ってもらえなかった奥さんを、少しでも応援できれば」という思いからです。

安倍政権下でよく言われたこと①法の無視。②忖度（本音を隠した忖度の鵰外のまん延）。③空疎な国会討論（肉声＝心、の欠落した教科書準拠）。④そして何より職員の方が亡くなられたこと。

これらについては「図らずも当たったかな」と思っています。
※については、ブログに載せるにあたって追記したものです。

手配りしたものは以下の通りです。

戦争はいやです。安倍さん。あかまんあまの花を歌うのは、もうおやめ下さい。

（一）安倍政権の本性

『静かなドン』（岩波文庫）をはじめて読んだとき、「主人公は立派な奥さんがありながら、なぜ他の女の人と故郷を離れて行くのだろう?」とずっと引っ掛かっていました。

その後、日本に来て戦争について聞かれた著者のミハイル・ショーロホフは、似たような立場の日本人が同質問に対し外国で長々と講演しているのとは対照的に、たった一言『戦争まで責任はもてない』と。

私は「参ったな」と思うとともに「彼らは自由人なんだ」と、やっと引っ掛かりが取れました。私を含め、多くの人が「ソ連（注・現ロシア）より、日本は開かれている」と思っていたと思うけれど、果たして私たちは「彼らより自立している」と言えるだろうか、と思いました。

あれは十五歳くらいの時だったと思います。

教科書に『寒山拾得《かんざんじっとく》』がありました。

「寒山拾得は、なぜ『豊干がしゃべったな』と言って立ち去らなければならなかったのだろう。これでは豊干と同じになってしまうではないか」と思いました。

しかし、特に文学に興味があったわけでもなく、先生に質問するでもなく、ただ「鷗外は偽物だな」と直感しました。

その数年後『寒山拾得』を読み返し「あれは鷗外自身のことを言ったんだ」と知り、そして「それなら分かる。非常によく分かる。いい気なもんだ」と思いました。

『舞姫』から「森林太郎以外刻むな」と言った鷗外に、どれほどの心の変化があったというのでしょう。結局彼は、忖度のままその生涯を終えます。

鷗外は海保青陵から、もっとも遠い存在であり「維新から今日に至る日本を象徴する典型的な人物」だと思っています。

そして、同時に、これは私が教科書について覚えている唯一のこと。あとはなんにも覚えていません。

教科書については、多くの人が私と同じ印象を抱いたのではないかと思います（そもそも、教科書に有効性があるのか。今日はない。また、学力の向上を謳うということは、試験に際し、いかに効率よく瞬時にして「何を切り捨てるか」という仕分けのテクニックを教えることであり、中身について思いを巡らす余裕などなく、良い成績をとるということは、そういうことで、このことは教科書について審議されている方々が一番よくご存知のはず）。

安倍さんは余程記憶力がよく、教科書をよく覚えておられ、それを手本に生きてこられた稀有な人なんでしょう。だから教科書を変えようとなさるのかもしれません。

安倍政権になってから、日銀の政策委員が代わりました。彼らは自由人のはず。それが、たった三人の交代で、なぜ、抑制的なものから、まるで進軍ラッパで行進するかのように（二〇一三年五月二日公表分）ガラリと変わるのでしょう。

少なくとも、日銀と銀行に関する本（『日本銀行の機能と業務』日本銀行金融研究所、有斐閣。『詳細　銀行法』小山嘉昭著、金融財政事情研究会）を読む限り、法は「切った張ったはしない」という意味で「日銀は金融の素人たれ」と言っています。

けれど長に選ばれた人は、山気たっぷり、ギンギラギンの人。

このことからして、安倍政権は都合よろしく、法の精神を無視したまま事を進めていく。

したがって安倍政権にとって、法の改正の必要性などなく、法は水みたいなもの。どんな形にも変形できるもの、として扱われています。

そして、日銀の変容は同時に、平成・令和の今も、脈々と鷗外が生き続けていることの、何よりの証拠と言えます。

もう一つ、私にはどうしても看過できないことがあります（以下、農水大臣、理研の方、近畿財務局の方が亡くなられた件は重複するので省きます）。

いずれも外国とは関係なし。身内で処理できる問題であり、教科書から一歩も出ることのできない政治家が生み出した必然の結果かもしれません。


日銀の変容と心の痛みへの無頓着。この二つの出来事は、安倍政権の全てを象徴しているといっても過言ではありません。

（二）中国、韓国は領土に関して横暴？

韓国は「竹島の現管理費を相応分負担せよ」と言っているのでしょうか。あるいは中国は、中国領土周辺の安全航行のための費用を「相応分負担せよ」と要求してくるのでしょうか。実際はどうなのでしょう。

所有者が確定していない土地を「俺のもの」と宣告し自分のものにする。それはまあいいとして、「俺のもの」と宣告した土地に不都合が生じれば、周辺の人々に「費用を相応分負担せよ」と迫る。何百万もの税金を巻き上げられたうえ「俺のもの」と宣告した暴君から「費用」までせびられたら、立つ瀬がありません。ひどい話です。

ずっと昔の、田舎の悪代官の話ではありません。なんと平成の、しかも東京は世田谷区の話です。もうビックリ。（※後述二）

いわずと知れた国民的大総理小泉純一郎（内閣総理大臣として、八十七・八十八・八十九代）さんの時の話です。

御上は、これで「三兆せしめた」とか。

そして、参議院議員で作家の青山繁晴さんによると、小泉さんは一兆円を北朝鮮に献納したそうなので、まだ、二兆円は残っているはずです。

他のこととは違って「土地の揉め事」はどうして、こうも心がもやもやとするのでしょう。とても鬱陶しい。かといって、御上相手に裁判するといっても、個人ではしんどいし、金にならなければ弁護士さんも相手にしてくれません。結局泣き寝入りです。

いつの世も、土地に関しては、結局「力のある奴が勝つ」。それがいやなら「喧嘩する」か、お金で「しぶしぶ妥協する」か、です。

さらに厄介なのは、そうして妥協しても、何十年、何百年も経てば、また「強いやつが侵略してくる」。困ったものです。

「田舎で、荒れ放題で境界も分からない土地を持っている。それで揉めてお金で解決した。そういう人でも、こと国土に関しては、その土地に資源の埋蔵があるといっても、今までそれ無しでやってきた。それに第一、国境での揉め事は、実質なんの関係もない」というのに「国境が侵される」となると「なめたら、いかんぜよ」となる。喧嘩も辞さない、と思ったりもする。だから「冷静に」などというのも、何の役にも立たない。「ものの弾みで暴走」してしまう。不思議です。

自分のとった金銭処理が最善というのに、見栄を張って鷗外になってしまう。本当に、特に土地は魔物です。

私は海外旅行で一度だけ、恥ずかしい思いをしました。それは韓国で、朝鮮総督府を見たときです。

『本当に、これが日本人の感覚？』と、居たたまれませんでした。

「富士山て、本当に日本にあるの？」と自問しました。

私の原点は、間違いなくＩ山から眺めたＴ村の景色であり、その西裾を北から南へ流れる市川の織りなす四季の風景です。とりわけ、板敷きの吊橋、「月見橋」から望む風景は、どんな景色を見ても、それ以上と思ったことがないほどの風情を見せていました。

それだけに、美を破壊するその異物に『これは日本人の美意識じゃあない』と我が目を疑ったのです。

「事実が、どうのこうの言う以前の問題」。ただただ人として恥ずかしかった。

「そういえば、韓国の人と議論していて、相手を殴った有名な日本の文化人もいたっけ」と思い出しもしました。

外交面で一番印象に残る発言は、梶山静六さんの「結局、その国の国民が決めるしかない」という一言です。

と言うと、当たり前過ぎて「このおっさん、何言ってんの」と怪訝に思われるかもしれません。しかし、後にも先にもこれ以上の言葉を聞いたことがありません。

これはもう何十年も前のことですが、新聞に小さく「北朝鮮へ向かう船底に竹下（登）さんが1000台のテレビを乗せた」とありました。

梶山さんと竹下さんは、おそらく方向が違っていたと思うけれど、梶山さんの一言は「ついに二人は同じ方向を向いた」瞬間でもあったと思うのです。そして、それは二人の視点が「ほんの一握りの為政者（森）に目を向ける政治」ではなく、「そこに暮らす人々（木々）に目を向ける政治」へと方向転換した瞬間でもあったと思います。一度、テレビに代えて、今ならパソコンを船底に積んだらどうですか。

毎年膨大な数のパソコンが廃棄されているようなので、それをもらい受け、残っていた二兆円で基盤整備をする。そこに住んでいる人々に直接目を向けるという同党の先達が、辿り着いた精神を受け継ぐというわけです。

最近一〇トンのダンプカーの女性ドライバーが増えていますが、それは単純にパワステになったからで、それ以外の要因は考えられません。教育なんぞというものは、なんの役にも立たず、それほど文明の効力は大きいということであり、それが上記のようにする理由です。

西洋史学者の会田雄次さんが「イギリス女性は私の前で全裸になる」と憤慨されていましたが、その後、半世紀余が過ぎたからといって欧米人と日本人の関係が、この情景から抜け出せるとは思いません。なぜなら「日本人の前で全裸になっている」という意識が抜け落ちているからで、「無礼者」と言っても詮無いこと（我々にできることは「欧米人にならない」と自戒することだけ）です。

そして、それは残念ながら、今後も変わらない、と思います。そう自覚している方が無難です。朝鮮総督府も、背伸びをし、本来もっているはずの美意識を忘れてしまった結果だともいえます。そして今でも、対韓国への発言のなかに、この背伸びがみられます。やれ「欧米も云々だ」とか。あるがままを受け入れ、あるがままの自分に矜持をもてばいいと思います。

そして、窓の外（欧米など）を気にするよりは、一度は、ただひたすら『蛸壺』に籠り自分の心の中を、痛いけれど、隅々まで尋ねてみるべきだと思います。なぜなら、二度と朝鮮総督府で見た、醜い日本人になりたくないからです。

安倍さんのなかでは、「日本」が強く意識されているのかもしれませんが、「積極的平和主義」などというのは要するに欧米への背伸びであり、「安倍さんの心の風景」＝「あかまんあま」に過ぎません。

「独自の憲法」などというのも「ラジオ体操はアメリカ生まれだから、けしからん」と言うのと同次元（つまりは誰もそんなこと言わない）。朝鮮総督府と会田さんの情景を忘れた戦前の上層部と、なんら変わることのない独り善がりの姿勢です。

さらに「一本の注射器がアフリカに入ると、たちまちアフリカ中がコカ・コーラ文明に侵される」と言ったのはトインビーだったと思いますが（※コカ・コーラ文明、は私の表現）侵略したくなかったら「注射器を根こそぎ引き上げてしまうこと」です。梶山静六さんの言われるように、拉致問題があるわけでもないのに、こちらから、これ見よがしに送り込む必要などありません。

なぜなら、安倍さんが外交とやらで飛び回っている姿に時折「朝鮮総督府」を見てしまうからです。

※『竹槍戦術』について
新聞に、布マスクを手作りした人の話が、たびたび美談的に報じられた。戦後七十余年、科学的根拠のない美談は不安だったし、新型コロナウイルスに対する布マスクは、原爆に対する竹槍と同発想に思えたから、新聞社に「市販マスクにはＰＦＥ（微粒子ろ過効率）、ＢＦＥ（バクテリアろ過効率）、ＶＦＥ（ウイルスろ過効率）九九％カットなどの表示が

あるけど布マスクはどうなっていますか」と尋ねた。「分かりません。調べます」との返事。「だったらいいです。ところで、あなたは若そうだけれど『竹槍戦術』って知っていますか」と聞くと「知っている」ということだった。

そして、その数日後、まさかの、数百億を投じた「竹槍＝布マスク」配布でした（しかも、そのお金の使われ方が、安倍式桜を見る会そのもの）。もうビックリした。

正しく「コロナ禍で竹槍戦術を採るのが鏡に映った本当の日本の現状」というわけです。「お前偉そうに言って、じゃマスクどうするねん」と言われたら「私自身の立場では、分かりません」と言うしかありません。

ただ、当初から、一九七三年の「第一次オイルショック」の時のことを思い出していました。その立場にいたら、その経験を役立てたと思います。

仕入担当が、ＪのＯ社長に「社長、死ぬ気でトイレットペーパー探していますが、全然ないんですわ」と言うと、社長は即座に「お前、生きとるやないか」と（イジメではありません。社長にも、そんなニヤッとする一面があったのかというお話し。念のため）。その足で、社長は、仕入れ担当を連れて、問屋の倉庫を回られた。すると、なんと倉庫にはトイレットペーパーが山積みされていた。だから「コロナ」ではなく「コ」と聞いた瞬間、「足で」問屋の倉庫を回ったと思う。

※後述一
私の田圃の土手が崩れていて、あと一メートルほどで隣の家の基礎に迫っていました。まずいと思い、役場に伝えました。その時、その修復費用は「私、私の田圃が所属する地区（には別途毎年お金を払っていました）、そして役場の三者で負担する」と言われました。私は、その役場の地域外の住民で、その時点で六〇〇万円くらい税金を納めていたと思います。その地域からなんの見返りもなく、境界杭は崩れた崖の裾野に打ってあり、自分の名義でない土地の土手を、実質私だけのお金で直す（?）。それでネットで調べた時、専門家の方の記事を読みました。

「渋谷の方は、これまで自由に出入りしていた土地の持主が確定したため、出入りができなくなり裁判を起こされたこと。御上が三兆円をせしめたこと」を知りました。

なにしろ、数十年前の私の記憶だけのことで、記憶以外確認のしようがありません。念のため、役場に尋ねたところ「あなたの問い合わせについて、一般的に言える答えは、役場に移管されたのは平成一七年です」とのことでした。

二〇二一年一〇月二一日

故・安倍元首相の理想とは？

●日本はアメリカ合衆国五十二番目の州？

（一）故・安倍元首相の最終目的地は「アメリカ合衆国日本州」

故・中曾根（康弘）さんは、現役の防衛予算審議時、ことあるごとに「ソ連（現・ロシア）の侵攻」と言われていました。

それを聞くたびに私は、「ソ連の侵攻？　結構じゃないですか。もろ手を挙げて歓迎すればいい。なあに五十年もすれば、ソ連中が日本になるさ」と呟いていました。幸い侵攻はなかったけれど、中曾根さんの目論見は成功したようで、今もこの手が使われている。人によっては「やられる前にぶっ潰す」とか、言ってましたが、勇ましいことです。

今の若者が、それを聞いてどう思うか分かりませんが、少なくとも戦いで死者を出したくないなら「防衛予算ゼロ。もろ手を挙げての歓迎」という犠牲の払い方しかないのではないかと思います。当然「自分は守ってもらうが、相手のことは金だけ出す」では、肩身が狭いでしょう。しかし、守ってもらうのを諦めるのですから、勘弁してもらえるのではないかと思っています。

「お前は売国奴だ」と、お叱りを受けるかもしれません。しかし、安倍さんだって、私と大して変わらない。五十歩百歩（※後述一）。なぜなら、その実体は「限りなくアメリカ合衆国日本州」だからです。

「核共有云々」は、まさしくそのものズバリ（核を持つとは言ってない云々とか。バカバカしい）攻撃すると決めた国が「日本の方々は、さすがはよく考えておられる。攻撃に当たっては、そのことを考慮します」とでも言ってくれると思っているのでしょうか。

また日本の偉い先生方の仲間内の「言葉遊び」が、通用するはずがない。戦時中の軍の指導部は、それでも負けると自覚していたが、今の先生方は自分の考えが絵空事だという自覚すらないのは、救いがたい。防衛大臣や元自衛隊の軍事評論家は、なぜ何も言わないのだろうか。少なくとも評論家は「そんな人、議員失格」と言うべきです。

もろ手を挙げて歓迎などしたら「故郷が消える」？　詩人の金子光晴曰く「帰らないことが最善……」と。私は今、哀しいけれど、この詩を実感しています。

「やられる前にぶっ潰す」。そんな国境があるのか。ない。企業人、スポーツ選手、芸術家、学者先生等々、そして普通の人々にとってあるのは、国が理屈を付けて設けた手続き上の壁だけです。テレビ朝日の『こんなところに日本人』を見て、その逞しさに圧倒されると同時に「本当に住めば都なんだ」と思ってしまいます。

安倍さんの「美しい日本」が消えてしまう？　そもそも「美しい日本」って何？　さっ

ぱり分かりません。同じ言うなら「結い（の党←創設者、江田憲司さん）」というような言葉を使ってほしい。秋の豊かな実りや、田圃で働くみんなの声や、遠くの山々を背にして、夕餉の支度で家々からゆらゆらと立ち上る煙。

はたまた秋祭りの太鼓の音。そして祭りにつきものの酒と喧嘩。次から次へと浮かんできます。「山も川も祭りも人の営みも、日本て、本当に美しいなあ」となります。

そんなの「ソ連の侵攻で消えてしまう」？

消えないように頑張るしかない、と私の気持ちとしては思っています。「国民の生命と財産を守るため」などと、空疎な教科書準拠のたわごとを言うつもりはありません。それは結局、何を犠牲にするかの選択だと思うからです。

オバマさんと安倍さんは反りが合わない、というような記事を何度か見た記憶があります。その都度「然《さ》もありなん」と思っていました。

一方、安倍さんとプーチンさんは、何度も会われ、プーチンさんは心の内を吐露されたとかも、聞いています。お二人は少なくとも「反りが合わない」ということは、なかったのではないか。あるいは、プーチンさんは安倍さんの心の中に同質性を本能的に感じ取られていたのかもしれません。

私には、前々からずっと疑問に思っていることがあります。

「拉致問題を、なぜトランプさんにお願いするのだろう。会ってももらえない自分の問題を、他人に委ねるなんて。主権国家としてのプライドを捨てた破廉恥行為。とても恥ずかしい」と。そして、暴論かもしれませんが、「それならいっそのこと、習近平さんにたのめばいいい」とも思ったりします。

例えば、沖縄の人が隣人と揉めていて「屈強な隣人が攻め込んでくるかもしれない」というとき、「いや、俺には東京に強い味方がいる」というのは、変ではありませんか。そんなややこしいことせずに、隣人と仲良くすればよいのです。

ことによっては、「アメリカさん、長い間お世話になりました。アメリカあっての戦後の日本、と感謝しています。しかし、中国あっての日本はもっと密。今後は中国さんと仲良くしようと思っています。もし、中国に『アメリカと手を切れ』と言われたら、お別れしたいです。よろしくお願いします」と、中国の核の傘に乗り換えればいいのです。その方が、よっぽど手っ取り早いのでは？

条件として、中国に「『尖閣諸島』よこせ」と言われたら「分かりました」と言って渡せばよい（これ、私の意見ではありません。そんな度胸、私にはありません。どなたの発言だったか忘れましたが、この発言、にただただ感服）のです。

そうすれば、核の脅威に備える必要はなくなるし、拉致問題は中国に仲介を頼めばいい。沖縄だって、それはそれで大変でしょうが、縛りから解放されるでしょう。

では、香港は？　台湾は？　その他もろもろは？　仲間になったんだから、とりあえずギリギリ、言いたいことを言えばいい。彼らが聞くかどうかは、彼らの問題（※後述二）。こちらが心配してても仕方がない。

そうはいかない？

私は政治家＝掃除屋と考えています。理由は簡単です。

そもそも、大政治家がいたから人が集まり集落ができた、というよりは集落の中で必要悪として世話人が生まれた、と思うからです。巧言令色なんとやらで、言葉巧みに麻薬を撒き散らし、グイグイ引っ張るのが政治家、などと思わない方が無難です。

その視点から、私は「岸田内閣＝掃除屋内閣」と思っています。つまり「岸田派＝荷車に土蔵派」。だから、なんとかなると思っています。外務大臣は岸田派。外務省は厄介な問題を荷車に乗せ、あちこち突き当たりながら前進させてくれるものと信じています。それが彼らの仕事だから。

※後述一

私と安倍さんは、五十歩百歩と言ったけれど、よく考えてみれば大違いです。安倍さんは「日本が核の標的になること」を選ばれた（専門家の先生によれば「相手は、まず第一に、日本を標的にするだろう」とか）。

一方「もろ手を挙げての歓迎派」は、何を最終目的地にするのか。それは「国境の県境化」です。その違いは「月とスッポン」。そんなの、現実的でない？　そうとも言えません。前々から「ＥＵって偉いなあ。戦争を本当に心から悔いているんだ」と思っていたからです。

「ではイギリスは、どうなるのよ」と言われたら「私、ジョンソンさんはイギリス人だと思っていません。それが証拠に、スタッフで何人かは辞めていかれたとか（忖度の日本。離縁状を突きつけるイギリス。羨ましい）」。それが答えです。

※後述二

私はかつて、中国の古い考え方について、走りながら一〇キロメートル先の軒先をチラッと覗く程度に触れたことがあります。深遠な考えを学べる、と楽しみにしていました。ところが、本を読んでも読んでも理解できません。そんなとき、ふと「そうや、彼らは真実かどうかよりも、形式美を追い求めているんだ」と気づきます。すると、それ以降、すらすらと本が読めました。

テレビで中国映画を時々見ますが、その映画の言いたいこととか、筋書きなどもそっちのけで、ただひたすら「壮大な形式美」を追及しているなと思うことが、しょっちゅうあります。

あの雄大な圧倒的自然美の中で暮らしていると、そうなるのかな、と思っています。さまざまな政治事象も、納得はいきませんが、ついつい仕方がないか、と思ってしまいます。仮にそうだとして、ではいったいどうすれば有効なアプローチができるのか？　分かりません。ありきたりだけれど、そういう一面があるという前提で、何回も会って気心を通じさせること、かなと。今のところ、これくらいの考えです。

（二）拝啓　ウォロディミル・ゼレンスキー大統領　殿

プーチンさんが永遠に生き続けられるわけでもないので「ロシアの侵攻？　結構じゃないですか。もろ手を挙げて歓迎すればいい。なあに、五十年もすればロシア中がウクライナになるさ」というわけにはいきませんか。

その結果がどうなるかを、ＩグループのＯ社長の企業連合国家（※後述三）ならどうするか、考えてみます。

前提として、以下の五項目です。

一、商売人だから争いがよいはずがなく、理屈抜きで非戦闘。

二、商売人に国境はない。

三、もっぱら「腹の足し」になることで損得勘定を弾く。

（侵攻前のウクライナ、ロシアの暮らしを基準点＝0とする）

項目	A ウクライナ及び 世界の現状	B 侵攻前の ウクライナの 暮らし	C ロシアの 今の暮らし
①原発の被弾 －200万点	約－200万点		0点
②死者（1人） －1点	約－15000点		約－45000点
③避難民（1人） －1点	約－1千万点		0点
④ロシア報道統制 －1000点	0点		約－1000点
⑤全世界への影響	－∞点		－XXXXXX点
⑥その他	・・点 ・・点		・・点 ・・点
合計	－∞点超		約－46000点超

※あくまで表を表示する為のもので数字に確たる根拠はありません。

四、三より、国家、民族、宗教、主義等々面倒なことは省く。
五、ただし、言論の自由は必須。言うことを制限されたら商売できない。

（私の力ではこれが限界。興味ある方は完成させてください）


前記の通り、戦闘が続けば合計点数のマイナスが増え続けます。

あなたの支持率は、四〇％台から九〇％台に上昇したとか、かっこ悪いかもしれませんが、悪者になる決心をされ「戦闘やーめた」と宣言しませんか（※後述四）。

とりあえず、もっぱら「腹の足

し」だけを実現し、それ以外は「なあに五十年もすれば、ロシア中がウクライナになるさ」と、その実現を心に刻んで。

本当は、国際法がどうのこうのや、約束が違う、などより「人々の暮らしに変化をもたらさない」ことだけを念頭に、戦闘前に準備しておくべきだったと思いますが、今となっては仕方ありません。

ここまでくると、多分、ＮＡＴＯの人々も、ロシアの人々も、不安に思っているに違いありません。

今回のことは、一方的にプーチンさんが悪い。しかし、あなたが一方の当事者であることは、免れないと思います。また、支持率九〇％台の「Ｊの従業員」に担がれることが正しいとは限らないと思います（日本の東京の女子大生が、あなたのことを「カッコイイ」と評していました。不謹慎な発言で申し訳ありません）。

日本は両手をついてひれ伏し、五十年も経たない内に、ソ連中どころか、一時にせよ、世界中を日本にしました（ずっと後になって、身内の一人から、仕事のし過ぎで、私が「死ぬのではないかと思っていた」と言われ、びっくりしました。私に限らず、みんな一生懸命必死で働いたんだと思います）。

だから「相手に核を使わせない」ことを前提とした、あえて言えば、防戦だけの代理の様相を呈しはじめた喧嘩を、どこまで続ける必要があるのか、ご検討ください。全ては、あなたの決心次第です。

※後述三
O社長が仰ったのは「連合」ではなく、「連邦」だったかもしれません。ただ、企業の独立度を考慮すれば「連合」となるので「企業連合国家」としました。

もとよりO社長が仰ったのは「企業の在り方」であって「国家統治」を意味されたわけではありません。

※後述四
まさか、二年後に次のようなことがおこるとは夢にも思わなかった。ローマ教皇「白旗揚げ交渉を」ウクライナに外交解決訴え（二〇二四年三月十日KYODO）

二〇二二年三月五日

女性の首相？　総理大臣就任第二位？

●自民党・高市さんの胸の内

なぜ、国会議員になったのか

高市早苗さんは政調会長の時に、確か「私は、蚊帳の外だったので」との意味のことを言われたように記憶しています。

そのとき、「政調会長として、自分はどうしたかったのか」。「それに対して、『蚊帳の外』という前に、公明党にどうアプローチしたのか。自分にその手立てがなければ親分（安倍さん）を利用すればいいではないか。

政治は、（違法は論外として）過程などどうでもよく、国民に対し『結果』をもたらすことではないのか」と思いました。

今回、増税に対しても、こともあろうにツイッターで「（首相が指示した）会議に呼ばれなかった。突然の増税発言。反論の場もないのか」と投稿されたとか。

馬鹿々々しい。高市早苗さんは、安倍さんの支持を受けておられた。度重なる「当事者でありながら、当事者でないような発言」にはウンザリだ。

呼ばれなかったら、岸田さんに対して「なぜ、呼ばなかった」と即「闇討ち」をかけ、「詰問し二人で済む話」。なぜツイッターなのか。サッパリ分かりません。

あなたはいったい、なぜ、政治家になったのですか。まさか国民に対して「愚痴をこぼす」ためではないですよね。あなたの敵（説得する相手）は身内です。サラリーマンなら、それは常識です（※後述一）。

また、私のような政治のド素人でも県庁に行くときは「それなりの準備」をして行きました。「根回し」ではなく、自分の思いを実現させたいのなら、それが「相手に対する礼儀」だと思ったからです。

それに総裁選に立候補されましたが、自民党に「しっかり人材育成しろよ」と言いたい。マスコミにも「政治家自身に「『官僚機構を壊した』。『国賊だ』と言わしめ、恥ずかしくないのか」と言いたい。マスコミは、なぜ「人材育成文化を壊した。国賊だ」と言わなかったのですか。それは本来あなた方の仕事のはずです。

『女性の首相？　総理大臣就任第二位？　自民党さんそれでいいのですか』。

この文に「女性なんとやら」とトンチンカンなことを言わないように。

扇千景さんが、今からでも総裁選に立候補されるというなら、国民の一人として「もろ手を挙げての歓迎」です。

※後述一
「罷免も仕方がない」？　大臣の席を、その程度に考えているなら罷免ではなく「自ら辞めよ」と言いたい。本来総理を支えるべき立場の大臣が、なぜ「自分を軸」にして「主軸の足を引っ張る」のか。自民党の人は、竹下登さんの「二度目は、いかんわな」の言葉を忘れるべきではないと思う。

二〇二二年一二月一三日

気になる国会議員の発言

●プロパンガス料金と政治家

先日、水が凍結し、そのため温水が使えませんでした。

そこで「高い基本料金取ってて、出ない分は日割りで安くせよ」とガス会社に電話で文句を言った。すると「そういうふうな料金設定になっていないので。お客さんから苦情が多く寄せられているのですが、なにしろ自然現象なので」と言い訳をする。

「何度までなら耐えられるようにしているのか。たかだか−《マイナス》六℃で凍結するなんておかしいではないか。北海道なら間違いなく、それ用の基準を設けているはずだ。ここでは何度か」というと「そう言われても、何しろ自然現象なので」と言う。

「では、冬を控えて点検したのか。配管の現状は凍結防止用の覆いが破れて、むき出しになっているではないか。現場に来てみよ」と言うと、また「ともかく自然現象なので」の一点張りである。で、日割り計算で減額するとは、ついぞ言わなかった。

「日割り計算で減額せよ」と言ったのは、電気代に比べてプロパンガス料金が高過ぎるからです。

一日三度の賄い、冷蔵庫、ホーム炬燵、冷暖房、照明器具等々全部電気。風呂はガスの設備しかないので仕方なく使っている。が、風呂に入るのは精々週二日。それでも月の料金はガスが電気の二倍以上。このことからガスに対する不満が溜まっていた。

そして今日、プロパンガス料金の設定の仕方を新聞で知ったのです。何でも、建築時設備費を無料にする代わり、月々のガス料金に、その分上乗せするというのである。何で店子が設備費を、ガス代と称して、払い続けなければならないのか。

私のところは築五一年。給湯器の減価償却は六年らしい。スマホで調べると、給湯器は二十六万五千円くらい。基本料金は、四平方メートル使用の場合、二千七百五十円×一二×五一年＝百六十八万三千円。減価償却が大昔に終わっているのに、なぜ、使用ガス代より一・八倍もの設備費を支払わなければならないのか。ますます納得がいきません。

しかも、またまた有識者で、この料金体系を検討するという。政治家もおかしい。即、官僚に案を提出させ自分で決めれば済むことではないか。

ノコノコ有識者会議に出席するなら、なぜそれまでに是正に動かなかったのか。防衛のところでも述べるが（一九一頁）、鈍感な人たちだ。震災の時、県庁に陳情に行って、私が会社に着くまでに、県は会議をするので、その日の午後四時に県庁に来るよう業者に連絡を入れていた。

あの混乱の最中でもだ。そもそも、なぜ鈍感な有識者会議なのか。後見人の所でも述べたように現状と、かけ離れたことしか決められない人たちだというのに。そんなことせず、役所の人間がとっくの昔に是正しておくべきではないか。何のために役人はいるのか。売られてないもので、報告を求めることを改めるのを行政改革と言ったり。馬鹿馬鹿しい。ガスに関する前記計算は、ほんの数分ですんだ。

阪神淡路大震災以降の役人はおかしい。まさしく村上さんの仰った「官僚機構を壊した。国賊だ」だ。前述のごとくこれはもう戻らないと思う。いったん壊すしかないと思う。

気になったのは、捏造と発言した高市早苗大臣のことです。

国会で取り上げられた今回の行政文書騒動で最初にオヤッと思ったのは「捏造」という言葉。

今流行りの、いたずらな遊び心での動画のように、官僚がその文書を捏造したとはちょっと考えづらい。もうちょっと言い方があってもいいのではないかと思った。つまりこの問題を、どの程度の「重みの問題」として感じ取っているかだ。甘利さんや村上さんなら、そう時を置かず「サッ」と身を引かれただろうに、と思いました。

元国家公務員の方のネット投稿でこのようなものがありました。要約すると「行政文書は、複数人数で、録音から一字一句を聞き取り文章にしたものを、上司及び関係部署の決裁を経て保存する」と仰っていました。

女性の地位向上とか、世界がどうのとか、言葉遊びはもうやめませんか。そんな言葉遊びがない時代の女性の方がよっぽど存在感がある。既述の通り扇千景さんが、今からでも「総裁選に立候補されるなら、もろ手を挙げての賛成」です。

高市早苗さんについて述べるのは、河野太郎さん同様三度目です。蚊帳の外発言。罷免覚悟。そして今回の捏造発言。三度目の正直（一度や二度は当てにならないが、三度目は確実であるということ）ということになります。

建前だけの言葉遊びの社会づくりは、この辺でストップしてほしい。実相で社会を構成するべきだと思う。お仕着せの、体ではなく、頭で考えた「仮想空間で若者を育てること」は、もうやめましょう（※後述一）。

私は、義務教育期間の九年、そして授業以外でも自由に手入れしても構わないという方法で、農協の協力を得て、自然相手のごまかしのきかない（ハウスでない）農業（※後述二）を必須科目として「我が畑で自分の好きなものを育てる」のを取り入れてほしい。「自然という蓋の復活」は、できないまでも、その重石は実感すべきだと思う。そして、政治主導、教育主導、マスコミ主導（※後述三）でなく、その基本があって、同じくごまかしのきかない企業で育てるべきだと思う。

国産再生可能エネルギー推進の新議連発足での、麻生副総理の発言「俺みたいな、八十のおっさんに言われて恥ずかしくないか」。Z世代（何のことだか知らないけれど）に顔を向けるのはもうやめましょう。

諦めて、八十にして「庭園を荒らしまわり」そして、その荒れた庭園をブツブツ言いながら「元通りにする」。しんどいけど、若者が、自分の特権を行使せず「庭園を荒らさない」のだから、八十歳が両方やるしか仕方がない。

※後述一
元サッカー日本代表監督岡田武史さんが学園長のFC今治高等学校里山校一期生の入学式が二〇二四年四月九日に開催されるという。

どんな大人になって活躍するのかとても楽しみです。

※後述二
既述の通り「フランスの研究をやっている人のことは一切信用しない」といい、深田祐介さんが『新西洋事情』でフランス人は、周りの国から変人と思われている、というような記述に触れ「やっぱりな」と思った、と言いましたが、ある時ふと「そうや、フランスは農業国でもあるんや」と気づき、それ以降フランスへの偏見（正確にはフランスにたむろする人々へのもの）は、もうしていません。私も農業のまねごとをして、農業にごまかしは効かないと気づいたからです。

それにしても、自然から離れて、人はうまくやっていけるのかなぁ……。

※後述三

新聞記事に「松本剛明総務相が、小西氏の主張を事実上丸呑みした異例の対応」とある。これは「捏造」の比ではない。加えて「森友学園を巡っては、財務省が決裁文書を改ざんし、関連して職員の自殺まで引き起こした」とも記述している。また前日のある新聞の夕刊の見出しに「〇〇氏の夫逮捕」とある。

T社長「最近のメディアを見ておりますと『何がニュースかは自分たちが決める』という傲慢さを感じずにはいられません」を地で行く記事だ。さらに、「日本の現況下政治家これやればマスコミに潰される（よって本音ではなく建前＝仮想空間で生きることを強いられる）―二〇二三年二月五日記述―」となる。

「本当のことをありのままに言うこと」がどうして「丸呑みした異例」となるのだ！　そうではなく、「当たり前」を「当たり前」として取り組んでいれば「高木さんの死」もなかったはずだ。安倍政権下には、その可能性の予兆があったにも拘わらず、それに気づかず、何が「職員の自殺まで引き起こした」だ。「黒塗りが当たり前」などという感覚は捨てよ！　だ。

今の世の中「自己矛盾解消センサー欠落」社会だ。新聞の日頃の主張と、前記の記事もそうだが、典型例は安倍元首相の靖国での「不戦の誓い」と「核共有」だ。マスコミが、「当たり前」を「当たり前」に見ていたら「最長」などあろうはずがない。さらには「手前勝手な理由」による事件の数々。最大の理由は既述の通り「軸になること」だけを教えるからだ。

個々の記者は、現場を回り世の中の「本当のこと」を誰よりもよく知っているはず。それが我々の手元に届くと「建前」と「権威（記事には、必ず○○教授とかが登場する）主義」と「永田町」になってしまう。なぜだ。そんなもの当てにせず「一番よく知っている『自分たちの記事』で埋め尽くせ！」と言いたい。

二〇二三年三月九日

「それって、大臣でないとできない仕事なの？」

●他人の痛みを追体験できる感性がある？

厚労省職員のマスク感覚

一四〇頁で、布マスクのろ過効率について新聞社に問い合わせた件に触れましたが、そのままになっていたので改めて確認しようと思いました。そこで、厚労省に問い合わせたところ、「私は、個人関係のマスク担当でないので分かりません」という返事だったので、「では、どこに尋ねたらいいですか」と聞くと「さあ、分かりません。市役所違いますか」という返事。そんなはずないだろうと思ったけれど、念のため市役所に問い合わせると、当然のことながら「うちではない」との返事。

仕方ないので、ネットでマスクに関係しそうな会社を探し電話したところ「ハイうちも納めています。しかし、納品に当たり、特に何かの基準などは要求されていません」とのことだった（その少し前、テレビで個人の方が、マスク作りをされていて、その方は、キチンとどの程度遮断するかの検査をされていた。それが普通だと思う）。

・私は、阪神淡路大震災の時、三つだけした。
まず私。被災当日、一番目にやったことは「皆、金が要るだろう」と思い、即、銀行に行った。我が社は全壊。銀行も全壊で閉まっていた。しかし、幸い、応答があり「給料の期日通りにお金を準備して欲しい」と言った。暫く考えておられたが「わかりました。但し、千円単位まで。二十三日までに明細を提出すること」と条件が付いたが要望に応じてもらえた。


次が県。「明石で検査受けろ」という。冗談じゃない。往復するだけで一日がつぶれる。そこで、県庁に行く前に、ある会社に「検査をしてもらえるかどうか」の確認を取ったうえで県庁へ陳情に行った。陳情の帰り、お願いした会社に、その旨伝えると「県庁から今日の四時に会議をするので県庁に来るよう連絡があった」と聞いた。県庁の動きは早かった。

そして国。これはどうしたらいいか分からないまま、会社が潰れないよう万一に備え、県庁の公舎にあった国の出先機関に行き「有給額を減額してくれ」とお願いした。

幸い、いずれも、それぞれのやり方で、要望を聞いてもらえた。

「潮目が変わった」というのは、この体験による。マスクに対する国の応答と比較すれば、そう言わざるを得ない、と思っています。

・何が言いたいのか。私のことではない。
今日（二〇二二年九月四日）さるテレビ局で、行政改革の中身の一つとして「フロッピーディスクでの報告をしなくていいようにした」という。市場にはフロッピーディスクは、もうほとんど、出回っていないとか。

それを聞いてまず思ったのは「自民党は何をしていたのか」。ついで「官僚は何をしていたのか」。さらに「それって、大臣でないとできない仕事なの？」そして、他の出演者、テレビ局員含め上記のような質問を「なぜ、しないのか」だった。

おそらく自民党の甘利さんや、元ヤクルトのMさんなら「それが大臣の仕事だなんて、取り上げないでくれ」と言われたかもしれない、と思った。やはり自助へと頭を切り替えないといけないのだと思う。

・これの前に旧統一教会のことをテーマにしていたが、そのときから、出演されていた大臣含め「なぜ、それまでに旧統一教会のことを、党で取り上げ、解決（※後述一）しておかなかったのか（自民党のほぼ半分の方々が、旧統一教会と関わりがあったそうだから、あれこれ解釈はするけれど、本当は『宗教について一度も考えたことがない』というのが、その実態なのだろう）」。安倍さんがらみで、遠慮していたとするなら、それこそ「議員失格」と思った。まさしく『竹槍戦術↑戦時中竹槍で敵と戦うこと』を、コロナ禍で採るのが、鏡に映った「本当の日本の現状」だ。

では、旧統一教会問題は、どう処理するのか。

その前に、これまで記述してきたことで関連するものを、改めて述べる。

一、欠乏を造り出す＝「戯曲の中で生きようとするが、生活に跳ね返され、そこに生じた欠乏は、幻想の原資に変化する」。

二、竹下登さんの「怨霊は、一度はいいけど、二度目は、いかんわな」。

三、神から「弱い者イジメ」を受け、例えば宗教に触れ、それを自己昇華させ、新たな世界を知る、ということもあるでしょう。しかし、それは普遍性ゼロでないにしても、きわめて個の限定的世界です。少なくとも生活レベルでの普遍性はないです。生活レベルで普遍性があると言われると、切な過ぎます。―二〇一五年三月六日記述―

四、先生から「教科書を三度読め」と言われ私が、ぐちゅぐちゅ言っていると、同じクラスの女の子が「そんなの一回読んだらええんや」と言った。「なるほど一回読んだらええのか」と気づいたとき、私はもう三十五歳を過ぎていた。つまり彼女の言葉は、私を元の居場所に帰らせるための糸口だった。

ここで話をまとめてみる。

旧統一教会に関連した議員さんは報道によると、自民党の発表では百七十九名だそうだから、私の「パン＝当選＝最優先」からすると無罪放免。一方「政治家資質＝他人の痛みを追体験できる感性があること」からすると「議員辞めてください」となる。百七十九名が辞めるのは現実的でないので、ここで竹下さんに登場願って、今回は無罪放免。ただし、同種問題をまた起こせば「自民党から永久追放」。自民党がそうすれば他党もそうなる。法は関係なし。

・英数国理社などどうでもよいから、必ず同じことを三年間で三度、中学校で教える。
・宗教ほか「欠乏」を創り出すものは「偽物」と思え。具体的事例は先生方が教える。
・生活レベルへ落とし込んでくるものは「偽物」と思え。具体的事例は先生方が教える。
・まずは、ひっかからないように。ひっかかっても「故郷へ戻れる」ように。

この項の結論　ワクチン接種が第一。そのワクチンの有効性は、先生方の腕次第。法をいじるのはその後でよい。何故なら「信教の自由」下では、旧統一教会（に限らず）の本質は不変だからです。

以上終わり。

二〇二二年九月九日

※後述一　二〇二三年一〇月一八日記述

国の決め事は国会で決まり、それは「多数決」による。つまり「数の一番多いこと」が決め手となる。その数からみると、現状では与党。別けてもその中心は「人数の一番多い自民党」。さらに、その中心にいるのが、安倍派の約一・八倍の三七九人中の「教団と関わった一七九人」。そして、その集団の、議員のもっとも弱点を突いた【「票差配（↑伊達氏による）」に関わる中心におられたのが安倍元総理】。

つまり【日本の国会のど真ん中】に【外国の、しかもカルト教団（↑橋爪大三郎さんによる）が鎮座している】ということになる。これは「中国が土地を買い占める」の比、さらには悲惨さは別にして「影響の度合」の観点からすると「オウム真理教」の比でもない。物心がついて以来、私にとっては「日本の憲政史上初の大事件」なのだ。安倍式「安全保障」は屁の突っ張りにもならなかった。「党と組織的な関係はない」で済む話ではない。

竹下（登）さんが距離を置かれたことを若手の自民党員が知らないはずはなく、なぜキチンと「〇〇刷新連盟」を立ち上げ糾弾してこなかったのか。

二〇二三年一〇月一八日

第三章　誰も好きで戦争などしたくない

幻の安倍元首相への公開質問状

●敵は、あなた自身の中にある

（一）十カ条の問

安倍さんは「積極的平和主義」を標榜され、世界を精力的に回られた（※後述一）と思うのですが、素人はその言葉から「要するに、平和のためにすぐ動く」というイメージを持ちます。

そこで、次に掲げる質問に、ぜひお答えいただくようお願い致します。

一、安倍さんが、プーチンさんの「ウクライナに対する懸念」を認識された日は、いつですか。

二、プーチンさんの「ウクライナに対する懸念」を知り、まず最初にされたことは何ですか。また、それはいつですか。

三、プーチンさんの気質をよくご存じであるが故、ウクライナに対して「ＮＡＴＯ加盟への働き掛けは、少なくともプーチンさん健在中は、見合わせた方がよい」と進言（どうアプローチするかは別にして）されましたか。また、それはいつですか。

四、同じく、西欧への傾斜は「少なくとも表面上は、見せない方がよい」と進言（どうアプローチするかは別にして）しましたか。また、それはいつですか。

五、質問の三、四のため、ウクライナが支障を来すことに対し「できる範囲で支援する」と申し出ましたか。また、それはいつですか。

それでも、プーチンさんの性格からして、侵攻は避けられないかもしれない。それを阻止するのは、次の二つです。

・プーチンさんが病気などで働けなくなる。

・ロシア国民が「プーチンＮＯ」とする。

六、仮に停戦協定が成立してもウクライナにとっては、終わりの始まりに過ぎない。そこで、五の二番目の質問に対して、侵攻に備えて、例えば直ちに、ウクライナとロシア以外の国、まず日本国内で（個人が特定されないよう配慮して）ウクライナの人とロシアの人に集まってもらい「即（表現は、ともかく）停戦協定を結び、いつでも発表（自治体）できるよう準備を完了しておけ」と（自分は表にでるなと指示し）総務省（＝自治体）と経産省（＝企業……の方が取り組みやすいかもしれない……）に言いましたか。また、それはいつですか。

七、全世界で、質問六同様の「プーチンＮＯ」を発信すべく、外務省は各国に要請しましたか。また、それはいつですか。

八、各国が動かなかったときのため、在外公館に（自分は動かず）海外の独立行政法人や企業に、質問六同様の動きをするよう要請しましたか。また、それはいつですか。

九、国内外を問わず、（日本の）企業にウクライナ、及びロシア国籍の人の（提出不要）名簿（極秘扱い）を作り、（停戦協定の）会議をしてほしい。また、両国の人は、事情の許す限り企業に留まってもらい、差支えない範囲で両国の人を雇うよう要請しましたか（目的は「プーチンＮＯ」会議のため）。また、それはいつですか。

十、プーチンさんと親しい間柄＝安倍さんの役割。

「プーチンさん。あなたがウクライナへ侵攻するようなことになれば、あなたは『必ず負ける』。敵はＮＡＴＯでも、西欧でも、アメリカでも、ましてやウクライナでもない。強いて言えば『敵はあなた自身の中にあるもの』だからです。バリアを設け、その向こうを敵として侵攻する戦いは、ベルリンの壁崩壊で終わっている。インドは仮想敵国でないが、北朝鮮はそうだというのは、自然の流れに逆らっていると気づきました。気づかなければ終わりが見えない。

私の小さな頃、稲の株はトンガで、一株ずつ手で掘り起こしていました。他の農作業も然り。そんななかで「男尊女卑云々」などというのは絵空事。でも、今は違います。コンバインを男性以上に巧みに操る女性もいます。科学文明に戸は立てられません。「ＮＡＴＯから国を守る」というのは、屁の突っ張りにもなりません。「欺かれた」。それも違います」（※後述二）

「三島由紀夫は、縦と横の交点に立ち、横を縦にしようとして敗れました。あなたもウクライナに侵攻すれば、その二の舞になりかねません。

つまり、壁を崩壊させたのは科学文明であり、それは我々が求めたものです。

そして、それが世界の隅々まで忍び込んでいることは、あなたも充分認識されているはずです。ところが、今度はそれが、地球温暖化などとなって我々に襲いかかって来ました。自分との闘いでもあるので、この敵はとても厄介です。しかし、放置はできません。一緒になって戦うしかありません」と説得しましたか。

しなかったとすれば、それはなぜですか。プーチンさんと二十七回会われたとか。それが、休暇中の自費ならともかく、そうでないなら結果に拘わらず、核共有云々以前にやるべきことではありませんか。

（※以下は一部重複しますが、全文を書きます）

イギリスのある政治学者が、アメリカの政党を評して「ラベルの違う二本の瓶」と言ったそうですが、元来政を処するに当たって「中身の違う瓶」などあるように思えない（ではいったい、共産圏の国々はどういうことになるのか。それはマルクスなどの戯曲に踊ったからにほかならない。それなら、なぜその戯曲がそこに座りえたのか。それは、縦のポテンシャルエネルギーが、これまで存在し得たからで、その縦が崩壊していく以上、そこに存立し続けることなどありえない。横を縦にするために、そうした、というのであれば別だが、それらの国々がそう認識して今日まで来た、とは思えない）。

―一九八九年九月一九日記述―

［そして、その数カ月後（一九八九年一一月九日）、ベルリンの壁は崩壊する］

中国については既述の通り。ウイルス相手だから、もっと気楽にやればいいと思うけど、少なくともゼロコロナについては、今日までのところは、その通りかな、と思っています。

それにしても、あのエネルギーはすごい。触らぬ神に祟りなし、だと思うけど……巻き添えは嫌だから喧嘩にならないようお願いします。

「プーチンNO」一斉蜂起で、「もろ手を挙げての歓迎派」が思いつくのはこれくらいです。時間は充分あったはず。もっと多くの人の知恵を借りれば、もっと手立てがあったかもしれません。

他にも、プーチン潰しで動かれたものがあれば、差支えない程度で教えてほしいです。お願いします。

一一、安倍元首相は、政治家失格。安全保障について語る資格なし（二〇二二年五月一一日）。

四月二日、安倍さんに一七〇頁以降の十カ条の問をしました。とは言っても、私のブログをフォローしてくださる方は極めて限定的。だから「返答してください」というのは無理があるのは承知しています。また、私は安倍さんが「プーチンさんのウクライナへの懸念に触れられ、即何をされたか」を知る能力ゼロ。ゼロだから、とても「安倍さんは政治家失格。安全保障について語る資格なし」とは、投稿できませんでした。

しかし、バイデン米大統領夫人のジル・バイデンさんが「母の日に訪問したかった」とかで、ウクライナに行かれたことを知り、そんな心遣いは必要ない、と思うようになりました。

ネットで知った範囲ですが、プーチンさんの説得について質問され、安倍さんは「アメリカの要請があればだが、それでも難しい」と言うようなことを答えられたとか。自身が動くのに、なぜアメリカの要請が必要なのか、さっぱり分かりません。そもそも動くのに、誰かの要請など必要だとは思いません。ジル・バイデンさんのように「内から突き上げてくるもの」に従うだけ。前々から言っているように、「教科書準拠」の安倍さんには、それ（＝肉声）がありません。だから政治家失格。さらに「予兆を知りながら、未然防止に動かない人。だから戦うことしか想定できない人」に「安全保障について語る資格」などあろうはずがないと思うのです。

さらに、安倍さんは、「プーチンさんは現実主義者」だと言われたとか。現実的に軍備関係などから、そう思われたのかな、くらいのことしか浮かばないけど、プーチンさんは現実主義者ではない。妄想主義者。日々生きている木々（＝人々）が抜け落ちて、自分が勝手につくりあげた森（＝プーチン王国）を守ると息巻いている。それは「木々にとって不自由で迷惑な話」です。

そもそも、ロシアの主役は誰？　プーチンの森ではなく、ロシアの木々です。このことが逆転している。だからプーチンさんは、妄想主義者（＝なんでも、プーチンさんは若い頃のベルリンの壁崩壊がトラウマになっているとか。もし、それが本当なら安倍さんは、やっぱり、この投稿の十番目を侵攻前にプーチンさんに伝えるべきだった）です。現実主義者と思われた安倍さんも同類（「あかまんあまの花を歌うな！」）。

では、現実主義者はどう捉えるのか。

「どんな防御でも突破でき、一本一本の木々に確実に伝播するのが『ユニクロの進出』であり『マクドナルドの展開』など」です。

企業は企業らしく休業や撤退などせず、利に基づいて行動すべきだと思います。

それこそが、「プーチンの妄想破壊に繋がる有力な平和的手段」だからです。

ユニクロやマクドのロシアのファンが、「ユニクロ、マクドを襲撃せよ」と言うとは思えません。例えば、ユニクロは単なるユニクロの衣ではなく「ユニクロ＝その人の生活の匂い＝その人の人生そのもの」だからです。プーチンも言ってません（とは言っても、例えば日本の為政者が自分の本分である掃除屋であることを忘れ、国民の生命と財産を守る、などと寝言を言って武器に手を染めれば、ユニクロも、いっぺんにその雲行きが怪しくなる)。

そして「今や森に国境はない。現に我々がこうしてここにいる。木々のために、森を守るという看板で他国の木々をなぎ倒すのは現実的ではありません。言われて、はじめて『そうなの？』と思うことはあっても、NATOをいちいち気にして育っている木々はありません。木々にとって必要なのは、衣（ユニクロ）であり食（マクドナルド）などです」と引き続き営業する（他国で不買運動にあっては困るので、再開は時を見てできるだけ早く）理由を世界に向かって言うべきだと思います。

(※後述三)

NATOも同じ。壁を造って妄想に呼応し武器を送り、ウクライナの木々を枯らすのではなく、とりあえず戦いを停止すべきだと思います。

NATOは「ユニクロの侵入」、「マクドナルドの展開」など以上に、何を求めるというのでしょう。「民主主義、人権？」そんな得体の知れない腹の足しにならないものより、目に見える「ユニクロの侵入」、「マクドナルドの展開」などで充分ではないですか。

人の死を望むなら別です。

そうでないなら、その浸透力を信じ、時が来るのをじっと待つべきだと思います。

ゼレンスキーさん、あなたは舞台の脚本家ではありません。血を荒らすのはもう、おやめください（「蛸と演劇は血を荒らす」久保田万太郎）。アゾフ連隊に加わり、亡くなられた五十一歳の女性のお母さんが、「とにかく生きていてほしかった」と。それが、木々の本当の願いです。

（二）安倍元首相の印象

―これは妻の昭恵さんも言っていましたが、その期待に応えるため、自ら描く偉大な政治家像を「演じていた」側面もあったでしょう（安倍元首相銃撃事件でジャーナリスト・青木理氏が感じた「不気味な兆候」とは。AERA dot. より）―。

ずっと以前、安倍元首相の身近で接しておられた方が、「とてもやないが政治家資質など、なかったですね」と仰っておられた記憶があります。だから、小沢一郎さんが安倍元首相を評して「好きです。だが理念がない」。ピッタリです。

安倍さんは、誰かから、嫌われるようなアクの強い人ではないので「銃撃」などとは、もっとも遠い存在。そう思っていたので、とても驚きました。

私は、これまで安倍さんの「肉声を一度も聞いたことがない」。「教科書準拠の人」と言ってきましたが、上記の青木さんの記事を読んで、やっとその理由が分かりました。つまりは、演じるためには教科書（偉大な政治家像）が必要だったのだと。

そして同じくなぜ、安倍さんが「比較的若者に支持されるのか」の疑問にも納得がいく。「お仕着せのパッチワークでできた若者」が安倍さんに共鳴するのは、ごく自然なことだと思います。これで本当に競争力は上がるのかなあ。大変だ。

何度か言ってきたように、問題は安倍さんにあるのではなく、安倍さんをキングメーカーたらしめた自民党の罪は重い。そしてそれを支え続けた我々が一番の原因です。その我々を破壊するのは、アメリカの原爆ではなく、自らの手でしなければならなかった。誰が？「自由人」です。その資質充分な評論家の猪瀬直樹さんも、こともあろうに維新舟に乗って、あちら側へ渡られた。もったいない。

ひょっとして、このまま行くと、今度は、はち切れんばかりのエネルギー抜群の中国によって、その構図を破壊されないと再構築ができないのかもしれない。「歴史は繰り返される」だ。そうではなく、自らの手で破壊すべく、真剣に考える必要があると思います。

※後述一　繰り返す「得意先回り」

安倍外交というのは、要するに「得意先回り」。得意先回りなら、何も、わざわざ首相がしなくても他の人で充分だと思うけど。安倍さんがライフワークとされたという「北朝鮮による拉致問題」。総理在職中の八年八カ月で一ミリも動いてない。一般企業で「一丁目一番地は掛け声だけ」なら早晩自ら、身を引かれたと思う。

今、問題視されている旧統一教会のことにしても、「パンが最優先」の私からすれば「ごく自然」なこと。必ず同じことを繰り返す。それより「綺麗事」に乗っかった経団連や学者先生方が、金集めが「金持ち」から「貧乏人」にシフトしたことに、どう心を痛めておられるのか、むしろ私はその方が気に掛かります。

いつも言うようだけれど、我々が一番悪い。「Jの従業員」ではなく、「銀行筋」が金を出し、変な方向に流れそうだと「金脈切る」とやるなら、とっくに谷垣さんは首相になっておられただろうし、安倍さんの最長もなかっただろう。そろそろ、今のやり方に手を付けるべきだと思う。

※後述二

・既述の通り、「イギリス女性が私の前で全裸になる」と憤慨しても仕方がない。

残念ながら今後も、この情景はずっと変わらない。―二〇一五年三月六日記述―

誇り高きプーチンさんには、耐え難いこととは思いますが、だからと言って、周りの国への八つ当たりは以ての外。自分の不明を自覚すべき。日本も調子に乗って「プーチンさんと同じ憂き目に遭わない（つい先まで欧米人だったのだから）、改めて欧米人にならない」よう気を付けないと。他人事ではない。

・―異例の〝懺悔の旅〟ローマ教皇の謝罪
「同化政策」の名の通り、先住民固有の文化を奪うことが目的だった。

「遺体は〝一千人以上〟暴行、レイプ……先住民の子供を大規模虐待～カナダ寄宿学校の闇～『TBSテレビ』二〇二二年七月三〇日―

西洋の神さんは、やっぱり「弱い者イジメ」しかせえへんのかなあ（ローマ教皇の謝罪は、「残念ながら今後も、この情景はずっと変わらない」の具体例として書いた）。

I地区の「えべっさん」の方が、やっぱりいい。早う日本に帰ってきてもらわないと。

※後述三　企業へのお願い
以下は私なりに試みた「プーチン潰し（？）」です。

ネットで、ロシアとウクライナの人々と交流のある所を見つけ一、二、三のプリントをもって「事務は全部私がやります。協力してください」とお願いしました。というのは、テレビで見る限り「日本在住のロシアの人は全員反プーチン」だからです。ところが「気持ちは分かりますが、まず答えませんわ。この件に触れられることを避ける傾向にある。それにプーチン支持も結構多い」との返事でした。

そして、両国の人との交流会に誘ってくださったのですが、日曜日はどうしても参加できず、成果ゼロ。ゼロなので何もしなかったことになる。かくして「我がプーチン潰し」

は、あえなく終了。

企業の浸透力こそが平和への道、と思うので正々堂々と、もし両国の方が居られたら、一方だけならその方々の、あるいは複数企業で、個人が特定できないようにして、市民レベルの停戦協定できませんかねえ。現実として差し支えがあるなら、企業名も出さず、自治体で発表してもらうとか。検討してもらえませんか。

1

ロシアの方へ

ウクライナで、家が破壊され「行くところがない」と言われている映像をテレビで見て「戦争早く終わってほしい」と思いました。

そこで、このアンケートを作りました。ご協力をお願いします。

名前は分からない方がいいと思うので、書かなくてもいいです。

一、あなたはプーチンを支持しますか。どちらかに○をしてください。

支持する　　　支持しない

二、支持するに○をされた方、どんな条件なら停戦協定が結べるのか、お書きください。

三、その他なんでも、自由にお書きください。

ご協力ありがとうございました。結果がまとまればお知らせいたします。

2

送り先氏名　　返事あり＝○　返事なし＝×

1

2

・・

・・

33

34

3 結果を集計して、答えてもらった人に結果を知らせると同時に個人名は一切出さず結果だけを発表していいかどうかを答えてもらう。発表してよいという人の分だけ集計し直し、発表する。

記者発表者

ＮＰＯ△△協会

市町村長

その他

発表の理由は以下です。

日本の至る所の市町村で同様の発表を呼び掛けるため。

そして、できれば、ウクライナとロシアの方々に「どんな条件なら停戦協定が結べるか」を話し合ってもらい、市民レベルで協定を結び、国内外に同様の停戦協定締結発表を呼び掛ける。

二〇二二年三月三一日

ゲーム感覚の真珠湾奇襲をヒアリングするのは即刻中止せよ

先制攻撃の印象を与える呼び名はいけないとか、専守防衛に拘わるなとか。

馬鹿馬鹿しい。戦時に身内話が通用するわけがない。ではなぜ、そんな議論になるのか。

それは「力のバランス」などと言いながら、実際は現実が分かっていない何よりの証拠だ。

ではどうするか。「防衛、などと言う寝言」を想定せず、はっきりと「仮想敵国を、いかに攻撃するか」を考えよ。そうすれば、これまでの議論がいかに「馬鹿々々しく」、「国民の生命と財産を守る」が、「詐欺」以外の何ものでもないことが分かるはずだ。

ウクライナをみるまでもなく「ジェノサイド」と騒ぐ前に「なんでもあり」と想定すべきだった。殺されることを目前にしているのに、どんな倫理観を持てというのか。ましてや相手は核を持っている。「敵基地攻撃云々」などと呑気に言うのは、暗黙のうちに「相手は使わない」と想定しているからだ。それはゲーム感覚以外の何ものでもない。ゲーム感覚で殺されるのは真っ平だ。

『戦争まで責任は持てない』

たった一言。来日時のショーロホフの言葉です。

最高裁判所裁判官に対して罷免するかどうかの審査はした。しかし、あなた方に対してはそういう審査はしていません。というのは、決定権はないにしても実質そういう役割で出席されていると思うからです。

裁判官審査の比ではない、自分の生き死にを、あなた方に白紙委任するつもりはありません。

「国民の生命と財産を守る」という大義名分のもと「敵基地攻撃」という判断を押しつけるのは独りよがりの身勝手というもの。

仮想敵国を仕立て「国を守る」と勝手に相手を攻撃する。それはプーチンそのものではありませんか。

先に「コロナ禍で竹槍戦術を採るのが鏡に映った本当の日本の現状」と言いました。今度は「真珠湾攻撃」だという。自民党さんは先の大戦がよっぽど懐かしいようです。さらに、安倍元首相は基地どころか「中枢も可とせよ」と言われたとか。仮想敵国は北朝鮮、中国、ロシアだと思うけど、安倍さんがコロナ禍でみせた竹槍＝布マスク＝で中枢を攻めれば、おそらく核のお見舞いをもらうだろう。

現時点では破壊力差は歴然。到底竹槍では太刀打ちできません。また、核のボタンを押す権限は、アメリカの大統領にあるそうだから「中枢を攻撃する」という発想は何を根拠に出てきたのか、理解できません。

日本への原爆投下は、因果応報。「身の程知らずに対する神の罰」だったかもしれません。この三国への中枢攻撃は「身の程知らずの神の罰」を再び受けると懇願するようなものです。そしてその罰は、本来受けるべき森を隠れ蓑にした人々ではなく、無関係の一本一本の木々が受ける。この理不尽を、なぜまた繰り返そうとするのでしょうか。

一方、安倍さんは確か靖国神社で『不戦の誓い』をされたはず。支離滅裂です。安倍さんは現時点では、実質キングメーカー。テレビに出たり、講演されたり。さらに、繰り返すようですが、二十～三十代の若者は、退任後の安倍内閣支持率が七〇％半ばです。安倍さんを存在たらしめているのは他ならぬ我々なのです。

故・石原慎太郎さんの使命は「東京五輪の破壊」と言いましたが、東京五輪は象徴として用いただけで、彼の使命は「この我々をつくりあげているからくりの破壊」でした。そうしなければ、痩せた土地に何を植えても育たないように、全ての行為が徒労に終わる。必ずしもそれを果たされたとは言えません。

そもそも、あなた方の発想がおかしい。負ける喧嘩を、なぜ仕掛けるのですか。納得できません。委任審査を受けてないあなた方の巻き添えを食らうのは、御免被りたい。何度も言うようですが「あかまんまの花を歌うな！」です。

「国民の生命と財産を守る」と本気で思うなら既述の通り、懸案の北方領土、拉致、沖縄問題も、今よりは進展するであろう「中国の核の傘に入る」ことを、まず「あっけらかんと検討せよ」と言いたいのです（※後述一）。

真珠湾奇襲検討は、その後からでいい。物騒なことを言うより、目の前のゴミを片付けるべし。その結果「アメリカさんに義理立てして、真っ先に核の標的になるのも構わない」を選ぶか、「とりあえず、核は遠のき、懸案事項も少しは見通しがつく」を選ぶかは、国民が決めればいいのではないでしょうか。

何をどう思って、のこのこと「そのヒアリング」に出席されたのやら……。出席は「戦闘について一度も考えたことはありません」と自ら宣言しているようなもの。なるほど情報を得て解釈者として、あれこれと考えられたかもしれません。だが、それは寒風が胸から背中へと突き抜けていくのを感じ取るようなものではない。鈍感な人たちです。

その結果、亡くなられた方に対し「国のために亡くなられた」と、のこのこ靖国神社に出掛けてお祈りをする。ついでに、守れもしない「不戦を誓う」。そんな茶番、一度でたくさんです。改めて箇条書きにして進言します。

『戦争まで責任は持てない』について、もう一度、考察してみます。

・射撃をやっている人から「無性に何かを撃ちたくなる時がある」と聞いたことがある（平時で普通の人でも「無性に何かを撃ちたくなる」）。

・戦時は全てを想定すべき。さらに死者は、市民はだめで、兵士はよいなどという理屈はない。ロシアの兵士にも家族はあるだろうし、その死はあってはならない。

・森など、どうでもよい。木々だけを見る。
・有事には必ずルーツに由来する戦争への因子を呼び起こし、そのＤＮＡを持った為政者は彼ら自身それを止められない。結局我々が止めるしかない。
・自分のとった方法（金を払い戦闘を避ける）が最善だというのに、およそ自分とは何の関わりもない場所でも「領土が侵される」となると、「なめたら、いかんぜよ」と戦いも辞さないといきり立つ。
・そして、やっと協定が成立しても、何十年、何百年と経てば強い奴が、また必ず侵入してくる。
・今までで一番恐怖を感じたのは、トルストイの『戦争と平和』の、ニコライ老公爵とマリアの関係である。それは、初めて読んだとき、「生命の継続と非継続はこういうことなんだな」と感じたからである（生命に限らず、今よく言われる貧富の差もグローバル化により裾野が拡大することによる結果であり、どうにもならない）。私にとって、恐怖はこれで充分。戦争までいらない。
・時として戯曲の観客に留まらず、舞台に上り脇役（ゼレンスキーさんの支持率が跳ね上がったこと）を演じストーリーを複雑にしてしまう。
・さらに、戯曲の中で生きようともがくけれど、現実に跳ね返され、そこに生じた欠乏は、幻想への原資に変化する。すなわちプーチン座の暴走である。

・蛸と演劇（戦争）は血を荒らす。
・神は、なぜそう（戦争）裁量したのか。
・既述の通り、戦争の脚本家を無能にするのは、パン（生活レベル）項目を箇条書きにし、点数をつけ比較すること（たまたま二〇二三年三月二四日。テレビを点けるとＮＨＫで三大ウソを放映していた）。
以上の項目です。

結論として、つまり、ヒアリングに出席する前に「私は戦争をこう捉えています」と公にすべし。生死に直結する議題。だから、その公表により「自分にその検討をする資格があるかないかの審判を受ける」と自ら申し出るべき。それくらいの謙虚さがあってもいいはずです。

私にとっては、その結論が「もろ手を挙げての歓迎」であり、「国境の県境化」であり、さらに「安倍元首相への公開質問状」です。

※後述一
「日本が進むべき道は、日本みずからが決めるしかない。仮に日本が中国に対して防衛力を強化すれば、中国との緊張感は高まるだろう。それも日本みずから決断することだ。アメリカは日本政府が自国の安全保障にとって何が必要なのかを考え下した決断を尊重する

はずだ」(ジャーマン・マーシャル財団　ポニー・グレイザー氏)。

二〇二二年四月一九日

ノーモア　ヒロシマ・ナガサキ

●論文の数が意味するもの

（一）理屈は必要なし

心神喪失は罪に問えないそうだから、とりあえず、その前に、四の五の言わず、ロシアとウクライナの戦いをＳＴＯＰさせてほしい。四の五のは、その後でいいと思います。

普通、高熱で瀕死の状態時、お医者さんはまず熱を下げはると思う。そうではなく「まず原因を除去するのが先、そうしないと解熱処置は意味がない」ではないと思う。

あまり難しく考えるのではなく、普通の感覚で処理してもらえませんか。関係の皆さん。「プーチンさんが一方的に悪い」ことは分かっているけど、「違法なものはみんな壊す」とか、「日本の領土に関し議会で決議した」（※後述一）などと言われると『ウクライナに核を投下してください』と聞こえる。先の大戦の実情は分からなかったけれど「おしゃべりなゼレンスキーさん」のお陰で、アメリカほか周辺の国々含めた「戦争がどういう軌跡を辿るか」がよく分かる。

何度も引用して申し訳ないが、まさしく「蛸と演劇は血を荒らす」です。全ての戦争は、

「この短文が全て」だという気がします。当事者は無理（※後述二）。だから、今はともかく、理屈抜きで周辺の国々で止めてほしい。

理由。

一、一万分の一％でも、つまりは可能性ゼロでない限り、脅しであろうとなかろうと「ノーモア　ヒロシマ・ナガサキ」。可能性を知りながら放っておくのは、ウクライナを支援する国々も同罪ということになってしまいます。

二、二国の戦いと何の関係もない、世界中の、どちらかと言えば、もっとも貧しい人たちが、いの一番に被害を被っている。そんなバカなことがあっていいはずがない。

三、世界中の為政者が、競ってロシアに「制裁」を科し、その尻拭い（経済対策）を自分でしている。ブーメランが自分を襲ってくる。おかしいと思いませんか。

四、ゼレンスキーさん、日本には「他人の褌で相撲を取る」という「ことわざ」があります。日本では、この「ことわざ」はあまりいいことの譬えではありません。

（二）**堀の外の為政者**

一方、振り返って、アメリカだって日本だってイラクのことを思えば、偉そうなこと言えないはず。それは、遠い昔のことではない。ホンのこの間のことです。

この戦争で直接的、間接的に奪われた命は五〇万人だとか。

為政者は、勝手に戦争を始め、勝手に手打ちをする。いつも木々は蚊帳の外。何かを言っても「それは終了済み」と言われる。切ないねぇ。

我々一般人が知りうる範囲の報道では、アメリカが日本が、その亡くなられた木々一本一本の家族に何をした？　私は知りません。

国など通さず、自立するまで、毎月亡くなられた方の一家が、諸経費を含め食っていけるだけのお金を一軒一軒届けましたか。あるいは、一家を日本に引き取り、自立するまで面倒見ましたか。それが「パン第二」の企業連合国家の在り方です。それができないなら、「端っから戦争などするな！」です。なぜなら、企業連合国家では国ではなく、一人一人（購買者）が主役だからです。

同じことを、例えばある自動車メーカーが、ブレーキの設計ミスを八年余に渡って放置し、五〇万人もの死者を出していたとしたら、間違いなく、その会社の車は誰も買わないだろうし、会社も潰れる。そして経営者は、これまた間違いなく何らかの罪に問われるだろう。

でも、民主主義国家の、少なくとも日本の為政者は「堀の外」におられる。

これでは、亡くなられた方々の怨霊は切な過ぎるに違いない。

（三）マスク氏の提言

イーロン・マスク氏がツイッターで、ロシアのウクライナ侵攻終結に向けた独自の和平案を示された。それは簡潔で分かりやすく、誰もが納得できる現実的なものだと思う。しかし、ウクライナのゼレンスキー大統領らが、一斉に反発する（※後述三）事態となっているそうで、マスク氏は「ウクライナの人々のことを考えれば、和平を追求するべきだ」と主張されたとか。

既述の通り、企業は幻想を追い求めたとしても「赤字」というチェック機能があり、お客さん（人々）を第一に考えざるを得ません。一方、政治家は「民主主義」だとか、何とか理屈をつけてチェック機能を無視し「頼んでもいないのに」勝手に「国を背負い」人々を「後回しにする性癖」があり、それが罷り通る。

マスク氏とゼレンスキー大統領の発言は、このことを「象徴している」と思います。「自分の当落だけを直接的に背負う人」「人が何人死のうが、法のバリア内にいる限り安全」から「多くの人の生活をたえず背負って生きている人」、「責任の所在が明確」、「法のバリア内でも赤字という洗礼を受ける」者への変換＝「企業連合国家」を今一度考えてほしいと思います。

※後述一
人のハエではなく「自分の頭の上のハエを追え」と言いたくなる。鈴木宗男さんも「有難迷惑」と言っておられるようですが、要するに、鈴木さんは政治家で、ゼレンスキーさんは俳優、ということだ。

では、なぜ俳優なのか。
一、なぜ、バイデンさんの警告を無視したか。
二、なぜ、自分から提案したものを「ジェノサイド」と潰したのか。
三、ロシアの人々に、「反対せよ」と声掛けしたこと。
四、なぜ、すくなくともそこに暮らす人々には、何の罪もないのに、それを無視して、日本に呼び掛けたのか。
五、ゼレンスキーさんは、現状、私にとっての「政治家資質」＝「他人の痛みを追体験する感性」が感じられないこと。
六、ロシアのミサイル攻撃をみて、改めて「『表』からは、あなたが自国民にとって、もっとも『悪』だ」と思ったこと。
七、すぐ「避難」を呼び掛けられるが、それは場合により死より過酷であること。結果として一千万人以上もの方々が国外に避難していること。
これだけ揃えば「イケイケどんどん」ではなく、別の道を模索するのが政治家だと思うからです。

※後述二

二〇二二年九月三〇日、バーレーンのハマド国王に、プーチン大統領が「ウクライナ側に関心があれば、ロシアは交渉プロセスを再開させる用意がある」と伝えたということだそうで、あとは「プーチンとは交渉しない」と言うゼレンスキー大統領の説得ということになるけど、虎（アメリカ）が本気で言えば、聞くしかないと思うけど、どうなのだろう。それとも、やっぱり「つまりは自分たちの正義の高揚を全世界に知らしめるために（八月三日記述）」が優先されるのかなぁ。

※後述三

二〇二二年一〇月八日朝、「クリミア大橋」で爆発があり、ここのところウクライナが、ロシアに奪われたものの奪還を果たしているようです。

ただし、ここで停戦へと進んだとしても、この経験（民主主義が必ず勝つ）をゆめゆめ中国に当てはめることなかれ！

・テレビを見ているとき、あるコメンテーターが、ロシアの兵動員が必ずしもうまくいっていないことに関連して「中国はどうなんですか」と質問した。ウクライナ＝日本、ロシア＝中国と仮定しての質問なんだろうけれど「どうしてそんな質問が出るのかな」と思った。

なぜか。

・産業面で、例えば自動運転などでは、日本より中国の方が進んでいるようですが、「仕事や研究開発、実行に関して、日本以上。さらに、それに必要な多方面の分野でも、仕事や研究開発、実行に関して日本以上」と、考える方が自然。それが理由です。

ちなみに、文科省科学技術学術政策研究所「科学技術指標二〇二二」によると、

順位	国	論文数	国	被引用数
一位	中国	四十万七一八一	中国	四七四四
二位	米国	二十九万三四三四	米国	四三三〇
三位	ドイツ		英国	
四位	インド		ドイツ	
五位	日本	六万七六八八	豪州	
十位			日本	三二一四

これが本当の現実。

一方「言論ＮＰＯ」さんは中国の方と調査されているようで、二〇二一年は、

「日本世論　中国に良くない印象、又はどちらかといえばよくない印象……九〇・九％

中国世論　日本に良くない印象、又はどちらかといえばよくない印象……六六・一％」

だそうです。

つまり、そのテレビのコメンテーターは、少なくとも大人なら容易に類推できる「仕事や研究開発、実行に関し良好な環境なしに、世界一位になれるわけがない」という単純なことに気づかず、政治家やテレビがつくり出した「幻想」＝「中国の現実」から「ウクライナの現状」＝「日本のあり得る現実」、故に、防衛費増強（＝他ならぬ幻想予算）」と短絡的に連想している。

そして、それは「日本人の中国に対する良くない印象＝九〇・九％」に繋がる。ということは「ウクライナにおけるゼレンスキー大統領への九〇％の支持」にも通じる。すなわち既述の「我々が、ロシアのウクライナ侵攻で教訓とすべきは、ロシアのウクライナ侵攻ではなく、ゼレンスキーさんを『九〇％で支持するウクライナそのもの』だ」です。このことをしっかり肝に銘じるべきだと思います。

「この経験をゆめゆめ中国に当てはめることなかれ！」の理由。
（イ）
一、ゼロコロナでみせた中国のあの「エネルギー」（テレビで、中国の当局が「コロナの取り締まり」をしている映像を放映していました。その対象となっていた女性は、二人の警官らしき人に「ものをボンボン投げるは、蹴るは叩くは、地面に這いつくばるは、悪態をつくは、物に掴まり動かないは、散々」でした。

それを見ていた私は「中国人ってすごいな。日本の女性、警官らしき人にあそこまでするかな?」と思いました。これに限らず、中国の人は当局も荒っぽいけれど、犯罪など含めずいぶん「大胆だな」と思うことがしょっちゅうあります。今のところ、日本人はエネルギー量で中国人に太刀打ちできない)。

二、さきほど述べた「自動運転」にまつわる件。

三、形式美への飽くなき拘わり。すなわち台湾を諦めるわけがない。

四、故に、日本がアメリカに踊らされるウクライナの二の舞になる（これを避ける方法は既述の通り、表を作ればよい）。

五、西欧、少なくとも日本は中国への借金は（「えべっさん」＝「神」からみて）完済か?

つまり、政治家やテレビではなく、自分の身近なものに置き換え、ありのままを、ありのままに見るべきだと思います。

例えば、

（中国へ進出された日本人の）中国での暮らし　日本での暮らし
・バスに乗る　警察の許可　いる　いらない　警察の許可いらない
・友達との会話　警察の許可　いる　いらない　警察の許可いらない
・物価　日本比較で　高い　安い　高い
・学校生活　日本比較で項目毎実情記入　項目に合わせ実情記入
・会社運営　日本比較で項目毎実情記入　項目に合わせ実情記入
以下略。

私は中国に進出された会社の実情を知らないので、この表は表示のためのものとして受け取ってください。現地で働いておられる方々の、実生活に密着した項目で、ありのままで表を完成させればよいと思います。ただしコロナに関する件は省く。なぜなら、中国の人口は日本の約一一倍。一方死者数は、日本の約九四分の一で、比較するのは無理だと思います。

繰り返しますが、この表が脚本家（政治家やテレビ）を無能にする唯一の方法だと思っています。

（ロ）

上記表で、何が言いたいのか。

中国に進出されている会社の従業員が（言葉の壁は置いといて）集団で日本に逃げ帰った、ということはあったのかもしれませんが、私は知らない。だから、それなりに暮らしておられるのだと思います。

だのに「台湾有事」で、なぜ「アメリカのお節介に付き合い、核もあり得る戦争をしなければならないのか」。また中国に進出されている企業の方々は、「核戦争を覚悟しなければならないほどの、ひどい生活を中国から強いられておられるのか」。それが言いたいのです。

台湾は基本的に、自国と中国との「人々の暮らし」の項目で表を作り、承服しかねる部分について、直接中国に訴えてほしい。少なくとも口出しできるほど日本は、きれいな身ではないと思う。そういう視点（口出しできる程の身でないこと）からすると、中国は、神さんの目から見て「怨霊の復讐で海外進出ＯＫ」なのかもしれない。

もしそうなら、神の「やめなさい」が出るまで止まらないかもしれない、と思ったりもする。日本は差し当たり尖閣諸島だろうけれど、核戦争が避けられるのなら、どなたかが言われていたように「鬱陶しい。中国に渡せばいい」も、ありかな、と思ったりもする。

そのとき、何を基準に考えるか？

商売人が売れないものを「値下げして売る」のは、要は「売れないままにして、資金を寝かせるよりは、値下げして売って得た資金を回転させて儲けるため」だそうです。戦争すれば、莫大なお金はいるし、壊されたものは建て替えないといけないし、しかし亡くなった方々は戻せない。一方妥協して、つまりは値下げして何を得るのが、資金回転上有利かを値下げの条件で獲得する。例えば、

一、戦争は、まず第一に儲けの源泉たる商売活動が極端に減少する。

二、「核脅威はなしにしてもらう」というのは、大いに経費節減に貢献する。

三、戦費

四、復興費

五、亡くなられた方々は費用∞として計算。

等々、私の表の表示にして、儲けの最大の、あるいは損の最小の基準で判断すればいい。

これが「企業連合国家」の考える「戦争観」です。

「他国のことは考えないのか？」

「考えません。各自でソロバン弾いて対処してください。そのとき、心ひそかに『なあに、五十年もすれば、相手国は自国になるさ』と呟いて」（これって結構大変ですよ。一応その中にいたので。今の日本のように各自バラバラでは、まず無理。若者にも期待は一切していません。そう言われて悔しかったら「『もろ手を挙げての歓迎』と言って見ろ」と言いたい。

なぜ、若者はそう言わないのか。結局大人が悪い。若者に顔を向けてばかりいるからだ。

大人に「太鼓作りや、明珍火箸や、西本幸雄さんや、J1のMさんのように『自分を貫け』」と言いたい。自分を貫かないから、若者が、ゼレンスキーさんもそうだと思うけど、目の前の、拍手がもらえるものに手を付ける。

「神さんはどう思いはるかな?」と立ち止まり、自分の行おうとすることへの自省という検証を省略してしまう)。

（ハ）

ただ、よく分からないのですが、民主主義だとか、自由だとか、人権だとかでプーチンさんを集団でイジメるのなら、なぜ自衛隊は「ミャンマーに進出しないのか」理解できません。予算からすれば、日本は勝てるでしょうし（※後述四）、プーチンさんとの比較で納得もできます。国境のない「企業連合国家」からすると当然、警察力として悪者はやっつけるべきだと思います。

また、さっき「自国のことしか考えない」と言いましたが、基本は各自でやってもらうとしても、少しは肩身が狭い。ではどうするか。

ミャンマーへの進出も含め、いっそのこと、日本らしく「金は出す。争いには一切、手を出さない」。ついては「自衛隊は解散」。その代わり「他の件は全て現状のままで、指揮権は国連に譲渡します」ということにしてはどうか。

当初はそういう国がなく、日本だけで頑張らないといけないかもしれないけど、辛抱して頑張る。念のために見通しがつくまで「単年度契約の自動延長にしてもらう」ということで。自衛隊の皆さんは、それでよければ、そのまま勤めてもらう。（※後述五）

これなら、ミャンマーのこともスッキリする。中国、ロシアも、まさか自国を攻撃する日本軍を「ＯＫ」とは言わないと思うので、戦争にならず安泰。アメリカとも円満に離縁できる。沖縄もやっと自分たちの思い通りの県づくりができる。

拉致問題は時間が切羽詰まっているので、中国にお願いして、残り二兆円を、ともかく相手の言い分を丸呑みして使い、許される範囲で北朝鮮へ何度も行ってもらい、本当のことに「ついに辿り着く」というのはどうだろう。もちろん企業連合国家らしく、全て例の表の表示に基づいてしっかりソロバン弾いてです。

国連への譲渡は、これも残念ながら私の発想ではありません。記憶があいまいですが、現役の議員さんのどなたかが、仰っておられたような記憶があります。

そうはいっても、例えば、突然中国、ロシアが攻めてきて、一方日本軍出撃には反対となったらどうするのか。踏んだり蹴ったりではないか。仰せの通りです。しかし、もともと「もろ手を挙げての歓迎」と言っているので、「企業連合国家」にとって矛盾はありません。ただ、そうは言っても納得できない人も多いと思うので「国連への譲渡、ＯＫ。ＮＯ」は「結局民意で決める」ということで、いいのではないかと思います。

以前言っていた「中国の核の傘」はどうしたのか？　ともかく、いずれにせよ「戦いをする、しない」も「自分で決めたい」。そのためには「アメリカから独立」しないといけない。どちらも、それが主眼。もう一つは北朝鮮のように核を持つか。どれにするかは、表を作って荷車に乗せ考えればいい、と思っています。

（二）

ロシア核兵器使用なら、ほぼ確実に「物理的に対応」とＮＡＴＯ高官が言われたとか。

一方プーチン大統領のＮＡＴＯへの要求は、「ロシア国境の近くに攻撃兵器を配備しない、一九九七年以降にＮＡＴＯに加盟した国々から、ＮＡＴＯが部隊や軍事機構を撤去するなど」です。

仮に、プーチン大統領の要求を受け入れたとして、「新たに加盟した国々の人々の日常生活にどんな激変が起こるのですか。冒頭の物騒なＮＡＴＯの高官の発言の、人々への影響はなんですか？　核の投下も辞さないほどの、生活レベルでの激変を表にして示してください。

素人には、人々の暮らしが核に繋がるほどの激変があるとは思われません。

心配があるなら、プーチン大統領の要求を受け入れる際、心配を条件にして合意するとか、当分は単年度の検証つき更新にするとか、加盟のまま「加盟停止」〇〇年にするとか、頭のいい人が集まっておられるのだから、いくらでも方法はあったはず。そうしていれば今日の衝突はない。

なぜ、それをやらなかったのですか。

民主主義とか言いながら、いつもその主役＝民は置き去りで、結局権力者の恣意。つまりは覇権欲。もっと悪く「正義と思い込んだ無邪気なゲームでの勝利欲」。でなければ、人間は覇権欲を意識して、何かにとりつかれない限り、それを続けられるほどの「悪」の強さに耐えられるようにはできていない。だから、たくさんの犠牲を出さないと我に返れない。

勝手に仮想敵国とし、非難する「中国」と、どこが違うのか。

いい加減にしてほしい。

以前にも言ったように、政を処するに当たって「中身の違う瓶」などない。そこに暮らす人々にとって、「強権抜き」では「食って、働いて、寝て、また目覚める」。しかも既述の通り科学文明。世界の隅々まで主義主張に関係なく浸透していく。だから暮らしの中身が、戦争しなければならないような激変など、あろうはずがない。そう認識すれば、妥協点が見つかるはずだ。

ほんの二十年ほど前「仲良くしましょう」と言っていたにもかかわらず「プーチンさんが臍を曲げた」のは、やっぱり、欧米の「天然の業＝単細胞の我儘」ではなかったかという気がする。その自覚がないから「天然」。その「業」は、世界のあちこちでドンパチを誘引するので日本も気を付けた方がいい。

※後述四

世界の「軍事力ランキング」（二〇二三年版）日本八位　ミャンマー三十八位

いずれにせよ、旧統一教会のところで述べたように、「国」という宗教が、教義（民主主義、人権など）を一律に「生活レベルに落とし込んで生活を破壊するもの」は、「偽物」と心得るべし。企業連合国家では、県境はあっても「国という宗教」はない。主役はあくまで購買者たる「個人」。ミャンマーへの警察力の行使は、個々人への侵害が対象。だから勝てることが明らかな場合、遠慮は無用だ。

※後述五

国連が機能不全になると思うのなら、「この指とまれ」でコツコツやっていく方がスッキリするかもしれない。

二〇二二年九月二五日

テレビの前の皆さんへ

●「反撃」へのアンケート結果

本題に入るその前に、以下を見ていきます。

(一) 政治家の皆さんへ

一、中国の皆さん、台湾を武力で脅さないでください。軍備への投下費からして、あなたが台湾より強いことはみんな知っています。それを、わざわざ証明することはないと思います。戦うことなく話し合いで決着を付けてください。お願いします。

二、アメリカさん、あなたが世話好きの優しい方であることは、みんな知っています。でも、世話を焼けば焼くほど、物を壊し、死ぬ人も増えます。台湾有事を我が事とせず、ここは一つ静かに見守ってあげてはどうでしょう。

ゼレンスキーさんはアメリカさんに「煽るな」と言われたそうですが、ゼレンスキーさんの言葉からは「アメリカさんの警告」＝「武器で構えよ」だったのかなと思ってしまいます。そんなはずはなく「警告」＝「どうするか、よく考えて話し合え」だったのですよね。

台湾のこともそういう線でお願いします。それにあなたはやっぱし、世界でただ一国、行司役ができる国です。そのあなたが、土俵で相撲を取ってどうしようと言うのですか。あなただけができる役割に徹してほしいです。

三、プーチンさん、ウクライナへの侵攻、おかしいと思いませんか。あなた方は好き勝手にウクライナへ攻め込んでいます。でも、ウクライナは今までのところ、ウクライナ内での反撃です。ロシアへ砲撃したわけではありません。これってどう考えても不公平です。
「核があるから、我が方へは攻め込んで来れまい」を前提とした戦いは卑怯です。「格好つけ」のあなたらしくありません。卑怯はやめ、本来のあなたらしく格好よく、ここは取りあえず戦うのをやめ話し合ってくれませんかねぇ。

四、ゼレンスキーさんは、本当は「ウクライナ人が死ぬのはバイデンのせいだ」と言いたいとか。それが本音ならば、何らかの影響を受け貧乏くじを引かされ悲惨な目に遭っている何十億という人々は、いったい何なのか。その人々を救うことが「政治家の役目」。政治家以外の誰の仕事だというのでしょう。教えてください。政治家のゼレンスキーさん。

（二）台湾の皆さんへ

ウクライナで、戦争が自国と相手国だけでなく、何の関わり合いもない全世界の人々も影響を受けることを、充分実感しています。だから、ゼレンスキーさんのような偽善者にならないで「アメリカさん。気持ちだけ頂きます」と言うことが、ひいては台湾の人々の利益になると思います。うっかりアメリカさんの口車に乗ると、台湾が焦土と化すに違いありません。

私は、世間知らずで「電気関係＝日本が世界で一番」と思っていたとき、日本の電気メーカーが台湾企業に救われビックリ仰天。大ショックでした。それと同様、優秀な台湾の方々、習近平さん（六十九歳）が永遠に生き続けられるわけでもなく、そのうちきっと中国中が台湾になると思っています。そういうことで、今から準備され「戦争は絶対やらない」ということでお願いします。それでも一戦を交えるというならば、兵士は習近平さんと同年代以上で構成すべき。院政があるとしても先の限られた人の犠牲に若者を巻き込むことはないと思います。

それに、武力衝突になったとしても、どこかで妥協して話し合わないといけない。今、ロシアとウクライナが話し合わないのは、なぜなのでしょう。前出の表からは、長引けば長引くほど人々の犠牲は増えていく。そう分かっていながら話し合わない。それは、この戦争が人々のものではなく、完璧に為政者の手に移ってしまったことを意味する。そして為政者は、たった一つ「面子」のためだけに戦い続けている。「ここで引き下がることなどあろうはずがない」と。そしてある年齢以下の人々が殺し合う。

いつかは妥協しなければならないのだから、争う前に話し合いで決着を付けて、命を助けた若者にあとは委ねたらどうですか。それで充分大人の役目は果たしたと思いますよ。

(三) 日本の皆さんへ

【日本はどれほどの「反撃能力」を保持すべきか？

強力な能力が必要＝八七％　必要最小限でよい＝一〇％　保持すべきでない＝三％】

これがテレビでのアンケートの数値です。

台湾有事は、中国と一戦を交えることがほぼ確定で、目の前に迫っています。本当に八七％でいいのですか。「誰しもが『戦争反対。核反対』」と言いながら、なぜ八七％なのでしょう。

例えば、東京で強盗事件があったことをテレビで知ったとして、「戸締り気いつけなあかんなぁ」とは言っても「即警備会社に電話して最新のシステムを導入する」とは普通、ならないですよねぇ。ましてや我が家は借金まみれ。なのに、国に対しては、どうして現実離れのした幻想を抱けるのでしょう。

ウクライナの人々のおよそ三人に一人は「何も知らない我が子を連れて一家で見知らぬ

他国へ引っ越さないといけない」ことを、ぬくぬくとテレビの前で誘導されてボタンを押す前に、この現実を我が事として考えてみませんか。

二〇二二年一〇月二七日

新聞はいつも清く正しく美しいのか

●国（＝ウクライナ等）の破壊に直結する恐れ

一、さる新聞社の社説で「人道危機への対応が急務」との見出しで、次のようなことが挙げられていました。以下、箇条書きにしてみます。

・大規模な停電断水などや生活を脅かす危機に直面している。
・生活を支えるエネルギー網が寸断された。
・ゼレンスキー大統領は、寒さで国民を苦しめようとする「エネルギーテロ」とロシアを批判した。
・プーチン大統領は攻撃を直ちに中止すべきだ。
・民間施設への攻撃は、国際法に明白に違反する。
・欧州議会は、ロシアを「テロ支援国家」とする決議を行った。
・多くの国々が批判の声を強め、戦闘の終結を求める国際圧力を強める必要がある。
・一方でウクライナへの支援も広がっている。
・原因はロシアによる連日のミサイル攻撃である。

・日本政府は、越冬支援として約二五七万ドル（約三億五千万円）の緊急無償資金協力を決めた。国連難民高等弁務官事務所を通じて、発電機や太陽光で充電する方式のランタンを供与する方針だ。

二、UNHCRの二〇二二年一〇月一一日更新。
ウクライナから近隣国に避難した人の数……一千四百万人以上
ウクライナの国内避難民の推計…………六百六十万人以上
合計……………………………………二千六十万人

ウクライナ人口（二〇二〇年）…………四千四百十三万人
避難民全人口の約四六・六％

三、日本の人口一億二千万人として、四六・六％は、約五千五百九十二万人。
沖縄、九州、四国、中国、関西、北陸、三重、岐阜、名古屋市合計約五千五百四十九万人、つまり、富山県と名古屋市の東端を結ぶ線以西が空っぽの廃墟。

ウクライナという国は、すでに破壊されています。（プーチン大統領が一番悪いのは、自明の理。だが）しかも、それに呼応した自国の大統領によってです。

これは私の創作した小説での話ではありません。現実を「見える化」しただけです。

四、新聞の「社説」を執筆された方、この現実に耐えられますか。私は無理です。

五、「理屈抜きで停戦」以外、どんな道がありますか。「停戦協定」は、そのあとでいい。

六、この稿のタイトルを何にするか決めかねています。読んで決めて頂いたら幸いです。
「新聞は戦意高揚を煽るのをやめよ」

「新聞は社説でゼレンスキー大統領の退陣を迫れ」

「数式的思考法ではゼレンスキー大統領は即刻退陣だ」

「各国はウクライナへの支援を直ちにやめよ。戦争はゼレンスキー大統領の選択だ」

七、なぜ、拘わるのか。
・台湾有事＝日本（とりわけ沖縄）の「ウクライナ化」は目前だからです。
・しかも、防衛省は世論誘導研究に着手するという。
・後述するが（二七六頁参照）「数式的思考法、つまり、現象を抽象化し、至った定理を組み合わせて結論を得る、と同時に、○○を身近なものに置き換えて、点数表現できるものだけを箇条書で列挙し、それぞれを点数化し、その合計点をただ眺めるだけでいい。それが唯一脚本家を無能にできる手段となる」。これを決して忘れないようにしてほしい。

二〇二二年一二月一〇日

米国は武器供与と言うウクライナ侵攻をやめよ

●『戦争まで責任は持てない』

米国は、武器供与というウクライナ侵攻をやめよ。ウクライナの人々もロシアに代わる「他国支配」の避難をやめ、自分たちの力だけで元の場所で住むべき。「そうできなければ七カ月余で『避難民の数』から国のほぼ半分を廃墟にした。退陣せよ」と大統領に迫るべき。来日時ショーロホフはたった一言『戦争まで責任は持てない』と。

戦争は「正義か悪か」ではなく「どの犠牲を払うか」の選択です。侵攻前の東部とキーウでパンの値段、電気は灯るか、おしゃべりは自由かなど、暮らしぶりだけを比較し「我慢のならないもの」だけをロシアに要求。腹を満たさないものは（変幻自在。為政者の戦争理由に利用されるだけ）要求外です。

そして一刻も早い停戦をすべし。また米国、NATOなどに手を引けと。彼らは（バイデン発言の端々に現れる抑制的発言）戦況長引くチョボチョボ狙い？（そうなら、ロシアとの出来レース。いったいウクライナは、誰と何のために戦っているのか！）。欧米の主眼は「あなた方の命を含めた日常生活回復」ではない。我々も米国大使館に「手を引け」

と言うべき。
プロデューサーは過去の戦乱同様無傷の「米本土」。北朝鮮「米本土」狙いは、米国誘因（※後述一）。外務省も本音で国民と米国に向き合ってほしい。

※後述一
日本が自己防衛のため「反撃能力」と言うなら、その極みは「核による北朝鮮、中国、ロシア狙い」になる。北朝鮮を「怪しからん」と言う日本も北朝鮮も、そのよってくる因子は、同じと言う意味です。

二〇二三年一月六日

企業連合国家で統治を

●企業のトップが背負うべきこと

企業が実態を通し他人（＝従業員、取引先、顧客等）を背負い、順法でも実態遊離は「赤字」のチェックを受ける。一方為政者が背負うのは自分（＝当選）だけ。そして実態ではなく権力を用いる。その結果は順法である限り実態遊離（＝後見人の法限定と固定化はその典型。弁護士の世話になることが何度あろう。多くの人はゼロに近い。それでも定額を取られる）でも責めを負わない。だから永遠に遊泳（＝仮想空間で生きること）可。これも民主主義の顔の一つだ。

最近私は耳元で中村哲先生の「結局どうするねん」のお叱りを感知。そこで、SさんMさん（二人はストレートにコロナウイルスを追われた（↑※後述一）、Yさん（税＝武器を使わず友好的にロシア進出＝国境の県境化に成功。賃上げも見事）、Tさん（「株主総会での発言＝他人しかない自分＝福祉主と戦争完全回避」↑※後述二―）に任せては。政界へではない。「ドブ川に入れ」は失礼。彼らに任せ在社のまま新興組織（※後述三）で。成否は、我々のこの拡散にかかっている。

※後述一

「企業連合国家」は、Sさん、Mさんの行動に触れて生まれた発想ですが、しかし、それはもう半世紀以上前に知ったO社長の「企業連合国家（連合ではなく連邦だったかも知れない）」という言葉に触れていなければ「企業連合国家」という発想に至らなかったと思う。

※後述二

「他人しかない自分」は、株主総会でのT社長の発言を読んで、私が感じたままを言葉にしたものです。社長の発言ではありません。

「自分の中に、他者しかいないのだから争いようがないし、言わば奉仕だから」くらいの意。深く考えたわけではなく、とっさに思いついたままを言葉にしました。

社長さんは大なり小なりみんなそうなるのだと思います。勿論、政治家さんもそうだと思います。疑ってはいません。ただ、再三言うように、政治家さんは、維新流に言うと「選挙（＝当選）以外、身を切るものが何もない。順法ならオール免責。学者先生方、マスコミ等『自由人』も同類。それが『民主主義の実体』。二階から目薬でも許される」ということです。これまで何度か触れてきたように、ウクライナを見ていてつくづくそう思います（後述四）。

※後述三

一

前提

「改革などない」と言う考えの持ち主。だから税金払いながらで、しんどいけれど、親分の道づれにならないように準備するしか仕方がない。

出来る範囲を積み重ね、その結果、皆がどうするかを決めればよいかと思っています。

二

Sさん、Mさんの行動の他「企業連合国家」と考えるようになった事柄を、簡単に再掲します。

（一）

まず初めに、為政者は無報酬、任期五年限定。

在社だから無報酬。無報酬だから任期五年限定。

統治は元来奉仕（＝三分の一の返還）。

それに、権力は何であれ必ず弊害を生む。

果たして、それで安定的に統治が維持できるのか？　荷車に土蔵を積んであちこちぶつけて進むタイプだから、不都合があればその都度修正すればよい。

（二）

コロナの時、郊外の公園巡りをしました。そして一番先に頭に浮かんだのは「年間維持費いくらなんやろう?」でした。なぜかと言うと、公園機能と無関係の彫像があったりするからです。

そして、議員さんと言うのは、関係者の中で、彼らが取り組もうとする事柄と「最も遠いところにいる」と気づきました。お金の徴収、その使い道、そしてその実施等に、いずれも直接は関わりません。一方「公園を作る」という結果は、彼らに直接かかわってきます。つまり、選挙の投票者にとって「公園」は最も「アクのない」事柄で、票につながりやすい。制度上、実態を直接知らない議員さんが「事柄の決定者」で、その彼らが「直接かかわる票」を中心に行動しても「責められない」と思いました。

◆「企業連合国家」ではどうか。

「赤字」があるから、議員さんのように「二階から目薬」でお金は使えない。「キチンと見通しを立てないと取り掛かれない」。

（三）

年金について「調べよ」と言われ調べる中で「固定率」が出てきました。即「そんな、アホナ」と思いました。サラリーマンとは言え、事業に携わる一人として、そんな「危険なこと」は出来ないからです。（二）で述べたように、議員さんは、直接かかわらないから「その危険性」に気づきませんから、放置されたままとなり、その弊害が表面化してやっと「動き出す」。そして「有識者会議」を経るが、また同じことを繰り返すと考えておく方が無難。

◆「企業連合国家」ではどうか

「赤字」があるから、基本的には日々がチェック日。

（四）

選挙時、投票者がどれほど候補者のことを知っているでしょうか。候補者と直接かかわりをもつ方々以外、ほとんどがその人のことを知りません。その上、輪をかけて一票の格差とやらで見ず知らずの地域とくっ付けられたり。それでも「とにかく投票しよう」とむなしい声掛けをされる。「一体、何を基準に、投票するのか、知らない人に」と、ただ、「シラける」だけです。「公約があるでしょ」と言われたら「公約は、教科書丸写しで十分つくれるではないか」と言うしかありません。兵庫県三田市の市長選挙では、当選された市長が「公約を撤回された」とか。これなどその典型例だと思う。つまり「選挙民が市長の人柄をほとんど知らず、他からの教示を含めた教科書的公約」で当選され、当選後はその公約を撤回される。

◆「企業連合国家」ではどうか。

身近に、その人柄を知りうる範囲で、一つの人の集まりがあり、その集まりに一人の責任者がいる。そしてその一人の責任者を何人か束ねた人の集まりに、またワンランク上の一人の責任者がいる。という階層の積み重ねで、頂点に社長がいる。

言わば、責任のピラミッドが出来ていると思う。この構造は企業では現に存在している。

具体的に、どういうふうにするのか。

考えておりません。未組織の人々はどうするのか。各企業に登録するのか。お金はどうするのか、問題は山積み。

ただ、個人（＝各国）と日本（＝ＥＵ）と考えると、ＥＵが参考になるのではないかと思っています。

（追記……よく、年功序列は非難されるが、私はそのど真ん中にいた一人ですが、その非難ほど「人間の、それぞれの生命力を否定する考え方はない」と思っています。心配しなくても、人の集まりでは「誰が長になるかは自然と決まってい

く」と思っています）

（五）

国債の発行

これについては、止めようがないと思う。何故なら、企業にはない札束輪転機を、国が持っているからです。

◆「企業連合国家」ではどうか。

通常、企業では、赤字部門は切り離し別管理にすると思う。それしか今のところ私には思いつきません。

（六）

私の経験の範囲ですが、「老後は、どういう流れになるのか、道筋だけを教えてもらえませんか」と、あちこち、直接、間接に訪ね歩いたけれど、これといった道筋を教えてもらえず、結局「自分で決めるしかない」と言うのが私の結論です。

もう一つは映画「道」「甘い生活」「8《はっか》 1／2《にぶんのいち》」を見て以来の「愛の無機質化」からの「復元力」を何に求めるか。

・そして、過疎。

◆「企業連合国家」ではどうか。

老後の住処、復元力、過疎の三つの課題に、互助の「結いの村」がなりえるか、試みる必要があると思っています。まあ、具体的には、そんな大層なことではなく、基本的には同会社の人々による世話やき村です。基本的に自分の食い扶持は貯めているので、体の続く限り、過疎の地域で、人の世話をする。「手に余ったら素直に公助に頼ればいい」くらいに思っています。

（七）

結語

国が迷路に入った時、まとまって取って代われるのは「企業群」以外何かあるでしょうか？　ないと思います。

「企業連合国家」に対し、四の五のいう余地はない。それが「最も現実的な選択肢」だと思っています。

何をやるかについては、ここでは一つだけ挙げておきます。

（一）

ガザ、四日間戦闘休止。ハマス、人質五十人解放合意。
上記は、二〇二三年一一月二三日、神戸新聞朝刊一面トップの見出しです。
これを見て、とてもがっくりしました。
国連だか何だか知らないけれど、、第一次中東戦争から今日までの七十五年間
やってきたことの結論が「四日間戦闘休止」だからです。

そしてまた
次の七十五年間
同じことを繰り返すのか！

そしてまた、次の七十五年間、
そしてまた、次の七十五年間も……。
永遠にこれを
繰り返すのか！

パレスチナはパレスチナの人々が、だれにも頼らず、自分の力で、武器を捨て、イスラエルに立ち向かうだけの力を持つしかないように思う。


インドは、一九四七年以降「科学技術なしに国の発展はない」と超エリートを育て、五十年前から海外に渡って、今では企業の役員はインド出身者をトップに据えることを珍しいことでも、危険なことでもないと考えるようになったそうだから、パレスチナはもう七十五年間の戦争を繰り返すよりは、インドに習うしかないのではないかと思う。

日本はパレスチナに対し援助をよくやっていると思う。

それはそれとして「企業連合国家」殿、次のことをやってもらえませんか。

○関経連にお願いです。
ハマス、イスラエル同数の
子弟を
次のオリックス、阪神
優勝パレードに
招待し

選手とともに
オープンカーに乗せてあげる。
次の七十五年間で終わらせるために。

○「企業連合国家」殿にお願いです。
ハマス、イスラエル同数の
子弟留学を
無料で
受け容れる
次の七十五年間で終わらせるために。

○NPBにお願いです。
ハマス、イスラエル同数の
子弟を
無料で
ジュニアに受け入れる
次の七十五年間で終わらせるために。

※後述四

既述の通り、ロシアの侵攻七カ月余のウクライナの避難民は全人口の約四十六．六％。それを例えば、大手コンビニ店舗とすると沖縄から富山県名古屋市東端までが無人の廃墟店舗化。その社長さんは、理由の如何を問わず「即退陣」。

だが、民主主義国家の為政者は「あいつが悪い」と他に責任転嫁でき、居直れるどころか、銀行（＝他国）に「金よこせ」だの「あいつは協力しない」だのと言っても許され、英雄にすらなれる。挙句の果ては「殺傷能力のより強い武器をよこせ」と。周りも、その英雄のために度々「世界会議」を開催し、殺し合いを助長する。そして殺し合い助長競争に遅れまいと周りの国も必死になる。

さらに、素人の私が、どうしても理解できないのは、侵攻後一カ月余で、自ら提案したもので合意しておきながら、なぜ四百十名の犠牲よりは五十万人の死傷者を選択したのか。同じくその選択を咎めることなく、先を急ぐように西欧はこぞってゼレンスキー応援に走る。五十万の死傷は「地獄絵」。まさしく「世界は何も見えないのか」だ。「民主主義国家を標榜する為政者」は「民」を放り出した「狂気集団」以外の何物でもない（そんな努力をするぐらいなら、ほんの二十一年前、ＮＡＴＯ準加盟のロシアと折り合いを付けて、やっていけばいいではないか。結局は、米欧の「天然の業＝優越性」が今日を招いたのではないのか）。

誰が止めるのか？　「企業家による政治の時代に入った」。

そう、郭台銘さんと一緒になって企業人は、是非、この何も見えない世界を「正常に戻すこと」をやってほしい。

何のことはない。企業人らしく「商売を妨げるものは、何によらず、反対」と普通に、声を上げてほしい。

お願いします。

二〇二三年一月九日

企業人は即ウクライナ、ロシア戦争の賠償請求を

●「説明責任」＝「言い訳」か

企業人はロシア（というよりはプーチン）、ウクライナ（というよりゼレンスキー）、アメリカ、日本のほか、物価、供給網の混乱など被った損害を請求すべし。現法がどうのはどうでもよく（※後述一）、企業人はソロバン弾いて請求すべし。

理由。結果責任を負わない限り、人は「仮想空間（戦争など）」で生きる性癖がある。それを止められるのは「ソロバンだけ」だからです。

今、世間で流布しているのは「説明責任」。要するに「説明責任」＝「言い訳」。なんでそんなものが必要なのかサッパリ分かりません。

手詰まりのウクライナとロシアとの戦争を止めるために、企業人は早急に、大小を問わず各企業は計算して、賠償請求に立ち上がってほしい。現政治家の関心は、自国民への顔色と、戦況のみ。我々の生活は蚊帳の外。なぜか、彼らは「説明責任＝言い訳」で済むからです。選挙以外自分に直接降りかかる結果責任は、順法（時に逸脱ですら）なら全て免責。

一方、企業人は、結果責任を全て負う。

一例を挙げてみよう。

今日（二〇二三年七月八日）七時のＮＨＫニュースでベラルーシとウクライナの比較において、独裁者ルカシェンコの、ロシアに支配されたベラルーシ。一方「もしウクライナが抵抗していなければベラルーシと同じになっていただろう」と専門家の方が述べられていた。

それでは、その結果、責任を必ず伴う企業人目線ではどうなるか。既述の例ですが、避難一人マイナス一点とすると次のようになります。

☆ＵＮＨＣＲ　二〇二二年一〇月一一日更新

	ウクライナ	ベラルーシ
避難民　二千六十万人	マイナス二千六十万点	少なくともロシアとの交戦なし
合計	マイナス二千六十万点	少なくともロシアとの交戦なし

現実はまず死者、破壊が加わります。ベラルーシとの点数差は、ロシアと交戦していないのですから、広がるばかりです。企業人なら即退陣です。なのに世界はゼレンスキー大統領を「今年の人」に選びます。

なぜなのか。理由は簡単です。

企業人以外は順法なら全て免責。一方、企業人は順法でも、退っ引きならぬ「赤字」という責任を背負うからです。

これが、民主主義と戦争の実態です。

企業でも、衝突はしょっちゅうあるけれど「従業員の生活」を背負っている以上、まず妥協。

一方は背負うものがないから「自分中心」。他方は「自分より他人優先」（T社長の「他人しかない自分」）。これが両者の最大の違いです。後者に「戦争する余裕なし」。

故に、絶対「企業連合国家」に挑戦しよう。

そして、企業連合国家は「戦争放棄」ではなく、「戦争での損害は、個人か否かは問わず、総て賠償する」と宣言しよう。支払えないと思えば、話し合いで済ませ、戦争しないこと。憲法がどうのこうのは、どうでもよく、パンで身動きを取れなくするということです。

※後述一

ウクライナの首都キーウ（キエフ）郊外ブチャに住むビタリー・ジボトウスキーさん（五二）は、弁護士の助けを借りつつ、ウクライナ当局と、オランダのハーグにある国際刑事裁判所（ＩＣＣ）の双方に対し、彼自身が被害者ないし証人となるような「戦争犯罪の証拠」と考えられるものを送付した。

ＩＣＣによれば、ジボトウスキーさんのように、戦時中に発生した損害や暴力被害について賠償を求める可能性を探るウクライナ人が増えているという。

ロイターの取材に応じた賠償問題の専門家三人は、ジボトウスキーさんのような多くのウクライナ人にとって、ロシアや国際司法機関、あるいは自国の制度に基づいて補償を受けられる可能性は今のところ小さいと指摘した。さらに、被害者が賠償を受けられるとしても何年も先で、限定的な金額にとどまるかもしれないという（ロイター編集　二〇二二年九月一二日）。

二〇二三年一月二九日

○・一ミリのために核戦争をするのはやめよう

●改めて憲法九条を守ろう

日本国憲法のとりわけ九条について、改めて考えてみます。

一、せっかくあるのだから、それを守る。
二、ウクライナでの戦争で生まれるいろいろなウイルスは、やめれば退治できると知った。
三、永遠に戦争はできない。どこかで話し合う。だったら初めから話し合う方が合理的。
四、東郷和彦さんによると、外交は「五一対四九」と。近づけるが、どこかで必ず妥協する。
五、以前から言っているように、目に見えないものは考慮しない。
六、ゆめゆめ「国を背負う」ことなどなかれ。政治家さん、市民にとって、これ以上の迷惑事はありません。
七、人々を忘れた面子しか頭になく、戦争を囃し立てるしか能のない為政者はいらない。
八、自分たちで、その都度誰かに頼む。差し当たっては仏教界で持ち回りで。
九、たとえ「七〇対三〇」でも「いずれは三〇、七〇にするさ」と心に誓い妥協する。
十、九を誓ったなら、意地を見せて、頑張ってそうなるように努力する。

十一、四五坪の我が家が隣人とトラブル。尖閣諸島分約幅〇・二ミリ。そのため核？　馬鹿な。
十二、十一のためにアメリカさんに頼る？　これまた、馬鹿な。
十三、ポーランドにミサイル飛来。二人の方が亡くなられた。民主主義国家は民が主の国だと思っていたけど、ポーランドの大統領「あれは事故だった」と。特攻隊※（＝沖縄）がポーランドで生きていたとは！　家族、切ないねぇ。なぜ、当事国、アメリカほか関係国に「戦争を即時停止せよ」と怒らないのか。民主主義国家での個人（＝沖縄）とは何なのだろう？　民主主義国家での個人（＝沖縄）は、為政者にとって、結局「金」のことか？
十四、UVインデックスが、何だか知らなかったので検索すると、「紫外線の強さを指標化したものです」とあった。
これまで、戦争をするかしないかではなく、戦争になる前に「暮らし向きの項目を箇条書きにして点数を付け、我慢のならないもののみを相手と交渉する。例えばパン一個の値段等々。ただし、腹の足しにならないものは対象外」と言ってきました。これを「交戦インデックス」と呼ぼう。
十五、JAXA（宇宙航空研究開発機構）H3ロケット試験機一号機の打ち上げ失敗は、宇宙開発反対の私にとって嬉しいニュースではあるけれど……。それとは別にやっぱし成功してもらわないと。というのは、コロナ禍の時、何も知らないものだから、漠然とではあるけれど「必ず、すぐ日本製ワクチンが出てくる」と、たかをくくっていた。が、それは期待外れのようです。日本では、ここ数十年間、国内で実用化されたワクチンはほとんどないとか。チョット信じられない思いです。

※特攻隊
大統領（＝国）から「戦時だ。黙って死んで行け」と言われているので。
台湾有事では、沖縄もそうなる可能性が高い。

二〇二三年一〇月二六日

再び、この馬鹿な戦争を「アメリカ、ゼレンスキーはやめよ」

理由

皆さん「民主主義の看板に騙されるな！」です。その看板の下、やっていることは「狂気」。まさしく「蛸と演劇は血を荒らす」です。そして「戦争」は、いかなる理由であれ「我々一般人」にとっては「悪の極み」です。

アメリカが「プロデューサー、兼脚本家、兼監督」と考え始めたのは、「ジェノサイド」の発表の仕方です（※後述一）。

あの出たがり屋のゼレンスキー大統領が「ジェノサイド」に、なぜ「間」を置いたのか。そう言えば、侵攻前ゼレンスキー大統領はアメリカに「煽るな」と言ったそうですし、ロシアは「三〇日、当該市長がテレビに出ていながら一言も触れていない」と言っています。

二〇二二年一月～二〇二三年一月一五日までのアメリカのウクライナ支援は、十兆円で各国からの支援の約半分（キール世界経済研究所）。これはウクライナの二〇二三年度の国家予算と同額強。ウクライナ軍事費の二倍強です。この額は、ゼレンスキー大統領の強気の発言といい、アメリカに引くに引けない事情があるからなのか？　結局「間」は、アメリカとの「調整のため」だったのか？　冒頭の記述は、そう考えたからです。

ゼレンスキー大統領は、なぜ「九〇％支持」ではなく、「個々の木々を最優先」して「愚鈍」になり、「提案協定成立」後の「ジェノサイド騒動とその処理」を選ばなかったのか？　俳優ではなく「政治家」ならば、それしかないではないか。政治家は「正義を選び、負け戦をすること」が仕事ではない。政治家ではなく「俳優」を選んだのは、「アメリカのシナリオにその選択肢がなかった」からか？　その理由として、私は次のように考えるのです。

一、国家予算強の支援＝自国民のアメリカ支配下。
二、そして「殺し合い継続」と世界各国のお囃子。
三、国外避難民の「諸外国支配下」。
四、最悪の「戦期の長期化狙い」の「チョボチョボ戦略」。
五、中国に対しては、バイデン大統領の焦りの雰囲気を感じます。一方ロシアに対しては、余裕を感じます。ということは、彼の中ではすでに「戦争は終結している」。なのに継続している。つまり彼にとって「戦況」はあるが、ウクライナの人々は、「全裸英女性と日本男性（人と見做されていないこと）」の関係にあるということです。
六、にも拘わらず「ゼレンスキー大統領を世界の英雄」に祭り上げ利用している。

七、そして（ドイツに躊躇は感じられるものの）世界は、この戦争を誰も止められない。欧米は民主主義看板を御旗に、止めようとすらしない。市民は、いつも蚊帳の外に置いてきぼりだ。

結論として、私は「世界は何も見えないのか」としか言えません。

後述するが「先日、私の住んでる所の気温が、マイナス六度になった。自然と『ウクライナの人、どないしてはるかな。電気ないし』、『ウクライナ、ロシアの兵隊さんも寒いだろうな』と思いました」と記述しました。

我々一般人にとって、戦争をやめる理由、それ以上何が必要なんでしょう。それで充分です。

改めて（本来「自由人」の役目だと思うけど、それらしい動きを知らないので）「Yさん、Tさん、Sさん、Mさん」本業に差支えのない表現でいいので、「主義も世界経済も大切」などアメリカに再考するよう言っていただけませんか。

なぜアメリカか。それは既述の通り欧米の「天然の業＝優越性→遺体は〝一千人以上〟カナダ寄宿学校の闇→人と見做されていない→この戦争の真犯人」と思うからです（日本も明治維新後、ひたすら西側を目指し似非天然を手に入れ、朝鮮総統府建設をした―※後述二―。我々にできることは、再び、欧米人にならないことだけ。「なったふり」は、今日、仕方がないとして、なる必要はないと思います。ある新聞の見出しに「キーウ訪問出遅れた首相」と載っていました。議長であろうがなかろうが気にせず「我が道を行ってください。岸田さん」)。

※後述一（再掲）

二〇二二年三月二九日、トルコ仲介でウクライナとロシアが協議を行い、ウクライナの停戦協定案をロシアは歓迎した。しかしブチャで四百十人の遺体が発見されたことから、四月三日ゼレンスキー大統領が「ジェノサイド」と非難し、停戦への道は閉ざされた。

※後述二

これに関する歴史事情の講釈は、御免こうむりたい。ただひたすら「醜い日本の恥曝し」。外国は関係なし。

二〇二三年三月四日

拝啓　米兼地球国家大統領　バイデン殿

●民主主義の原則は「小学一年生の算数」に従うべし。

ロシア軍が占拠の原発、主任検査官ら退避…「緊急事態が起きたらウクライナを非難」と指示。

ウクライナ国防省情報総局は三〇日、ロシア軍が占拠を続ける南部ザポリージャ原子力発電所から、露側関係者が退避を始めているとSNSで発表した。理由は明らかにしていない（以上『読売新聞』オンライン　二〇二三年七月一日）。

アメリカは時々「今のところ、核使用の兆候は見られない」と言う。

しかし、なぜ核の準備が必要なのか。ウクライナ内に「核」があるではないか。

私なら、ゼレンスキー大統領の「パイプライン破壊」＝「ロシアがやった」を見習って（※後述二）「原発破壊はゼレンスキー大統領がやった」と言う。今は、戦時。それは当然想定内のはずだ。

何度も言うように、こんな危険な「火遊び」、もううんざり。核の被害者は、いつも「戦争に直接加担していない普通の人々」。

ゼレンスキー大統領。あなたの「口癖の叫び＝ロシアは戦争犯罪だ」が、いかに「重大な、しかも自国民への、戦争犯罪」か、いいかげんに気づいてほしい。

西側も、いいかげんに「そのこと」に気づいてほしい。

プーチンさん、あなたは、ワグネル騒動で「面子を捨て」「市民」を選びました。

今一度、「面子を捨て即停戦」を選んでもらえませんか。

【小学一年生の算数】
A戦争継続＝ゼレンスキーの面子＝一点
B即停戦　＝八〇億四五〇〇万　−《マイナス》　一＝八〇億四四九九万九千九九九点
（→世界の人口　−《マイナス》　ゼレンスキー大統領の面子＝世界で救われる人の人数）

民が主＝民主主義を標榜されるバイデンさん、【小学一年生の算数】が何を意味するか、もうお分かりですね。

民主主義国家の政治家なら当然『Bの選択』ですよね（※後述二）。

「交渉条件は後回し」。とりあえず「双方、撃ち方やめ！」（※後述三）にしてください。

その役目はあなたしかできません。

米兼地球国家大統領バイデン殿

核が落ちる前に。「今がその時」。

お願いいたします。

※後述一
米の機密漏洩がなければ、ゼレンスキー大統領は永遠に嘘を続けたのか？

エルドアン大統領とゼレンスキー大統領が会うという（ＮＨＫニュース　二〇二三年七月七日）。

ウクライナ、ロシア停戦に関し、ゼレンスキー大統領が他の首脳と会うというニュースに初めて接した時「何で？」とチョット「ムッ」とした。「停戦の仲立ち」は大変なことだろうし、そのお世話になったことを考えると、浮気はできないし、むしろ「継続的にエルドアン大統領と会って報告している」と思っていたからです（ゼレンスキー大統領は果てしなく手前勝手な人だ）。

※後述二
何度も言ってきたように、簡単な箇条書きに従って点数化することが「脚本（＝プロパガンダ）家を無能にする唯一の方法」。

勉強ボケした大学の先生等専門家はいらない。

念仏（法がどうの、歴史がどうの）ばかり唱え、迷路（＝解説）をさまよい、出口を造り出そうとは一切しない。

※後述三

二〇二二年三月二九日　イスタンブールでのウクライナ、ロシアの停戦交渉。

二〇二二年一〇月頃の停戦への呼び掛け（九月三〇日　プーチンからのマハド国王への呼び掛け。一〇月三日　マスク氏の呼び掛け）。

二〇二三年二月一八日　中国の呼び掛け。

いずれも、ゼレンスキー大統領が拒否。なぜ拒否なのか、さっぱり分かりません（※後述四）。

ここはやっぱり、バイデンさん、あなたの出番です。なぜなら、ゼレンスキー大統領はあなたに逆らえないはずだからです。もし逆らえば「兵糧攻め」にしてください。

※後述四

停戦は世界中が望んでいること。「停戦」と「協定の中味」は「別」。ウクライナの人々のことを思えば、「停戦」しか選択肢はない。なぜ「戦闘」へのエネルギーを「別」でのエネルギーとして使わないのか。

ＮＡＴＯもさっぱり分かりません。両陣営の発言に、ゼレンスキー「善」。プーチン「悪」とヒステリックに即反応する。そして武器を送ることしかやらない。武器ではなく『「停戦」と「協定の中味」は別』くらいの『愚鈍のふりの知恵』を、なぜ持ち合わせていないのか。ゼレンスキー大統領を説得しないのか。「民主主義」とか、「法の支配」とか、「人権」とか、「空っぽの看板」など、「人々の腹」には、何の役にも立たない「戦争の動機」しか探さない。

欧米がいかに「単細胞」で、その「単細胞が戦争を継続」させ「人々をいつも置き去りにする」を目の当たりにしました。その定規で世界を測る「欧米の天然の優越性」も、改めて確認しました。

二〇二三年七月二日

NATO　ストルテンベルグ事務総長殿へ（一）

●ウクライナによるロシア潰し　一

日本を訪れたNATO＝北大西洋条約機構ストルテンベルグ事務総長は、ウクライナへの侵攻を続けるロシアのプーチン大統領について「プーチン大統領を勝たせてはいけない」と語りました（以下略。NHK NEWS WEB　二〇二三年二月八日）。

ストレテンベルグ事務総長さんが、おっしゃっていることは、何の迷いもなくストレートで「なるほど」と頷くばかりです。間違ったことは何一つ仰っていない。

一方日本には、「喧嘩両成敗」という言葉もありますし、元外交官の方は「交渉ごとは五一対四九」と言っておられた。韓流ドラマを見ていたら、女主人公が「人の命は皆尊い」と言うと相手役の白丁（※後述二）が「誰が言った」と尋ね「孔子」と答えていました。

私といえば、時々「神さんは、なぜそういう裁量をされたのかな?」と考えます。ショーロホフの『戦争まで責任はもてない』に『参りました』と甚だしく痛み入っています。そして―「イギリス女性が私の前で全裸になる」と憤慨しても仕方がない。残念ながらこの『天然』はずっと変わらない。その例として「遺体は〝一千人以上〟……カナダ寄宿学校の闇」を挙げ、ウクライナ侵攻の『真犯人』は『欧米』だとする—。

　また、今、どちらかといえば見習うべき例として挙げられがちな「北欧」。その首脳はゼレンスキー＝善、プーチン＝悪として、それぞれの言動に対し、ヒステリックに即反応声明を出す。政治ってそんな【単細胞反応】でいいのかな？　と思ってしまう。

　今、日本は「欧米側の一員」的だと思うけど「根は少し違う」ように思う。だから政府に言っても無駄なので、我々は「欧米はウクライナへの武器供与をやめ、手を引き即停戦を。協定はトルコと両国で」。「その分（復興の名目で）ウクライナへの科学振興のための資金を供与し（時間は掛かるが）、半導体で台湾が、かつての王国日本を侵略しているように、平和的に内からロシアを侵略せよ」と言い続けよう。


「ウクライナ前線心病む兵士」（『神戸新聞』　二〇二三年二月一二日）。

　政治家が「ロシアへの制裁を即解除する」と言ってほしいけれど、あちこち義理立てて言えないだろう。だからせめて我々が—木々＝人々にとって必要なのは「衣（ユニクロ）であり食（マクドナルド）など」です、と引き続き（企業が）営業する（他国で不買運動にあっては困るので、再開は時を見てできるだけ早く）理由を世界に向かって言うべきだと思います（二〇二二年三月三一日記述）—。

　そこで「不買は一切しないどころか、できるだけ買います」。だから、ウクライナ、ロシアの兵士のためにも、営業を再開し、間接的であれ「戦争が誰にとっても間違いであることを発信してください」と企業にお願いしよう。これなら我々もできる。

二〇二三年二月一二日

※後述一
朝鮮の被差別民。

NATO　ストルテンベルグ事務総長殿へ　（二）

●ウクライナによるロシア潰し　二

（一）

既述の通り「仰っていることは、何の迷いもなく、ストレートで『なるほど』と頷くばかりです。間違ったことは何一つ仰っていない」。

一方で、アメリカは（二〇二三年七月）七日、ウクライナ支援として『クラスター弾』を供与するという。NATOには、優秀なスタッフが大勢いらっしゃるのに、本当にロシアというかプーチンは厄介な指導者で世界を困らせ迷惑千万。なんとかならないものでしょうかねぇ。

我々一般人は、戦闘の「開始、継続、停止」の「決定」には、「一切参加できない」。にも関わらず「死、破壊、避難など」は、我々一般人が「全て背負う」。つまりは「我々が収めた税の爆弾」を浴び続ける。「プーチン」は、なんと「悪い奴」なのでしょう。

しかし、「プーチン」がそれら諸々の「不幸」を浴びることは一切ありません。それは「ゼレンスキー」も同じだと思います。

「我々のルールを曲げて妥協することはない」。なんと力強い、あなたのお言葉でしょう。ただ、願わくば、一度でいいから我々一般人も「プーチン」、つまりは「為政者の席」を味わわせていただけませんかねぇ。どんな景色か、見てみたいです。ほんの一度だけでいいです。

では、誰が舞台に立つのか。言わずと知れた「プーチン大帝」と「プリコジン」。方やマスコミの英雄「ゼレンスキー」と、ご足労ですが、その応援団長「あなた」です。

もちろん、観客は主として両国の人々。

（二）

ストルテンベルグさん（※後述一）、あなたはNATO東京事務所開設に向け、協議をしてくださったとか。日本の人々は、NATOに不案内なので、その開設は心強いです。が、敵陣と隣接の国だし、沖縄もあるし、不安でもあります。だから、日本人もぜひ観戦したいです。

ということで、会場は「東京ドーム」でどうでしょう。

ルールは、殺し合いですので「なし」。もちろん「核使用ＯＫ。ただし、観客に被害が及ばないもの」。

この間は「停戦」。

さらに「負けた側」は、「勝った側」の「要求を全て受け入れ終戦とする」、というルールでどうでしょう。我々一般人は、それでいいです。それで「両国の普通の、さらには世界中の人々が、安穏に暮らせるのですから」。

あなたが力強く仰った「我々のルールを曲げて妥協することはない＝力が全て」にも合致すると思います。

どうか、「我々一般人」にも「戦火」での「安全地帯」を経験させてください。

そして、できたら、これまでのやり方を改め、戦争はスタジアムで、代表為政者の戦い。観客は一般人。これなら小難しい理屈（＝戦争犯罪等々）など一切不要。戦禍もなし。

よろしくお願いします。

※後述一

後述するが「日本沈没＝内省の喪失」と述べています。若者に、体力がいるので、若いうちに「蛸壺に籠ったらどうですか」とも述べています。ストルテンベルグ事務総長のお陰で「なるほど、そういうことか」と思いました。

「内省の喪失」は、「蛸壺」を捨て「ササラを選んだからだ」と。

私の気づきは、どうでもいいのですが、しかし「最近の出来事」の原因の一つが「内省の喪失」にあることは間違いないと思っています。

「内省の喪失」について、ここで終われば(私が勝手に思うだけ。念のため)中村(哲)先生に怒られるので、思いつくまま綴ります。

蛸壺のこと。

・蛸壺に籠ると「お空は、碧くて丸い小さな円」でしかありません。ところが、不思議なことに「壺の壁」は、だんだん「透けて」見えてきます。

身近な例で言いますと、森さんの「女性に対する発言」は、「森さんではなく、森さんというコンピューターにインプットされた情報の結果としてのアウトプット」。しかも、このものの見方は、世界どこに行っても、どんな時代でも変える必要はありません。さらに「森さんという人権」を「風評被害」から守ることもできます(もっとも、日本では、籠ってない人、したがって「内省の喪失」人が、どんどん多くなり「世界の潮流」という「お化け」に圧倒され、守れなかったけれど)。すごいと思いませんか。蛸壺に籠り「お空は、碧くて丸い小さな円」と、にらめっこしたお陰です。私流に言えば、「数式的思考法、なんのことはない、あるがままをあるがままに見るだけ。海保青陵に教わった見方」となります。

英数国理社などどうでもよいので、

・女子だけ九（～一二）年間空手を必須とする。
・男子は九年間で、一家の夕食の支度ができるようにする。
・自分の好きな野菜などを作る（東京どうする？　ほっとけばいい。平等などと言って、ないものねだりをするから、世の中おかしくなる）。
その他。
・東京は平田オリザさんに相談してみたら。
・座禅一時限。週一～月二くらいで。
・小学一年生から、グループ単位でロボット作り大会をする。
こんなところです。

二〇二三年七月一〇日

麻生さんへの質問状

●「戦う覚悟」と「若い人たち」へ

若い人は、自分たちの「これからのこと」は、自分たちで決めてください。あなた方以外、誰もそれを「背負えません」。

—麻生氏　日米や台湾に「戦う覚悟」が求められると主張した（『神戸新聞』朝刊　二〇二三年八月九日）—

（一）

・大人の考え、憲法、国際関係などなど、一切無視し、自分たちの「これからのこと＝台湾有事＝沖縄有事」に備え『どうするか』を『若い人』は、即、決めよ。整合性は後日でいい。

・といっても、漠然としているので、とりあえず「青年会議所関係者」が先頭に立ってくれればありがたいです。

・「一切無視」は、「神」から授けられた「若い人の特権」（犯罪はNO。念のため）。

（二）
大人がそれを受け入れるにせよ、抵抗するにせよ、大人はあなた方の将来を背負えない。

自分たちで背負ってください。

ちなみに、麻生副総理の報道で、私の心に浮かんできたのは、以下のようなものです。

一、中国をどう見るか。
　既述の通り、事が「正しいかどうか」ではなく「どこまでも彼らの描く『形式美』を完成させようとする」。だから、少なくとも習近平さんは必ず「『台湾＝中国』にこだわる」＝「『沖縄』のウクライナ化」。
二、麻生さんの発言に対し―在日本中国大使館は九日、「身の程知らずで、でたらめを言っている」と批判する報道官談話を発表した（『神戸新聞』朝刊　二〇二三年八月一〇日）―。
「身の程知らず」。全く同感。

理由は簡単。「負ける喧嘩はするな」（十一の四番目、二六六頁参照）だからです。
・中国二〇二三年度国防予算三〇兆五五四二億。日本六兆八二一九億。
自然科学分野の引用された論文数一位中国、日本一三位（ＮＨＫ　ＮＥＷＳ　ＷＥＢ

二〇二三年八月八日)。
・つまり、武器戦、ハッカー戦でも「負ける」と考えるのが自然。
・なのに、なぜ「戦う覚悟」?
・「負け戦」だから、「戦う覚悟」の前に「あっけらかんと『中国の核の傘』を提示してください。
結論は、これまた「あっけらかんと『国民』が決めればいい」。
そう思いませんか。麻生さん。

(三)
どうしても「戦う覚悟」というのであれば、
・「戦場へは七十(習近平)歳以上男子限定」にすべきだと思うけど、これはこれで非現実的。だから麻生さんの「戦う覚悟」は言外に「私は招集されない。若い自衛官が死ぬのは仕方がない」。「沖縄の破壊は仕方がない」。つまり「他人事」感覚です。
・その感覚で「若い人の死への誘導」は、あってはならないことだと思う。

(四)
時代をどう見るか。

・既述の通り、科学文明に「国境なし」。「国境の県境化」が現実。
・それは「空想論」だ？
・それならいったい、あなたは「どんな試みの結果の結論」として「空想論」としたか、教えてください。
・本当のところは、その「気づきがなかった」では？
・だから『集団的自衛権』という『戦争準備』を、『抑止力』と称して納得している。違いますか。
・だからと言って「犠牲なし」などとは言っていません。交渉事は「犠牲の選択」。つまり、何に向かっての「犠牲の選択」か。「国境の県境化という現実に向かって」か、「抑止力に向かって」かと言っているのです。
・それによって、交渉の仕方も自ずと変わってくるはずです。
・「国境の県境化」にもかかわらず、壁構築に熱心な米に引きずられる西側。それに呼応する中露。
・両陣営に巻き込まれ「若い人を死に至らしめる」必要などなし。

（五）

なぜ「戦禍に放り出される市民」の集合体の「国」が「戦う覚悟」となるのか、理解できません。

（六）

ロシアの周辺国が全て「ウクライナ」ではありません。「戦争回避＝木々（＝市民）を守るため」の政治を、それぞれやっているはずです。

（七）

それでもなお「戦う覚悟」と言うのなら「戦争決定者による代表者戦争」で白黒をつけてください。我々は、戦時のあなた方の「定席＝安全地帯」で代表者戦争を見物します。

・もちろん、我が方の代表は麻生さん。

・これだと、戦死も、破壊も、避難も関係なし。日常生活は継続される。

（八）

・代表戦争で負け、仮に日本が理不尽な扱いを受けたとしても「沖縄に『おんぶに抱っこ』の我々」、「鈴木英司さん」を思い浮かべれば耐えなければならないはず。

・習近平さんはせいぜい、あと十年。のらりくらり、やり過ごしましょう。

・そんなの「耐えられない」という人は、堂々と代表者戦争に加わってください。止めはしません。

（九）

スパイでないにも関わらず、中国で懲役六年間収監された鈴木英司さんは概ね次のように話されています。中国を恨んではいるけれど、日中関係は経済でも地理的にも隣国で、嫌いでも大事にしなければならない。二国間の関係がよくなれば、私のようなケースも少なくなるだろうし、そのためには中国をよく知ることが大切で、私は、今後も尽力していきたいと。

（十）

・戦争は永遠に続けられない。必ずどこかで話し合う。
・だったら、戦わず、端から「話し合いで決着をつける」方が合理的。

（十一）

二〇二三年八月一八日、キャンプデービッドでの日米韓首脳会談。
・まずお金。ウクライナに見られるよう、アメリカはウクライナの国家予算分を支援しているようなので、台湾有事時、台湾にも同様の支援（二〇二四年度台湾予算一三兆一七

○四億円）を米国はするのか？
それとも「日、米、韓、各国三分の一＝約四兆四千億円」を負担することになるのか？
・ウクライナで見られるように、アメリカにとっては、台湾有事での「戦場（＝台湾、沖縄、韓国）限定の再確認が必要だった」と心のどこかで思っておく方がいい。
・ウクライナでのように、アメリカは「米中間に阿吽の呼吸あり」と動くはず。梯子の片足は、端っから外れていると思うくらいでちょうどよいと思う。
・つまり、ウクライナのように「『沖縄』をアメリカの手の平で踊らせるな！」です。
・中国の歴史は、日本よりはるかに長く、心の襞も多種多様。
・海への処理水放出の「日本の妥当性」を「論文被引用数世界一」の中国が理解しないはずはなく「やられたら、やりかえす」は野暮なこと。「心の襞も多種多様」及び「処理水に関し日本の妥当性を理解している中国」が「なぜ、へそを曲げたのか」を考え、その原因解除のため、いつか必ず「本心に帰る」と信じ、訴え続けるしかありません。
・ですが「アメリカの手の平に乗る」と「本心＝実弾」に代わるに違いありません。
・実弾で「なめたら、いかんぜよ。武器をとれ」となりますが、本当の原因は「誘因者＝アメリカ。それに乗った不明の日本」とも言えます。
・外務省さん、これまで以上に「アメリカにご用心」を。よろしくお願いいたします。

（十二）

本当に、台湾の「戦禍に合う普通の人々」を思えば「日本は参加しません」とハッキリ言うべき。それ以外は全て傲慢不遜（※後述一）。そう思いませんか、麻生さん。

・ありえる「その場」の現実として考えるならば、「米シナリオによる戦争ゴッコ」＝「三国の殺戮と破壊」を選ぶのか。

・「台湾の香港の現況化」を選ぶのか。

・欧米人は我々東洋人のような「心のきめの細やかさ」はありません。もっと単純。だから、「台湾にとって、さらに日本（＝沖縄）にとって」は、「台湾の香港の現況化」の選択、以外あろうはずがない。

・習近平さんは永遠ではありません。

・台湾の方々は優秀なはずですし、だから「その場」の視点からでなく、「台湾の香港の現況化」を選んでも、実質そんなに違和感はなく「なあに、数十年もすれば中国＝台湾になるさ」と自信を持っておられるはず。

・そして、それは必ず可能なはず。なぜなら「科学文明は神の法則」。人間の恣意（＝中国の思惑）など神に勝てるはずがないからです。

・「なあに、数十年もすれば中国＝台湾になるさ」は、それ自体と同時に「社会システム」をも浸透させせます。

・それを、台湾の方々は「目の当たりにしている」はずです（※後述二）。
・諸外国との往来に見られるよう「国境の県境化」が本当の現実。「集団の武力が抑止力」は「男の妄想」が生み出した「幻想の世界」。
・なぜなら、では「理由もなく亡くなられる身近な死」に対して、「なぜ核の傘」を与えなかったのか。外国は関係なし。「なぜ、集団の武力による抑止力」を準備しなかったのか。
・「為政者の戯曲に踊って戦争などする必要なし」。我々の日常感覚で処世の道を歩みましょ。
・だから日本は「台湾有事」には参加しませんが、優秀な台湾の方々が「なあに、数十年もすれば中国＝台湾になるさ」という道を進まれるなら、日本も最大限協力できます。
・それに、ウクライナへはＮＡＴＯ、ＥＵ、日本等々にぎやかな応援団と国家予算の二倍の支援金。台湾に対しては、いったいどれほどの応援団がいるのでしょう。ここぞここなら「中国に逆らってでも台湾を応援するだろうという国」がにわかには浮かんできません。

（十三）
台湾有事不参加で、アメリカに見限られたら、これ幸いと、日本もやっと一人歩きができる。

（十四）

それに、台湾に限らず、中国との摩擦は、当事国間の話。できる範囲のことはするとしても「当事国間で決めること」。少なくとも日本が「沖縄を差し出す」可能性に同意などできるわけがない。

（十五）

それでも、アメリカとの親戚付き合いで「参加する」というのであれば、まやかしの「避難訓練」ではなく、次のことを即実行してください。

・「沖縄県の全員の暮らしができる衣食住、及び職業等諸々を四六都道府県内に準備すること」。

・「戦う覚悟」は何を根拠にした発言かは知りませんが、少なくとも「沖縄県の全員の暮らしができる衣食住云々は最低あなたのなすべきこと」。

ＵＮＨＣＲ　二〇二二年一〇月一一日更新

ウクライナの国内避難民推計……………六六〇万人

ウクライナの人口（二〇二一年）…………四三〇〇万人

日本の人口（二〇二一年）……………………一二、〇〇〇万人

沖縄県民二〇二三年七月一日現在推計………一四七万人

・沖縄の人口移動はウクライナの一二分の一≒一四七万／（六六〇万×一億二〇〇〇万／四三〇〇万）。時間はウクライナよりあるはず。「沖縄県の全員の暮らしができる衣食住、云々は、当然できますよね、麻生副総理殿」。
・もし、できないのであれば「台湾、アメリカ」に「参加しません」とハッキリ言ってください。

（十六）
「国境の県境化」に至る道は二つ。
・これまでの政府の流れは、限りなく「アメリカ合衆国日本州」。だから、アアジャノコウジャノと言わず「日本州」になり、戦争を繰り返し、他国を「アメリカ合衆国の州」に組み入れ、ついに全世界の「国境の県境化」を達成する。ウクライナも台湾有事もその過程の一コマ。
・「科学文明の浸透力」を信じ、「戦争なし」で「国境の県境化（※後述三）」を達成する。

（十七）
結論。

「沖縄」を思えば十六の二番目しかないと思うけど「どうするか」は、「若い人」で決めてください。

それに従います。

※後述一
「傲慢不遜」のわけ。

「ロイター　台北二〇二三年八月二八日」―台湾の鴻海（ホンハイ）精密工業の創業者、郭台銘（テリー・ゴウ）氏は二八日、来年一月の総統選に無所属で出馬すると表明した。

その内容（再掲）。
①台湾を第二のウクライナにしない。
②「企業家による政治の時代」に入った。
③自身の資産を犠牲にする用意がある（『言うことを聞かなければハイホンの財産を没収する』と中国が言うなら『はい、どうぞ』と答える」↑二〇二三年八月二九日ＮＨＫニュースおはよう日本）。
④「私は中国の支配下にあったことは一度もない」とし、「彼らの指示には従わない」と。
この決意を前にして、他人が「あんさん喧嘩して、ウクライナになりなはれ。応援します」と「彼らの尊厳を根こそぎにする」ことなど出来る訳がない。しかも「沖縄のウクライナ化付き」で。政治家先生は何を考えておられるのかサッパリわかりません。

※後述二

・大前研一さんがご存じの中国企業では、台湾の人が管理職に就いていることが多いらしい。中国の五十代以上は文化革命の影響で経営に疎く、若い世代は一人っ子政策でわがままに育った人が多いという。

※後述三

・アメリカこそがそれをやっているのではないか。そうですよね。アメリカの企業人は、その先頭を走っているように見えます。

・日本はアメリカのお付き合いで「制裁」だの、企業人の足を引っ張っています。それはとりもなおさず「市民生活の足引っ張り」。

・お金があり余っているならともかく「ガソリン補助金」ではなく、単純に「ロシアへの制裁即解除。ついては、両国は即停戦せよ」と、岸田さん「一発ぶち上げてみませんか」。

・心根のどこかで「八〇億数千万人が望んでいること」。何とかなると思います。神さんだってキッと応援してくれますよ。

・「戦う覚悟」という前に、麻生さん「岸田さんの背中」を押してください。あなたの言われることなら、岸田さんも聞き入れてくださると思いますので。

二〇二三年八月二六日

第四章　徒然なるままに発信

専門家のマインドコントロールに乗るな

●為政者と宗教団体の「数式的思考」

「あなたが宗教で成功したければ、欠乏をつくりだせ！」だ。すなわち、ウクライナを餌に「北朝鮮、中国、ロシアが攻めてくる」と欠乏（マインドコントロールが忍び込める隙間）を増殖させる。その布教者は（総てでないにしても多くは）「テレビと専門家（※後述―）」。そしてその隙間（＝欠乏）に乗じて「金（＝増税）を集める」。

日本の為政者は（その構図において）、まさしく「旧統一教会そのものだ！」。ではどうするのか。「数式的思考法」を用いる。つまり「現象を抽象化し、至った定理を組み合わせて結論を得る」。「あなたが宗教で成功したければ、欠乏をつくりだせ！」は、「数式的思考法」の産物。それに至る過程は抽象的でも得る結論は、具体的で簡潔なものがいい。このことは難しいことではなく、予見を持たず、単純に「ありのままを、ありのままにみる」だけ。

それが「数式的思考法」。そのためには「○○はどうか」と考えず、「○○を身近なものに置き換えて」それを眺めるだけでいいのです。

沖縄の人が、隣人とモメて「俺には東京に強い味方（アメリカ）がいる」などと言うよりは、隣人とうまくやる方がよっぽど現実的。専門家でなく知識のない我々は、ほとんどがそうして日常を暮らしている。会社勤めの上司も部下もお互いこの折り合いの連続だ。だから「欠乏をつくり出すものは偽物と思え」となる。第一、借金まみれの我が国に、「献金（軍備の増強）」の余裕などあろうはずもなく、「中国の核の傘に入る」か、「もろ手を挙げての歓迎」しか、選択の余地はないではないか。それが本当の我々の日常のはずだ。子供を二人、三人と持ちたいけれどお金のことを考えると、一人で我慢するしかない……etc.。札束輪転機を持たない、それが本当の我々の姿ではないだろうか。

日本の皆さん、ゆめゆめ旧統一教会（為政者）と、その結託者（テレビと専門家）のマインドコントロールに乗ることなかれ。「旧統一教会を他山の石」とすべきです。その先に、為政者がつくり出した「戦争という幽霊」が「本物に化けてしまう」からです。

「台湾有事」＝「アメリカによる、日本の、戦時のウクライナ化」は目前。（台湾次第ですが）アメリカとのお付き合いで、必ず「本物化」します。

そのとき、勇気をもって「日本は日本の道を歩む。〇・二ミリ（※後述二）のために戦争は嫌だ」と言うべきです。アメリカから独立できる絶好機と捉えるべきです。

ウクライナでは、際限のない潰し合いが繰り返されています。

「台湾さん、一切支援はしません。自分で相手と話し合い、決着をつけてください」。

それが「本当の親切」。それはひいては「全世界のため（物価高の防止等）」でもあると思います。根源的に、戦争よりは科学文明の浸透力を信じるからです。

戦えば、「生命と財産を守る」などは絶対なく、それは「詐欺的看板」。揉め事は結局「どの犠牲を払うか」の選択（「蘇生不可の死を選ぶか」それとも「不自由を選ぶか」）でしかないからです。五一対四九。つまり五一でも四九の犠牲。それを何にするかの選択ということです。

「不自由の程度」は中国に進出されている企業が、有事＝戦争するかどうか、つまり「自分の企業の生死問題」でもあるので「中国での暮らし向きの現状を」脚色することなく、ありのままを箇条書きにして分かりやすく公表する責務があると思います。

我々はそれを見て犠牲の選択、「蘇生不可の死＝戦争」を選ぶか「不自由＝もろ手を挙げての歓迎」を選ぶか、を決めればよいと思います。

《追記》

たまたま、二〇二二年一一月二八日、国会中継を聴きましたが、途中でやめました。「かつて、公職選挙法を読んで、こんなもの守れる人は、政治家になるべきでない」と言いましたが、国会中継を聴いて「間違いなかった」と改めて思いました。候補者の息子さんが、親父のタスキを掛け「お願いします」と言って何が悪い。わざわざ、答えの決まりきった確認を選管にして、国会に臨むほどの事柄か。そんなことは、どうでもいいではないか。

この国会中継は、今の日本の空気を象徴しています。「法を盾」に、中身のない建前だけの「きれいごと」だけが罷り通っている。

私の聴いた野党は、国会質問で、村上さんのように「官僚機構を壊した、国賊だ」と言ってみろ、と言いたい。

今、世界中の人々が共通して困っているのは、「コロナ」と「ロシアでなくプーチンのウクライナへの侵攻」。だから、市民の死もウクライナ、ロシア兵の死もあってはならない。それに対して、その党は何をした？　私は知りません（政治家なら「支援」などと民間でもできることは該当しません。念のため）。

東郷和彦さんや、鈴木宗男さんの発言には、明らかに、空疎な綺麗事ではなく、現実的で、その中心に『今生きている人がいる』。

今からでも遅くない。くだらん国会質問するくらいなら、かつて、野党がしたように、日比谷公園で大規模な集会を開き、その足で、停戦に対して「面子で動けない」ウクライナ、ロシア大使館ではなく、「アメリカ大使館」に『ウクライナでの戦争やめよ』とデモるべき。停戦後の交渉事は「トルコ」に任せればいい。

現に、そういう動きがアメリカにあったではないか。アメリカごときに、そう動かれ「悔しくないのか」と言いたい（※後述三）。

あえて言えば「女性になり切ったその党に、国民が拍手喝采などするわけがない」（※後述四）。

※後述一
・外国では、辛辣にアメリカを槍玉に挙げている国もあるようですが、テレビをたまたま見る限り、私はそういう場面を知らない。テレビ局さん、なぜですか。権力者への忖度ですか。
・また、テレビで専門の先生方は、あれこれと解説されるが「結局、どうしはりますねん？」で終わってしまう。専門家から「こうすれば、明日からウクライナに電気が点きます」と聞いたことがない。専門家だから、そういう答えがスーッと出てくるものとばかり思っていたけれど。
・私は、今、テレビもないし、新聞も取っていない。ド素人以下。そのド素人以下の考えは簡単で、「明日からウクライナに電気が点くには、バイデンさんがプーチンさんの要求を丸呑みすればいい」のです。
・「ふざけるな！　民主主義蹂躙、人権無視を許すのか」。
逆に聞くけど、それらの言葉で電気、点きますか。パン買えますか。言われて初めて、「そうなん？」と思うことはあっても、まずは「電気やパン（普通の暮らし）が優先です」
・そうしたからと言って、軍需産業以外「現状以下になる人いない。全員が得をする」。両国とは無縁の、何の罪もない、両国民より数十倍も多い人々が、なぜ損をしなければならないのか。即停戦以外ないではないか。「民主主義、人権」より「目の前の掃除が先」。それが政治家の仕事のはずだ。全世界の経済を優先すべきだ。
つまり「Ｗｉｔｈコロナ」だ。「プーチンというウイルス」と、うまく付き合うしかないではないか。しかも、本物のウイルスは変幻自在。予測不能。だが、この手のウイルスは、放っておいても近い将来必ず消滅する。他人の水（支援）なしでは動けない水車で、まさしく「歯車そのもの」でありながら、「歯車にならない」などと粋がって子供じみたことを言わず、ただ待てばよいだけではないか。世界の政治家は、なぜそれに振り回され、両国のほぼ四十倍の人々を難儀させるのか。

・そう考えるのは「ベルリンの壁崩壊で、横を縦にすることはできない。ユニクロの進出、マクドナルドの展開の浸透力を信じる」。「老侯爵とマリアの関係という日常での戦場があるにも関わらず、誰も助けない。民主主義国家は権力者に忖度しても、赤木雅子さんの思いは無視し続ける。さらに、なお悪質なのは『法』によって『悪の真実を隠蔽可能』なことだ。そんな一面を持つもののために、蘇生不可の殺し合いなどするな！」があるからです。

※後述二
四五坪同士の隣人が揉《も》めたとして、日本における尖閣諸島分は〇・二ミリに当たること。

※後述三
さらに、与党も、この件で世界中の人々が困っているのだから、自分の国のことだけを考え「増税」ではなく、今は「停戦」に向け、そのデモに加わるべき。もっと言えば、なぜ「経団連」は何も言わないのか。一番悪影響を受けているのはあなた方のはずなのに。

※後述四

私は「一生かかっても十五歳の女性の幼なじみに追いつけない」と思っています。だから、ここでは「男性＝自己陶酔型人間」＝「徒党を組んで動け」の意味。

二〇二二年一一月二八日

関西に復活はあるのか

●関西対関東

私が関西に「おや？」と思ったことを以下つづってみます。

一、ほぼ半世紀前、漫才で「商売の言葉」が聞き取れない。

二、吉本は「天然の、笑いの宝石、軍団」。今はない。

三、怒鳴って、叩いて笑いを取る。つまり「相手の意志とは関係なく、自分より弱い相手を見つけ、舞台に引きずり上げ戦いの対象とする←一九八九年九月一九日記述。ガキの使い←同年一〇月四日始）」を全国にまき散らす。

四、関西の芸の重鎮が「酒の肴」的にテレビ出演。にも拘わらず誰も止めない。

五、関西のお笑い関係で「品」があったのは、「米朝師匠時代まで」。今はなし。

六、IR、関東は厳しかった。関西はその逆。物価高で難儀している。奈良、京都、だから大阪は商売一筋（＝技術革新）でもよかったのでは？

「商売道具、個性、人間、尊厳、品位、倫理」の喪失。「関西に復活なし」、それが関西人の私の結論。寂しいねぇ。

『ぶらり途中下車の旅』は、サンテレビでよく見ます。そして「よくぞここまで、自分のやりたいことをやれ、食っていけるなんて、日本ってすごいなぁ」と、いつも感心しています。これに匹敵するのは、関西テレビの『よ～いドン』かな。残念ながら「すごいなぁ」と思ったことはありません（これは多分「東京のテレビ」対「関西のテレビ」であって「東京」対「関西」ではないと思うけれど）。

漫才のさる師匠は「東京がなんぼのもんじゃい！」と言われ、師匠は天然ではなかったけれど、その舞台は、まさしく「天然」。だから木戸銭を、三倍にも四倍にもして返してくれはった。関西の皆さん、分野を問わず師匠を見習いませんか。

二〇二三年一月一日

世界は何も見えないのか

●企業に責任転嫁などない

二〇二二年一二月七日、アメリカ合衆国の雑誌『タイム』は、世界にもっとも影響を与えた「ことしの人」に、ロシアによる軍事侵攻が続くウクライナのゼレンスキー大統領と「ウクライナの精神」を選んだ。

ゼレンスキー大統領を選んだ理由について『タイム』誌は「二月二四日にロシアが攻撃を始めたあと、ウクライナにとどまって支援を集め続け、世界に行動の波を引き起こした」と指摘。―NHK　NEWS　WEB　二〇二二年一二月八日―

六月一一日に開かれたトヨタの定時株主総会の壇上、二〇二一年三月期決算の業績見通しに及ぶと、T社長（六十四歳）はおもむろに、次のように語り出した。

・ロバを連れた夫婦が歩いていると『ロバがいるのに乗らないのか』
・主人が乗って奥様が歩いていると『威張った旦那だ』
・奥様が乗って主人が歩いていると『あの旦那は奥さんに頭が上がらない』

・夫婦で乗っていると『ロバがかわいそうだ』
「最近のメディアを見ておりますと『何がニュースかは自分たちが決める』という傲慢さを感じずにはいられません」―『週刊現代』　プロフィール　ネットから―


既述の通り、ウクライナは七カ月余の戦闘で国土の半分弱を廃墟にしている。

仮にこれを企業に例えるならば、トップはその責任を他者に責任転嫁（＝ロシアが悪い）など、出来ないしまたすることもない。即退陣だ。

一方、民主主義国家群では英雄になれる。「世界は何も見えないのか」としか表現できない。
・「悪」がつくなら別だけど「世界の時の人」などありえない。
・ウクライナは、すでに、こともあろうに『自国大統領』によって破壊されている。
・根無し草の海外避難民には「民主主義も人権もヘチマも」あったものではない。
・ウクライナの人々は「避難は嫌。ここで暮らせるようにせよ」と言うべき。
・タイムさん、短期間に国土のほぼ半分が廃墟。この事実に耐えられますか。
・私は無理。避難の、あどけないお子さんの顔がちらつき、耐え切れません。
・まさしく、T社長の言われた『傲慢』そのものだ。
以上が私の答えです。

上記現実の前では、理屈抜きで即停戦。その後、協定は両者で時間を掛けてやればいい。タイムさん「そう訴えるしかない」。そう思いませんか。アメリカが腹をくくれば、明日にでも実現する話。現にアメリカでそういう動きがあった。即停戦となったとして、世界の誰一人、現状以下になる人はいない。

「何も見えない状況から脱出するためには、『企業連合国家』しかない」と改めて思いました。これを読んでくださった方も、一度真剣に考えてみてください。

二〇二三年一月二二日

ＬＧＢＴＱって何？

●自由に羽ばたけばいい

多様性って何か

よくは知らないが、雌雄同体があるらしい。人間も怪しいものだ。私は男だが、ものの弾みで男性好きになったかもしれない。だから、性差がどうのこうのと言うこともあるまい。誰しもがＬＧＢＴＱ予備群だからです。

「難しい理屈など、どうでもよい。何が起こっていたとしても、我々より以前の人々は、今日まで命を繋いでくれた。このことが我々のなすべき唯一のこと。他のことはどうでもよい。社会の出来事の全てを、これで判断する。その結果、不自由が生じれば、あれこれ理屈を言わず受け入れる。簡単なことだ」最近私は、そう考えています。つまりは、我々の時代で生命を途絶えさせるわけにはいかない。その観点から、生まれ持った性に向け努力する。それが身に合わないなら周り、権威（社会制度）も関係なし。というよりは、外的要因云々は、結局自分との戦いで自分に負けた結果の標的かもしれない。だから、まず自分に（何事によらず、例えば、大谷選手の「街を知らない」等）打ち勝つこと。打ち勝ち、自由に羽ばたけばいい。そして、私がその言動とともに尊敬する美輪明宏さんのように堂々と生き、相手をギャフンと言わせればいい。

なぜか。トルストイの『戦争と平和』でのニコライ老公爵とマリアの関係。「民主主義」で戦争殺人に支援する国はあっても、二人の関係は、それと同等であるにも拘わらず、マスコミはこのことに一切言及しない。つまり人々はＬＧＢＴＱ（性的マイノリティ）云々の比ではない日常を受け入れて生きているからです。

また一方、多様性って何？　人間も所詮はコンピュータ。ＬＧＢＴＱに触れ回線がショートする機種＝人もいるだろう。今回それで更迭された人の多様性を抹殺（※後述一）。ずいぶん身勝手な言葉だ。なぜなら、ショートは「その人」と言うより「神＝自然科学」の領域だから。

私にとっての「美の基準」は小学校三年の時、無意識にインプットされた「道端に転がっている、周りと溶け込んだ、なんの不自然さもない、丸い小石」。人は全てＬＧＢＴＱに片足くらいは突っ込んでいるのに、なぜ回線がショートするのでしょう。

それは、ときにはＬＧＢＴＱが小石でないからです。「偏見」ではなく「美意識への反発」と捉えるべきです。私が頭で「多様性だから寛容に」と、脳に言い聞かせて脳が了承しても、半世紀以上にわたって染みついた、その美意識はいわば化学反応のように私の思惑を無視し、勝手に反応します。それが「小石」なら受け入れ、そうでなければ反発します。

　それはＬＧＢＴＱだけに反応するのではなく、全ての事象に反応します。例えば、「太陽の塔は国宝級だ」と言われると、私の小石は「ギョギョギョ」とびっくりします。それを「偏見」と言われれば切なすぎます。

　だから当事者は、「私のＬＧＢＴＱは小石かどうか」を自問して「あるがままで社会に溶け込む我が身」へ、特に何かをするというのではなく、自然な形で変身してもらえればありがたい。

　ただし、生まれながらにして、あるいは後に神から不平等を押し付けられた人は別。理屈抜きで偏見は悪。それは可能か。可能にすべき。なぜなら人間だから。人としてその尊厳を懸け、神に挑戦する責務があると思うからです。（※後述二）

　このように現象を抽象化し、いわば数式的に説明してもらわないと合点がいかない。非数式的な「（多様性という）建前＝仮想空間＝実態無し」で全てを片付ける世界は、とても危険だと思います。仮想空間だからこそ、ついつい「実態＝権威」を求める。その構図は、先の戦時中の「天皇陛下万歳」、「九〇％支持のウクライナ」、「日本世論の中国によくない印象、またはどちらかといえばよくない印象……九〇・九％（言論ＮＰＯ　二〇二一年）」と同根だからです。

Mさんはパワハラなどで、辞任を申し出た人を「私が信頼して決めたこと」と却下。日本の現況下の政治家が、これやればマスコミに潰される（よって本音ではなく建前＝仮想空間で生きることを強いられる）—二〇二三年一月二〇日記述—

「最近のメディアを見ておりますと、『何がニュースかは自分たちが決める』という傲慢さを感じずにはいられません」—T社長—。

報道の三割は、嘘。—鈴木敏文さん—

日本は、いつから「オール右へ倣え」になってしまったのか。これではまるで「抽象力ゼロのアメリカ人（※後述三）」ではないか（もっとも最近ではその関係が逆転してるようだけど）。日米安保条約下であっても、そこまで真似することはないと思う。

※後述一

多様性という画一性が世を支配している。

※後述二

私の小さい頃、お月さんでは二匹のうさぎがもちをついていました。今でも、お月さんではうさぎがもちをついています。「月にウサギなどいない」として、その証拠を突きつけ得るのも人間でしょうが、棲んでいることを真実としうるのも人間なのです。—一九八九年九月一九日記述―。そしてこのときは、無理やりにでも、化学反応よりは、人間の尊厳を優先させます。なぜなら、結局、環境破壊はこの尊厳以外解決策がないからです。

※後述三

「アメリカ人は抽象力ゼロ」と思うようになったきっかけは、サミュエルソンです。「アメリカ人は馬力と好奇心に身を任せ、めったやたらと、あちこちへ駆けずり回る。目的地へは直線的にスッと行けばいいのに」と、いつもイライラしていました。ところが、元日本部長だったとかの方が、テレビによく出られるようになり、同席の日本の方が「決まりきったこと」しか言わず、一方その元部長の発言に「オヤッ」と、耳を傾けることが多くなりました。

二〇二三年二月五日

「少子化」と「我が人口論」

●論戦は、ブレーキとアクセル

もう半世紀以上も前のこと。田舎から東京に出て最初に気になったことは、電車に乗ったときである。目の前の母親とその子供の姿が「田舎とは逆転」していた。田舎では「子供は晴れ着」でも、その母親は「普通の身なり」が相場。目の前の親子は、どう見ても「母親の勝ち」だった。この時以来「我が人口論」（※後述一）はストップしたまま。人口に関する何を読んでも「嘘だろ」と全て我が身を素通りしてしまう。

少子化は学者先生方の勲章で、その「教育の成果」を誇るべきだと思う。簡単な話で、母親がその原資を「我が身」に注げば、それをどこかから「調達」しなければならない。結果周りは「貧する」。それだけのこと。

数式的思考法からすると、「少子化進行は当たり前のこと」だ。―結婚しない理由（複数回答）。女性。「一人の方が、精神的負担が少ないから」五二・三％。「子供を育てたいと思っていない」三六・九％。「自由を失いたくない」三五・一％。（日本財団の十七〜十九歳意識調査。『神戸新聞』二〇二三年一月一三日）―。

国会での論戦は、ブレーキとアクセルを同時に踏んでいる。率直に言って「まるで漫画」、で、やり過ごすことはできない。国会論戦は「本当のこと」ではなく「あるべき姿」の「歯の浮くような綺麗事」のオンパレード。そうしないと「マスコミに潰される」。それが「今の日本の本当の姿」だ。こんなこといつまでも続くわけがない。仮想空間でなく実相でしか生きられない人々と代わるべきだ。すなわち「企業連合国家」だ。

※後述一
私は子供の頃「自分とこは貧乏」と思っていましたが、大きくなってみると、「我がI地区のほとんどが貧乏だったんだ」と気づきました。それでも子沢山だったし、高校すら行く人は多くなかった。でも、皆生き生き暮らしていたように思う。今と、何が違うのかなぁ。シンガーソング（自分の歌）の社会でなく、演歌（他者の歌）の社会だったからかなぁ。

余談ながら、先日テレビの『ポツンと一軒家』を見ていたら、若い男性のゲストが、目を輝かして「演歌の世界です」と言っていた。「若い子でも分かるんや」とちょっと嬉しかった。

●企業連合国家の少子化対策

少子化は学者先生方の勲章でその教育の成果を誇るべきと言いました。理由として「一人の方が、精神的負担が少ない（女性、五二・三％）」をあげました。

では、どうするのか。

テレビの『ポツンと一軒家』はよく見ます。そして、山の上の棚田を見るたびに、まずは水、木の根っこの掘り起こし、そして不揃いな石の石積、をみて、昔の人々の「生へのエネルギー力」に圧倒されます。

会社では「働き方改革」ではなく、好きなように働き、その代わり二年に一度子供の夏休み期間は休暇をもらいジイジ、バアバのいる結いの村に移住。その間の給料は一家の食費分のみ。住むのは子供はジイジ、バアバの家。夫婦は少し離れた小屋風四畳半一間に寝泊まり。

食事とフロは親の家で。

昼は村に三分の一を返す（七三頁参照）。

自然に触れ、昔の生命力のお裾分けに預かりたいというわけです。

二〇二三年二月八日

「復興ならOK」。しかし「こんな大統領の戦争に税を注ぎ込むのは反対」と声を上げよう

●「勘違いして立っているだけ」

「ゼレンスキー＝俳優」と思ったきっかけは「北方領土に対する決議」です。政治家、それも大統領なら少なくとも「そこには人々が暮らしている。その人たちには、何の罪もない」。そう思うと「降って湧いた災難」をブッ掛けるような発言はできないはずです。

結局行き着く先の結果（＝住民への他国支配）は、「ゼレンスキーもプーチンと同じ」です。

ウクライナにも学者先生などの「自由人」は、多くおられるだろうに。「人権、民主主義」ではなく、なぜ「本当のこと」を発信し続けられなかったのだろう。彼らが、そうして「銀行筋」を育てていれば、「今日のウクライナ」を迎えることもなかっただろうに（日本も他山の石としないと）。

「我々が教訓とすべきは『ロシアの侵攻』ではなく『九〇％支持のウクライナそのものだ』」。

「日本世論中国に良くない印象、またはどちらかといえばよくない印象は、九〇・九％」

—言論ＮＰＯ　二〇二一年—。

ワールドカップで演説を拒否されると「驚いた」り、何より悲惨なのは「自国民に、事あるごとに、地獄にも匹敵する避難」を呼び掛けることです。

ゼレンスキーさんは「現実では、人畜無害の『役』の延長線上に、勘違いして立っている」に過ぎません。

そんな人のために、税を注ぎ込むのは真っ平だ。

さらに悲劇は、「彼自身がそのことに気づいていない」こと。そのうえ「西側がおだてる」こと。「米国は、それを利用」し「NATO・EUは、ドイツに躊躇はあるものの『民主主義の看板』に気圧されて応援している」ことです。

同じ演じるなら、（プーチンの年から）たかだか一〇年「寝たふり」をすべきだったのです。自国民を思う「政治家」なら「九〇％支持と戦争」ではなく「愚鈍と寝たふり」です。

そんなことどうだっていいんです！　その一

既述の通り（二四五頁参照）先日私の住んでる所はマイナス六℃。自然と「ウクライナの人、どないしてはるかな。電気ないし」。「ウクライナ、ロシアの兵隊さんも寒いだろうな」と思いました。

戦争を止める理由、それ以上何が必要なのでしょう。
「アメリカ財務長官〝ロシアへの経済制裁効果あげている〟として、ロシアへの制裁を強化する考えを示しました」（NHK　NEWS　WEB）
そんなことどうだっていいんです！　その二
お互い理屈を言えばきりがない。でもその理屈では戦争は止まらない。
だから、理屈も制裁施策もどうだっていいんです。
国ではなく、全世界の「そこに暮らす人々」にだけ目を向けてください。

日本では、ある風呂屋さんの一カ月のガス代が七〇万から一七〇万円になったそうです。

それは、世界の至る所で起こっていると思います。だから、まず戦争を止めてください。

あなたの国アメリカが「やめる」と言えば済むことです。

そういう動きもあったはず。

ぜひ、そうなることを願っています。

「千載一遇のチャンスを捨てた「DJI」（Yahooニュース　二〇二三年二月一九日）
―二〇二二年四月、ドローン世界最大手の中国「DJI」がウクライナ・ロシアでの販売を中止した。それは単なるビジネスメリットの議論を越えた「企業としての人命尊重と非戦の意思」を強く感じるものなのである――Ｊハイドー―。

アメリカが気球を撃墜したとか、各国に呼び掛け、産業的にも「対抗処置」を重ねるとかの報道に触れると、我が身は「ｍａｄｅ　ｉｎ　Ｃｈｉｎａ」真っ只中で暮らしているにも拘わらず、さらには前記報道に触れていながら、「国同様、中国人は全部悪い人」という「漠然たる雰囲気」が「頭の中に出来上がる」。不思議です。

しかし、そのような雰囲気ではなく「中国は今、私にパンでどんな不利益を与えているか」との実相で「中国観」を持ちたい。なぜなら、ウクライナの為政者のように「自分は正義。ロシアは悪」という子供以下の「観」で「欧米に利用され」、「民主主義、人権」という「パン」になんの「役立ち」もしない「頭の中の幻を追っ掛け」、「自国民はじめ、世界中の人々に物価で迷惑」を掛け続ける。

それに、これまでの例から台湾有事には「アメリカは必ず手を出す」という前提で、沖縄を思い「アメリカＮＯの心の準備」をすべきだからです。

民主主義と言うロシア社会

それにしても、政治家はどこまでゲームを追っ掛ければ気が済むのでしょう。

バイデンさん。今ではもう充分「ロシアは我が敵対者たり得ず」と確証を得たはず。だから、ウクライナ市民の現実に思いを巡らし、人殺しを助長するのをやめ、即ゲームオーバーにしてもらえませんか。あなたが決心すれば、日本を筆頭に即「右へ倣え」です。

以前から言っているように、そのためには「以後一切他国侵攻はしない」と、「ロシアの要求丸呑み」を交換すればいい。具体的には、以前ロシアは「まず制裁解除」と言っていたので、「お安い御用だ」と受ければいい（ただし、協定はトルコと両国だけで。三国からの要請がない限り、他は一切口を挟まない。トルコが大変ならどうするかも、三国で決めればいい）。そうしたからといって、既述の通り、世界中の誰一人「現状以下」になる人はいない。

民主主義の一つが多数決だとすれば、民主主義を標榜する以上、これまでなぜ、そうしなかったのか？　本来八十億四千五百万人を最優先にして「どう事を収めるか」を考え実行するのが政治家の仕事だと思うけど、そうなっていない。

また民主主義を教えて来た学者先生方は、日頃は目に見える付加価値を生み出していなくても「いざ鎌倉」時は、「おっとり刀で馳せ参じる」と思いきや、それもなし（私が知っているのは、安倍元首相の国葬反対の上野千鶴子先生方などだけ）。

八十億四千五百万人を無視し、全世界の人々を、少なくとも経済的に苦しめ、わずか一千分の五（人口比で）を最優先し戦争を煽るのが「民主主義」だとは、ついぞ知りませんでした。

しかも、既述の通り、他人のことは一切考えられず、ただただ手前のことしか見えない俳優大統領に引っ張られて。なるほど、あなた方は減給されるわけでもなく、ゲームを続けられるでしょう。だが、我々庶民はそうではありません。東京の前記の銭湯、ガス代月百万の上昇分を入浴料に転嫁できない仕組みらしい。

さらに腹が立つのは、権力で奪った税金で、「我々を経済的に苦しめている『戦争というゲーム』を『武器供与』と正義面して、さらに苦しめるべく戦争を引き延ばしていること」つまり我々はダブルで「自分で自分の首を絞めつけさせられている」こと。

一千分の五のために、その他大勢を犠牲にする民主主義とは、結構な主義だ。安全保障の国際会議で「即停戦」ではなく、「その俳優支援」を確認。そしてこの主義は、そう主張する限り、どこからも停止命令は発令されない。なぜなら、繰り返しますが「権力で銭を奪える」からです。

戦後、我々はこれを後生大事に学校で教えられてきました。そのお陰で「このけったいなチェック機能を持たないこと。つまり、最大の欠陥は『赤字』という主義を、誰も止められないでいる」。その意味では、「民主主義」の代わりに「ピョートル大帝」のプーチンの創られた「ロシア社会」と、どこが違うのか。同じではないか。

なぜか。数式的思考法（現象を抽象化し得た定理を組合せる＝何のことはない。「あるがまま（神の意志）をあるがままにみる」だけのこと）で得たものでない（だからそこには「人間の尊厳を懸け、人間に立ち向かう意志の葛藤」の、ひと欠片もない）からで「あるべき姿」という砂上の楼閣で止めてしまっている。神の意志に、できるだけ沿うようにしないとすぐ崩れてしまう。と同時に逆らうものは逆らわないと「本物」にならない。マスコミに頻出する「国民遠ざける」、「時代にそぐわない」、「強権」（『神戸新聞』朝刊二〇二三年二月一七日）とかは、その典型例だ。数式的思考法からすると「人間カメラ三十六枚撮り論＝それが神の意志」、「私は平安時代でも充分生きられる＝時代などない。あるのは言葉遊びだけ」、「欠乏が原資＝欠乏なければ強権発生しない」となる。

企業人へのお願いと我々の役目＝購買運動。

今は、政治家が本音を言えば、マスコミに潰される世相。となると、企業人に頼るしかありません。

難しく考えるのではなく、単純に「戦争は商売の妨げ」という、ごくごく当たり前の理由で、企業人は「制裁解除して普通の経済活動ができるように」と声を上げてもらえませんか。経済活動に支障が生じるとき、遠慮なく声上げますよね。同じようにしてほしいのです（かつて、一見おとなしそうな、O社長は若かりし頃、官僚の机を叩いて喧嘩されたそうです。そういえば岡田克也議員も、国会での揉め事のテレビに映っていた。血は争えないようです。今の若い企業人、官僚の机叩いて喧嘩するのかなぁ。そんな野暮なことしない？　つまりは世界一になるだけのエネルギーがあったということ）。

そして我々は、そういう企業のみの商品を買う。不買ではなく購買運動。これなら心掛け次第で参加できる。ぜひ、みんなで声を上げませんか。やっぱり、ウクライナの人々、さらには沖縄の人を思うとねえ。電気ないと暗いだろうし。飛行機の音でビクッとなるだろうし。それくらいはできると思うので。

二〇二三年二月二一日

忘れてはならない人

●人としてあるべき姿とは

近頃の私にとって、まず、第一に忘れてはならない人は、小嶋千鶴子さんです。理由は、後に述べます。

「小嶋　千鶴子氏（こじま・ちづこ＝Ｉ名誉顧問）二〇日、老衰のため死去、一〇六歳」

←二〇二三年四月二五日　ネットより―。

小嶋　千鶴子さんのような女性は、もう二度と現れないのではないかと思っています。三社で発足したＪ誕生に伴う「諸々の泥」を彼女は全て背負われた。女性が「泥をかぶる」などできることではない。

女性の皆さん「日本にはそういう女性がいた」ということを忘れないでください。

二〇二三年四月二五日

今一つは、改めてインドに関することです。

インドの人が、今では世界企業のトップに就いているという。

それは、インドが一九四七年以降、科学技術を中心にエリート育成に努め、その人たちが海外に渡っていること。インド社会は混沌としていて、決断力や柔軟性が鍛えられること。さらに、アジア系の人材に対する見方が、この二十年余りで大きく変わったことなどの理由によるという。

一二年前、CATのトップが来社するということで関係者は集められ、話を聞くことになった。私は、トップは当然アメリカの人と思っていたのですが、登壇したのは背の小さいインドの人でした。心のどこかで無意識に「インドは日本より下」と思っていたようで「なんでインド?」とチョッと意外に思いました。

ウクライナ侵攻に関して、インドの人は「日本人」と違って、当初より結構アメリカに対して辛辣なことを言っていて羨ましく思ったりもしていました。

今日、その理由を知り「そういうことなんだ」と思いました。

自衛隊機がジブチに行くというニュースに触れて「何事もなく皆さんが無事に日本に帰ってこられること」を願っていました。そのようになってよかったと思っています。

岸田総理を応援しているということはないですが「何かあれば、岸田さんも大変だろうな」と、ちょっと気がかりでした。

同じく、今日『神戸新聞』で、スーダンからの邦人退避の記事を読んで「頼みの米軍も駐留していない。国連と連携して、韓国、ＵＡＥに協力を呼び掛けた」ことを知りました。そして「やったらできるのだから、まず第一に、我々、そして次に政治家の先生方は、何かあれば『米国はこの世にないもの』として考える。インドを見習って柔軟に」と思いました。

多様性といいながら、その実態は程遠い「同質」のみ。例えば、今回の統一地方選でも、私には「候補者は、全員同じことを言っている」。「子育て、無償、開発……『あるべき姿』のオンパレード」と映りました。

小西さんの「サル発言」に対して、ああだの、こうだの、の記事はあります。また、村上さんの「国賊」「官僚機構を壊した」発言もありました。

それぞれが、そう発言された背景には、必ず具体的な事象に触れられているはずで、

「けしからん」と言う前に、その事象を検証すべきだと思います。日本を覆っているのは、『あるべき姿』だけ。なぜ、自分で考えることを止めてしまったのだろう。結局、勉強のし過ぎなのかもしれません。
私の知ってる女性は小さい頃、朝から野良仕事に連れ出され、親に見通しのきく木に括られ日々を過ごして育ったそうです（今なら通報されるかも？）。そのせいか「宝くじ」を「新築一戸建購入の頭金にする」という発想の持ち主で、この上なく「逞しい」女性でした。

二〇二三年四月二六日

世界の中で「行司役」たり得る人は、誰か？

●「民」の「主」の意味

（一）

先進七カ国（G七）デジタル・技術相会合は二九日、人工知能（AI）などの新興技術を適切に利用するための規律として「法の支配」や「イノベーションの機会の活用」といった五原則で合意した―『神戸新聞』朝刊、二〇二三年四月三〇日。別掲として、AIなど新興技術の適切利用に関する五原則として↓法の支配↓イノベーションの機会の活用↓適正手続き民主主義↓人権尊重　の表あり―。

先進七カ国会合でも（二〇二三年四月一七日）法の支配に基づく国際秩序維持のため連携を図るという。

バイデンさんも出馬に当たって（二〇二三年四月二五日）「民主主義を守るために立ちあがる―『神戸新聞』朝刊　二〇二三年四月二六日―」と表明された。

そんな御題目が戦争の終結に、「何の役にも立たないどころか『火に油』だということを充分知りながら」、なぜ「そう唱えるのか」？　一般人の我々には不思議でなりません。

（二）

「子供の声は騒音ではない」。政府は法律で定めることも視野に検討に入った↑『ＴＢＳ』

二〇二三年四月二七日（木）―

「子供の声」というと、私の子供の頃は、校庭に門などなく、Ｔ村の小学生も中学生も、男も女も、所狭しとグループを組み、校庭で好き勝手に遊んでいました。だから、私には「立法」など、思いもよらない世界です。

Ｔ村↓Ｋ市↓……以下略。私は合計で十七箇所の村や町や市に住みました。最近、役所に行くのがとても憂鬱です。例えば、上記の住所をいちいち正確に覚えているはずもなく、戸籍謄本をとるだけでも何度も「だめです」と言われ途方にくれるからです。銀行で自分のお金を出すだけでもスーッとはいかない。

この間テレビを見ていると、どなたかが「玄関にも、電話にも直接出ない方がいい」と言われていました。まさしく「道を歩いていると思ったら、いつのまにか土塀の上を歩かされていた。今度はピアノ線だという。うまく渡れるだろうか―一九八九年記述―」です。世の中がこの調子で進んでいけば、私も耐えられず「医者に行く」か「へんてこりんな宗教に逃げ込むしかないのかもしれない」と、ふと思ったりもします。

そして、一方議員先生方は、社会の変化に伴って、例えば「子供の声は騒音でない」といった法を検討される。しかし、道幅をだんだん狭めていく「法」は、私たちの次元では「鬱陶しいもの」としか映りません。

率直に言って「法は例外管理のためのもの」でしかなく、ごくごく「常識的に暮らしている」多くの人々を「不必要に縛るもの」でしかない。にも拘わらず、それを「法秩序を守る」「民主主義を守る」「人権を守る」と大見得を切られても「はた迷惑もいいところ」と思うだけです。そしてそれはどこの国でも、それぞれの国の庶民にとって、事情は同じだと思っています。

(三)

先日、NHKだったと思うのですが、中国の女性の方が街角に「無料のお茶」を置かれていることについて放映していました。なんでも小さいとき、お母さんと歩いていて「喉が乾いて、つらかった」ことから、二〇年前に始められたとか。今では「そういうお茶を置く人が他にもいる」とのことでした。

同じ日、京都観光をする外国の方々を取り上げていました。

『じゃりン子チエ』の作者＝はるき悦巳さんと澤村拓一投手の言葉

「個人的な目標は、本当になくて勝ちたい、それだけです。一日一日、明日なんか見てない。その積み重ねをできない人間は優勝もできないし、とりあえずこの目の前の試合を勝つことだけを考えていこうぜと」。「今、この瞬間を生きられなかったら未来を語る資格はないと思う」（以上、ロッテ澤村拓一投手の言葉）。

チエちゃんにモットーはあるのでしょうか。

そんなこと考える前に、今日を、今を生きなければなりません。

いつもテツがいるのです。それだけで日本一忙しい少女なのです―（以上　ＷＥＢ特集「じゃりン子チエ」なぜ時代を超えて共感？　作者の直筆メッセージ。二〇二三年四月二〇日　稲蔦航士記者の文より）。

法の支配などではなく、中国の人も、日本の人も、沖縄の人も、その日その日を精一杯常識の範囲内で生きているだけです。近畿財務局の赤木さんだって、そうだったに違いありません。なのに、なぜ死に直面しなくてはならないのですか。入管暴行の訴えに対する賠償額がなぜ、二二万円なのか。なぜ、国が支払うのか。「必殺仕事人、何とかしてくださ い」と言うわけにはいかないので「神さん、裁判とは関係なく公正な裁量を」と祈りたくなります。

法や民主主義や人権など、意識して生きてなどいません。目の前の現実と向き合い「例外人間」でなく「普通の自分」で「精一杯生きているだけ」です。だから「法秩序を守る

＝戦争ＯＫ」、少なくとも沖縄の人々を思えば、そんな「ありきたりな言葉」で片付けられないはずです。

(四)

『北京共同』中国の半導体産業協会は二八日付で、日本政府が決めた半導体製造装置など二三品目に関する輸出規制について「半導体産業に大きな不確実性をもたらし、貿易の自由化を妨げ反対だ」との声明を出した。

上記記事に対するネットでの投稿は、ＡＩによる「おすすめ順」の選択では、私が「危険水域」とする「九〇％以上の支持」をはるかに超えて「中国非難」を並べています。ということは「台湾有事」になれば、「ナメタラいかんぜよ。武器を取れ」が日本の総意。(日本とりわけ)「沖縄」がウクライナの二の舞となる可能性が高いことになります。

現実には何の役にも立たない「ありきたりな言葉」ではなく、本当に『民が主』の主義ならば、日常を精一杯生きている世界中の我々の暮らしを第一に政をしてください。「現実には何の役にも立たない」「法による秩序」「民主主義を守る」ではなく、差し当たりは「世界中の全ての人々が願っている」まずは「死者を出さない」。次いで「物価を下げる」。それには「戦争継続」ではなく、「戦い終結」が必然。どう「折り合いをつけるか」は、その後いくらでも時間を掛けて「当事者同士が話をすればいいこと」です。

バイデンさん、あなたは政治経験が長く「何をどうすれば、どうなるか」を熟知しておられるように映ります。いわば「政治屋のプロ」です。

なぜか。オバマさんからは、時として「苦悩の顔」を読み取れました。あなたからは一度としてその顔を見たことがありません。現実には何の役にも立たない「自分の正義」を貫くのは、同じ税などの上に立つとしても「難民、破壊、死者がどれほど出ようが」なんら責任を取らなくていい「学者先生方」に任せればいい（※後述一）。

それは「掃除屋たる政治家」の仕事ではありません。自分の金でやるなら別です。どうしても戦争を続けたいならエフゲニー・プリゴジンさんを見習って「米国版ワグネル」を設立してやってください。『殺人と破壊』が税を使えば「無罪」で、私企業なら「戦争犯罪」などという理屈は受け入れられません。

今からでも遅くありません。どうかオバマさんの「苦悩の顔」を「我が事」としてください。それはオバマさんを熟知されたあなた以外、誰も「見習うこと」ができません。「二度と再び侵攻しない」だけを条件に、「制裁解除」とプーチンさんに告げてください。繰り返しますが、そうしたからと言って、「誰一人現状以下」になる人はいません。それこそが政治家の仕事のはずです。それに、あなたの頭の中では、すでに「対ロシアは勝利で決着済み」のはずで、「対中国対策」しかないはずです。それ故に、今後の対中国を考えると、「プーチンさんの要求丸呑み」こそが最大の中国対策のはずです。

今、現実に世界で「行司役」たり得る人は、あなたしかいません。現に、立ち消えましたが、米国内にもそういう声があったはずです。中国にその役目を奪われるのは「米国のプライド」が許さないはずです。でないと、もしも中国が行司役に成功すれば、これまでの「中国批判」はなんだったのか。

さらに欧米以外の、例えばＢＲＩＣｓなど他の国々への今後の影響力、さらにはトランプさんが大統領にでもなると仮定すれば「中国の行司役」の選択肢はあってはならないはずです。

俳優のゼレンスキーさんは、自己の提案を反古にして「戦争」を選びました。さらに政治が分からないうえ、「ウクライナの人々の現実の痛みを追体験する感性と、それに応える勇気」という「気づき」がありません。というよりは、戦時でも莫大なお金が転がり込んでくるそうなので、ゼレンスキーさんに「他人の痛みを理解せよ」という方が無理かもしれません。

ここは、政治を知り尽くしたあなたが決断するしかないと思います。

本当に『民が主』と考えておられるならば、ぜひ、そうしていただくようお願い致します。

※後述一
Ｆｏｒｂｅｓ　ＪＡＰＡＮ　二〇二三年四月二一日
「ゼレンスキーは超優秀な戦時大統領」ハーバード大ウクライナセンター長評す。

二〇二三年五月一日

環境破壊は、身から出た錆か

●「同じ穴の狢」

北朝鮮がミサイルを発射するたびに、多くの国から「怪しからん」と非難轟轟です。

一方、多くの国の「戦争回避の手立て」は、「抑止力が現実的」という認識が大勢のようで、日本の「反撃能力」もこの線上にあるのではないかと思っています。

一方、北朝鮮はこれまでのアメリカのやってきたことからして「自国を守るには、反撃能力が必要」という点は、日本ほか多くの国と、そんなに違わないのではないかと思っています。

そしてそのもっとも効果的な道は、「ワシントンD．C．を核で直接攻撃できる能力を持つこと」という結論に至ったのではないでしょうか。

「日本」と「北朝鮮」との違いは、「言葉遊び」と「徹底」との違いで「言葉遊びが正義」で「徹底が非道」というのは少し違うように思います。

両国が「同じ穴の狢」であることに変わりはないのではないでしょうか。

では、政治家が悪いのか。そうではないと私は思います。

今の国とマスコミの在り方からすると「政治家が本音でもの言う」のは、チョッと難しいように思います。

何を言っても「直接的な責任」から解放され食っていける学者先生方が、頑張ってもらうのが一番いいと思うのですが、皆さん勉強熱心で多くのことをご存知で、解説は得意ですが「中村哲」先生のことまで思いが至らないようで、それも難しそうです。

結局、「我々普通の人が、決心するしかない」のではないかと思います。

つまり「(かつてのように) 防衛費ゼロ→科学振興に振り向け、それで世界を征服する。だから政治家先生には、必死で外交に取り組んでもらう」か「北朝鮮を見習い徹底する」か「現状の言葉遊びを続ける」。

その前に、今をどう捉えるかです。

「今」は既述の通り「三島由紀夫の死は縦 (精神) と横 (科学文明) の交点に立って、横を縦にしようとして敗れた結果だ」と言うのが一番ピッタリだと、私は思っています。

横化の流れは、誰にも止められないし、横化に国境などありません。

もっと身近な例で言えば、「借地の所有者がAであれBであれ、地代が変わらなければどうでもよい。そんな例は日常茶飯事」。「自分の所有の土地が日本であろうが、アメリカであろうが、税が同じであればどっちでもいい」。それが「今」。さらに横 (科学文明) 化の「今」は、それが「環境破壊」という「国」どころか、「人類全部」を破壊しようとしている。

「国境」に拘わっている場合ではない（※後述一）。「身から出た錆＝環境破壊」に国を問わず、協力して取り組まなければならない。それが「今」だと思っています。

「防衛費ゼロ→科学振興に振り向けそれで世界を征服する。だから政治家先生には、必死で外交に取り組んでもらう」か、「北朝鮮を見習い徹底する」か、「現状の言葉遊びを続ける」か、のどれを選択するかを、我々が「腹をくって」決めるしかないと思っています。

お金があり余っているなら、好きにすればいいのですが、借金漬けのうえ、命綱の貿易収支も雲行きが怪しくなってきたからです。

※後述一
ゼレンスキー大統領、及び世界の主要国首脳へ。

『チームの勝利より優先する自分のプライドはなかった』（大谷選手がＷＢＣでバントしたことに関する言葉）。

ましてや一国を預かる大統領及び首脳。「自国民の日常生活（＝停戦）より優先する何があるというのか。自分の面子？」。

二〇二三年五月三〇日

「神の怒り」

●身の程知らずの戦い

（一）
「変な話だけど、日本の家庭の中で、ほとんど主権を持っているのは、女性ですよ。奥さんですよ。子供が順調に育つかなとか、そういう危機を一番感じるのが女。対処法も女が考えるんです。だから、しっかりしなきゃあいけない」（『神戸新聞』朝刊での扇千景さんの言葉　二〇二〇年九月七日）。


多くの人は、一〇〇メートルを一〇秒で走り抜ける感覚を実感できないのではないかと思っています。

同じく、男は、前記扇千景さんの感覚を実感できません。神さんが、赤ちゃんを産み育てるという感性を男に授けなかったからです。

だから、男は「生きる」ということを「頭」で考え、それを検証する感性を持ち合わせていないため、ブレーキが掛からず「自分に酔いしれ暴走」します。

（二）

これまで、アメリカが「ロシアで、核を発射する兆候はみられない」といったことを何度か言っていました。それに間違いがあるとは思いませんが、そう聞くたびに「わざわざ核を使わなくても、ウクライナ内に核があるのだから『ゼレンスキーが反撃でやった』と言ってそれを利用すればいい」と思いました。

「ノーモア　ヒロシマ・ナガサキ」。たとえ確率が一億分の一でも、つまりはゼロでない限り、即ゼロ（停戦）にすべきだと思います。

万一の場合「誰が責任を取るのか？」ではなく、「被害者（この戦いに、何の関わりもない普通の人）」を思い浮かべてほしいです。

（三）

日本は「身の程知らずの戦い」に、「ああだの、こうだの」と理屈をつけて「原爆」という神の怒りを受けました。神が手を下したのは、「男は己のストーリーに酔いしれ、ブレーキを毀してしまう性癖がある」からです。

（四）

今、世界の男の為政者は『戦争ごっこ』に酔いしれています。広島サミットでつくづくそう思いました（※後述一）。

そして、この『ごっこ』が、どんどんエスカレートして、日本同様『神の怒り＝核』を受けかねない状況にドンドン近づいていく雰囲気を感じます（※後述二）。

（五）
女性の皆さん、ここは扇千景さんになって、馬鹿な男の自己陶酔を打ち砕いてくれませんか。神さんは、男をそういう風に創ってはらへんから無理です。

お願いします。

※後述一
米紙〝ウクライナ軍がパイプライン攻撃計画米は事前に把握〟
二〇二三年六月七日　ウクライナ情勢
去年九月、ロシアとドイツを結ぶ天然ガスのパイプライン、ノルドストリームで起きた大規模なガス漏れをめぐり、アメリカの有力紙は、バイデン政権が事前にウクライナ軍がパイプラインへの攻撃を計画しているとの情報を把握していたと伝えました。
ロシアとドイツを結ぶ海底のガスパイプライン、ノルドストリームでは去年九月、大規模なガス漏れが発生し、ドイツなどの捜査機関は、何者かの破壊工作によるものだとみて捜査を進めています。

アメリカの有力紙『ワシントン・ポスト』は六日、今年四月に逮捕された空軍州兵がSNS上に流出させたアメリカ政府の機密文書を分析した結果として、バイデン政権が、ガス漏れが起きる三カ月前の去年六月に、ウクライナ軍がパイプラインへの攻撃を計画しているとの情報を把握していたと伝えました（NHK NEWS WEBより）。

※後述二

［ロイター 三〇日］ ロシアは（二〇二三年五月）三〇日、ウクライナが首都モスクワに、これまでで最大級のドローン（無人機）攻撃を仕掛けたと明らかにした。首都に向かっていた八基全てを破壊したとしている（ゼレンスキー大統領が「反撃に時間が掛かる」というのは関係者との、こういうことの下準備のためか。

もしそうだとすれば、「神の目はごまかせないはず」。他人の褌で相撲を取りながら、日本同様身の程知らずなことはやらない方がいい。純粋に「自国の人々の平穏な日常生活を一刻も早く取り戻す」ことだけを考え取り組んでほしい。支援する国々もそうあるべきだ）。

二〇二三年五月三一日

デジタル難民

●「曖昧模糊」としたものへの対応

狙われたのは、青森市中心部にある小さな居酒屋だった。青森ねぶた祭で使われるねぶたの「面」が飾られた店内は、地元の食材を使った料理と地酒を目当てに、常連たちでにぎわう。そんな店を切り盛りする男性店主のスマートフォンが鳴った。

画面には、四〇件近い最低の「星一」の評価。

「いったい、なんだこれは」

店主は頭が真っ白になった。

その背景には、「ＣｈａｔＧＰＴ」など、ＡＩ＝人工知能などの進化を上げる専門家。青森の小さな居酒屋に何があったのか（ＮＨＫ青森放送局　早瀬翔さんの記事より　二〇二三年六月五日。以下略）。

「デジタル難民」たる私からすれば、これはもう別世界の出来事。まさしく「天災」です。「お気の毒に」。「でも負けずに頑張ってください」と願うばかりです。

だから、私としては、できるだけそういうことに関わらず、ひっそりと、庭に植えた胡瓜の苗が大きくなるのを楽しみにして暮らしたいと思います。

しかし、そうもいかないようです。


先日、役所である方が「印鑑登録したい」というと「かくかくしかじかの書類を用意してください」と言われ「いずれもない」というと「ではできません」とのこと。

これまで印鑑証明など必要なく八十年以上、その町に生まれ育っているにも関わらず、これが行政＝政治の現実です。自分が必要というより「役所から印鑑証明を出しなさい」と言われて、仕方なく印鑑登録しようとしたに過ぎません。また「戸籍謄本」を役所に提出したところ「これはおかしい。法改正の部分が記載されてない」と言われました。「戸籍謄本の記載事項に我々は一切関与していません。

おかしいのは役所でしょ」と言いたいけれど、言ったところで埒があくわけでもなく「出直します」と言うしかありません。

ここまでは、まあいいとして、今度はマイナンバーカードを持ってないと、世の中の仕組みから「デジタル難民は排斥する」という。「税金もちゃんと納め、何も悪いことしてないのに。どこへ行けばいいのやら」困ったことです。

河野大臣がマイナンバーカードにまつわるトラブルについて「ああだの、こうだの」、あるいは「病歴がどうのこうの」とテレビで言っておられた。

そんなこと政治家に求めていません。官僚で充分です。

官僚ではなく、政治家が強制力のある税金の上に立っているのであれば「デジタル難民」を生み出すのではなく、「マイナンバーカードの紐づけは『冒頭の記事＝天災』、『銀座の強盗事件』、『闇バイト』、『悪戯投稿』等々とセットですよ」と言うべきです（※後述一）。では、デジタル化はどうするのか。それは「政治家＝掃除屋」の仕事ではなく、「企業人」が「他国との競争に負ける」と思えば「勝つようにする」しかないではないか。政治家のできることは、「企業人を邪魔しない」。それで充分です。

不都合が生じれば、内情を知る、生みの親である企業人が、対処するのが一番早い。そして我々は不都合を生じさせた企業には投票（購買）しない。これが、今の投票のように「曖昧模糊」としたものではなく、我々の意思が直接的に投票に反映される在り方です。

政治家の皆さん、そして我々は「何かをリードするのが政治家」などと勘違いするのはもうやめましょう。「公明党と自民党」の不協和音に見られるように、彼らの「第一義的な関心事」は、「選挙に勝つこと」だからです。

※後述一

なぜ、そうなのか。

九八頁「最近の事件について思うこと」を参照。

二〇二三年六月五日

嘆くより、実行せよ！

●責任を取るべきは……誰

他人の痛みを追体験できる感性があるかないか。それが私の政治家資質の判断基準。感性は生まれ持ったもので、学んでも手に入らない。河野さんはコロナワクチンを、これ以上増やさない理由の一つとして、若者のワクチン接種志向が低いと。コロナの後遺症で苦しむ若者はいっぱいいいるのに。

結論。

「河野太郎さんの政治家資質について」述べました（二〇二一年九月一六日）。一方彼は次期首相人気トップとか。この結果は誰の責任？

理屈上は我々。だが我々は、「人物論」で飯食っていない。では誰か。責任取るべきは学者など自由人。彼らの論は最後に「何々を考慮しなければならない」で結ぶ。それで「どう動けるというのか」だ。結局、麻生副総理が「俺みたいな、八十のおっさんに言われて恥ずかしくないか」と言わなければならない「若者」しか育てていない。日本の力が落ちていくのは必然です。

ではどうするのか。「企業連合国家」で企業は、「中卒か高卒」しか採用せず、「仮想空間（※後述一）ではなく、実相の中でしか生きることが許されない企業の中」で育てる。これだと、幼少期よりのパッチワーク（入試のための塾）から解放され、自分の好きなことを好きなようにして成長できる。

なぜ「好きなように育つ」必要があるのか。政治家の言う「科学振興＝勉強」ではなく、その前に「活動の原資＝マグマの蓄積」が必要だからだ。そして、このやり方は、かつて集落にいた「説教爺さん（人としての生き方を刷り込む役割）の復活」でもある。「学者殿。さらば！」だ。

※後述一

何をどうしようが、一向に構わないが、今の日本は全てを『本音』ではなく、マスコミに代表されるように『あるべき姿』（権威＝仮想空間＝例『女性の議員数何％』）で処理する。麻生副総理の発言のような若者になるよう一生懸命だ。その仮想空間の門番が、学者先生、マスコミなどだ。

幕末以後、追い求めた命綱を捨てよ。命綱を追い求めて彷徨するのは、本来の日本の姿ではない。「海保青陵を復活させよ！」だ。

二〇二三年六月一四日

サッカーと野球

●スポーツ選手の名言

（一）

私は、スポーツのことは、よく知りません。素人のおしゃべりと思って聞いてもらえればありがたいです。

私は、なぜかサッカーが好きになれません。そう感じているとき、たまたま立川談志師匠の「手を使わないサッカーなんて屁みたいなもの」に出会い、「我が意を得たり」と思い、今まで来ています。

Ｊリーグが三〇周年を迎えるに当たって、新聞に三浦知良さんのコメントが載っていました。それを、ただ読んだだけでした。

また―【日本代表】久保建英「今日はやりたい放題だったかな」一ゴール二アシストに強気コメント連発　『日刊スポーツ』　二〇二三年六月一五日―。

私の一番好きなラグビー選手は、こんなコメントを絶対に出さない。どんなに喝采されるような場面に立とうが、常に淡々としている。チームが喝采場面に立っていて、チームとしての喜びが自分の喜び。彼らは常に「自分は十五分の一としての役割を必死に果たすだけ」と思っているからだと思います。

また、その思いは野球選手からも感じられます。そして野球選手のコメントもとても印象に残ります。

別格はイチローさんで、個人的にはイチローさんは「世界の超一流野球選手」であると同時に、「世界超一流の文人」と思っています。

最後の舞台で「長年描いていた場面が『こうなんだな』と感じた」などは、思いもよらない言葉でした。イチローさんにとって、そんな場面は日常茶飯事と無意識に思っていたからです。

その点、大谷選手は、ごくごく普通の選手と勝手に思っていました。ところが、アメリカの「『街は知らない』とヌートバー選手からの誘いに『今寝てる』」のセットで、ようやく大谷選手の「凄み」を感じました。

二〇二三年三月一〇日、元阪神の能見さんがテレビでWBCの韓国戦について、栗山監督が「個人的に……」というようなコメントを出されたのが気になった、と言われた。能見さんは、どちらかというと感情を表に出すタイプではなかったので、私の脳が無意識に「何も感じない人」という風に受け取っていたみたいで、ビックリした。

そして、その意味するところは、「ダルビッシュ投手の調子が、あまりよくないのではないか。だから、さっと交代させる場面もあるということではないか」と言われた。事実ダルビッシュ投手の調子は、あまりよくなかったみたいだった。すごいなぁ～プロは。

同じく、（感じ方が）普通の人と勝手に思っていた、巨人の岡本和真選手がＷＢＣでファールした球に対し、「曲がり方が、思ったより緩かった。これなら、なんとかなるのではないか」と言って次の球を「ホームラン」にする。やっぱりすごい。

たまたまアナウンサーが、阪神の今岡コーチに「今日は金本（知憲）さんが解説です」と言うと、今岡コーチは「ネクストバッターボックスにいて、打席の金本さんが、その打席で『今、何を狙っているか。足の位置を変えて、フォアボール狙いだな』とか。いっぱい教えてもらった」と堰を切ったように次々と話されたという。

素人の私は、金本さんは、「常にホームランを狙っている」と無意識に思い込み「フォアボール狙い」なんて思いもしなかった。また「堰を切ったように次々と」と言うことは、今岡コーチの中で「金村さんへの感謝の気持ちが溢れかえっていた」からだし、それは「生涯変わらない」のだと思う。やっぱり両者に感動。

野球選手のコメントで印象に残るものは、他にもいっぱいあるけど、最後はＭＬＢをあげます。

ＷＢＣで、ダルビッシュ投手、大谷選手に対しＭＬＢが「出場」をギリギリで許可しました。これって「ＭＬＢは、日本的、昭和の臭い」。決勝戦を想定すれば「許可しない」

もあったはず。そんな、あれこれから、個人的には「日本人は、欧州（サッカー）よりはアメリカ（野球）に近い」と、なんとなくＭＬＢに感謝するとともに、ホッと安心し、嬉しくも思いました。

でも、今では小学校でサッカーは、野球を凌ぐ勢いだとか。日本人は、「自分がはっきりあった立川談志師匠の時代」から「数え上げればきりがないほど、何かにつけて個人を標榜してきていながら」、本当は「日本の喪失、個人の喪失」へ変質していっているのかもしれません。もちろん、何でも構わないのですが、ただ「今のところ（国境の県境化になっていないので、国で考えないといけないので）、経済的、もっと具体的に貿易収支が下落していく」のは困ります。

以上が久保選手のコメントからの私の雑感です。

（二）

サッカーで一番ショックを受けたのは、ＦＣ東京の森本選手の出現でした。彼の身のこなしを見て「あー、ついに日本も消えるのか」と感じたからです。森本選手には悪いですが、海外でそれなりでホッとしています。

私がサッカーが好きになれないのは、以下のように感じるからです。

例えば、阪神―巨人戦。一対〇で九回裏二アウト、ランナー二、三塁。バッター坂本。

打球はセカンドゴロ。それを捕った平野は、一塁に投げてゲームセット。と思いきや、なんとレフトの金本に投げ、一対二で巨人の勝ち。

このような場面をしょっちゅう見るからです（もっとも、こう感じるのは、単純に「私がサッカーを知らない」からだ、とは思いますが）。

ロンドンオリンピックで、男子サッカーはメキシコオリンピックを越えられないのではないか、と思っていました。理由は、プロ集団だからです。つまり「プロは所詮アマを越えられない」と。メキシコオリンピックでは、プロ級の人たちが、アマの精神（没個的、例えば杉山さんは、釜本さんのためだけに、釜本さんは杉山さんのためだけに、アマだからこそできるプレー）で臨めた（そう発想したのは、彼らの練習がメチャクチャ理不尽だったからです）。

一方ロンドンオリンピックは、プロの人たちがプロの精神（自己主張）で戦う。だからそう思ったのです。今回はそうなりましたが、今後についいては自信ありません。できればそうあってほしい、と願うのみです。

「俺が」と前へ出ないと生き残れないなら、それも「あり」と思いますが、軸受けを作らず、軸ばかり作って本当に世の中うまくいくのかなと思います。

そして、それを追い求めるとき、広大な宇宙にたった一人、放り出されたような、いいようのない恐怖に襲われます。

天体物理などをやっている人の書いたものを読んでいると、必ず「ブラックホールに吸い込まれていく」ようなところが出てきます。

科学者は勝手者ですから、そんなとき、決まって何の脈絡もなく、突如「科学は人類に役立つ」と持ち出します。そしてその糸にすがり、そのホールから抜け出します。凡人の私は、とてもそんな器用な真似はできません。

つまり「合理」なんてものは、所詮「非合理」なものの上にしか成り立たない、ということです。

自分がなくて相手がある。それで世界三位になれるなら、それで満足し、それが「日本だ」と胸を張ればいいのではないか、と思うのです。


サッカーが強いことは、悪いことではないのですが、ただそれが「日本人の本質の変化」と連動しているのかどうか。もし、そうだとすると、肉体が変化してしまうと、内的なもの（例えば教育など）は役に立たなくなります。

メキシコを越えないうちに、談志さんに「屁みたいな日本」と言われないよう、もう一度、軸だけでなく、「手も使った」バランスのとれた社会に戻しませんか。まだ間に合うかもしれません。

注：(二)は二〇二二年一〇月二五日に書いたものです。

二〇二三年六月一六日

ＡＩと私

●私への評価は？

日本総合研究所の寺島実郎さんは、大学でも教えておられることを踏まえ、「寺島実郎の世界を知る力」で「ＡＩは『優』まではいかない。『良』『可』まで」と言っておられた。

そこで、私はＡＩから何点もらえるのか、これまでのブログ投稿を用い「ＡＩを用いる」というネット投稿をしてみた。

（一）

私の文と、それへのＡＩ評価　四四九番／五〇四中

一、ゼレンスキー大統領は、なぜ一カ月余のとき、九〇％支持ではなく国民最優先で愚鈍になり、提案協定成立後「ジェノサイド騒動とその処理」を選ばなかったのか？　俳優でなく政治家ならば、それしかないはず。「正義を選び殺戮と破壊」が仕事ではない。

二、政治家ではなく「俳優」を選んだのは、アメリカのシナリオにその選択肢がなかったからか？

三、国家予算強の支援＝自国民のアメリカ支配下。
四、そして「殺し合継続」と世界各国のお囃子。
五、国外避難者の「諸外国支配下」。
六、最悪の「戦期の長期化狙い」の「チョボチョボ戦略」。
七、中国に対しては米大統領＝焦り。一方、ロシアに対し余裕。則ち彼の中では「戦争は終結済み」。なのに継続。つまり彼にとって戦況はあるが、ウクライナの人々はない。
八、にも拘わらず「ゼレンスキー大統領を世界の英雄」に祭り上げ利用している。
九、そして、欧米は民主主義を看板にして止めようとすらしない。市民はいつも蚊帳の外に置いてきぼりだ。ウクライナ国民はゼレンスキー大統領を排し自分の足で歩け。

（二）
私の文と、それへのＡＩ評価　三〇〇番／四〇九中
我々は権力を持たない一般市民。だから市民らしく、ウクライナでの長兄と我がままな末っ子（バッハ会長、ウクライナ政府を批判「自国選手に制裁」。政治家、我々は目を覚ませ！）の兄弟喧嘩から手を引き、母親（アゾフ連隊で娘さんを亡くされた母の嘆き＝生きていてほしかった）に目を向け、終戦のため、我々の今できること（兄弟喧嘩から手を引く）をしよう。

冷たいようだが、世界の優しさは、戦いでの殺し合いに繋がっている。私が「兄弟喧嘩では？」と疑い始めたのはゼレンスキー大統領のロシア市民への「反戦に立ち上がれ」の呼び掛け。その結果を想定すれば、普通の人は言えない。

でも彼は一切ためらわない。これはもう兄弟喧嘩としか言いようがない。ロシアは、スポーツ関係で繰り返し薬物違反をする。ゼレンスキー大統領は、他人の褌で相撲を取ることを自分の権利視する。自分の行為の世界中の無関係者への迷惑を一切考慮しない。この姿勢はロシア大統領と同類。同じＤＮＡです。

追記

後に「装甲車をロシア軍に売るウクライナ兵（ロイター：二〇二二年四月一四日）」を知り正しく「兄弟喧嘩そのもの」と思った。各国は即手を引くべきだ。

（三）

私の文と、それへのＡＩ評価　三四四番／五五一中

ゼレンスキー大統領は、蘇生不可の四百名余を選び、停戦合意を反古にして自国民の死、破壊、そして、全世界を戦争に巻き込む。そして、民主主義国家は俳優の下僕へ。「世界は何も見えないのか」だ。世界が「悪の権化」とするロシア大統領「自己の面子より死回

避」を選びました。はるかに「大人だ」。

しかし、人々は「私企業＝金」が優先するのに、それを一切考慮せず「ワグネルは『どこでもドアー』がある」ごときにアレコレ推測する。翻って最初に「反乱を起こしたのは米議員」さすがだ。世界平和が優先なら「貫くべき」だったがあっさり白旗上げた。

一例として、心の自由度、日本人とロシア人どっちが大？　ロシア人大、日本人小。理由。借金してでも、戦争に税で加担するが、誰も反旗を揚げない。今も「天皇陛下万歳」と、どこが違う？『静かなドン』の主人公、妻以外の女性と逃亡。ショーロホフ『戦争まで責任はもてない』と。それでやっと「ロシア人は自由人」と逃亡の意味を理解する。ワグネル反旗は、その実例。我々も、思考くらいは自由人になろう。

（四）
AIは見事に、私に「不可」を付けました。恐れ入り谷の鬼子母神。

AIの情報集積は得意中の得意で、私など遠く及びません。

しかし、率直に言って、AIの選ぶ上位文は「銀行筋」ではなく「Jの従業員」＝「ゼレンスキー善。プーチン悪」の文が並びます。つまり、そういう情報集積の使い方をする。

「戦争まで責任はもてない」ショーロホフ。

この情報は、そんなに特別なものではなく、当然ゼレンスキー大統領もＡＩも知っているはずです。

だのに、なぜゼレンスキー大統領は戦争を選び、民主主義を看板にして戦い継続応援文をＡＩは上位に選ぶ？

同じく以下は、特別な情報ではない。
・〇二年五月二八日、プーチン大統領が「ウクライナは独立国だ。自らの平和と安全保障の道は自ら決める」と発言した。
・同大統領が、「ＮＡＴＯの範囲が一九九七年以前の状態に戻ること」を求めている。
・イギリス女性が、「日本兵の前で全裸になること」。「遺体は〝一千人以上〟暴行、レイプ……カナダ寄宿学校の闇～」＝既述の通りウクライナ侵攻の真犯人は、欧米とも言えること。
だのにＡＩは、なぜ「Ｊの従業員の文」を上位に選ぶ？

ＡＩ（及びゼレンスキー、そして欧米）は、未然防止（＝予測）力ゼロ。四百余名より何万もの死と破壊を選択、あるいは選択し続ける。なぜ？

ＡＩ（及び全員でないまでも専門家）は、「本当のこと」より「希望的幻想」で選ぶ。私企業なら当たり前過ぎるほど当たり前のこと「ワグネルの金を追え。真実はそこにあり」ではなく、「プーチンの崩壊への希望的観測」に心を寄せる。ＡＩらしくない（そういう文を選ぶということ。もっともＪの従業員選びだから当然そうなるのだが）。

「Ｊの従業員」選びだから、「領土侵略？　なめたら、いかんぜよ。武器を取れ！」となる。つまりはゼレンスキー、欧米と同様。だから「ＡＩは必ず戦争を選ぶ」。

ＡＩは「私のナビと同じ」かな、と思っています。

私のナビは、「自分がこうだ」と決めた道しか誘導しない。知らない土地を走るときは、何も知らないから「ありがたい」と思う。しかし、家の近くを走るときは、「ナビはなんて『融通の利かないおバカさん』。『いいかげんにしてくれ』」と思う。
・パイプライン破壊は、「ロシア」としていながら、実際はアメリカ承知のゼレンスキーで、にも拘わらずドイツに武器供与を迫る。この時点で、普通の人は思考回路が故障すると思うけれど、「ウクライナ、ロシアは打ち方やめ」ではなく、輪をかけて、ドイツを含め「復興会議を開き五七兆とやらの算段」をしている。
つまりは、私のナビと同じで、ＡＩ、日本を含めた、ウクライナ、ロシア、欧米、は、融通が利かず、ただひたすら自分の決めた道しか走ろうとしない。

ＡＩが「Ｊの従業員」を選ぶのであれば、それはもっとも「民主主義」に即した「ツール」。つまりは、もっとも多いものの集合体をＡＩが選ぶからです。だから、「民主主義国家では政治家、法関係者、決まりきったことを決まりきったようにするしかない行政担当は要らない。一日も早く、全部ＡＩに任せればいい」と、本気で思っています。

（五）

ＡＩへの反抗をＡＩはどうする？

既述の通り「偉そうに、あなた方ＡＩは、単に『趣味に没頭しているだけ』ではないか」。さらにＡＩの問い掛けに「無言」あるいは、質問を無視して「自分で問題を出し、それに答える」。そんなとき、場合により人間は『優』をくれるが、ＡＩも『優』くれるのか。つまり神＝自然科学とするならば、ＡＩに興味を持つ研究者は神の服従者。よって彼らは、神に「人間の尊厳を懸けて逆らう人種」じゃあないことになる。もしそうなら、研究をやめるはずです。従って彼らは「趣味没頭人」。

これからは「人間の尊厳を懸けて神に逆らった」世界を作れるかどうか。

なぜか。「愛の無機質化の解消」。「環境破壊の解消」は、それしか解決策がないからです。

さらに「超スマート社会、Ｓｏｃｉｅｔｙ５．０」つまりは、「安倍内閣」の「白々しい『あるべき姿』を追い求める政治家群」はＡＩへの下僕宣言でしかない。

（六）

これまで述べてきたことより「どう向き合うか」？

新聞に、どこかのＮＰＯが、中学でＡＩを教える取り組みをしている、と報じていましたが、それは余計なことだと思う。

なぜなら、

一、抽象力ゼロのものを教える必要などない。

二、ＡＩ云々は既述の通り、我々の心の有り様が「現状のまま推移する」という無意識の前提に立っている。

（七）

以上の諸点から私の結論。

「ＡＩを避ける必要もないが、教える必要もない。ではどうするか。どうするかは、既述のように企業人が決めればいい。ただ、ＥＵはその規制に乗り出しているようなので、それはその都度、必ず教える」です。

追記

ある文を投稿して「また、不可だろうと思っていたらなんと三四九中三六番目。ビックりしました。

ところが、一日たつと、なんと四六四中三七九番目になっていました。つまり、一日で「不可の我が指定席」に戻ったというわけです。訳が分からないまま、また一日置いて見てみると、いいね＝四二　ブー＝四三五．でした。これが、多分「不可」になった要因だと思っています。（これは、ＡＩというよりはプログラムを組んだ方がそのままＡＩになっていたという方がよいかも知れません）。だから、少なくとも、現時点でＡＩを利用しようとする時の心得ておくべき重要点は「ＡＩは人の顔色を見てコロコロ心変わりがする」と言うことです。

ということは、Ｊの従業員しかいなくなり、判断をＡＩに委ねるといつか会社は、消えてしまうということです。将来はともかく、現時点では、処理はＯＫ、判断は人間がする、と言う風にした方がよいのかもしれません。少なくとも福祉関係の判断をＡＩに委ねるのは避けた方が良いのではないかと思います。

但し、これは、私が試したＡＩ限定の評です。

二〇二三年六月二〇日

ジャニーズ事務所から見える日本の景色

●マスコミの役割とは？

（一）

「劇団出身の俳優さんは、ちゃんと年を取る（大人になる）のに、ある芸能事務所所属のタレントさんは、一例だけを除いて、全員年を取らない。それがずっと不思議で仕方がなかった。

その年を取らないタレントさん方が、結構ドラマの主役を張っている。しかし、正直言って私は見る気になれないでいた。

そんな折、たまたまその中の一人がテレビで「雰囲気でやってきた」。「今も、雰囲気を大事にするし、それが好き」と。ちょうど同じ頃、韓国の人気グループが休止をするという、そのリーダーは、そうする理由として「十年やって成長がない」と発言した。

「雰囲気の中で生きる」というのも、それなりの理由付けではあるが、韓国と比べてちょっと寂しい気がする。と同時に、やっと私の長年の謎が解けた。だが、本質的問題は、その番組に出ていた高名な演劇関係者が、同じ番組に出ていた別のタレントよりは（場合によりけりだと思うが）歳をとらないタレントを「選ぶ」と言う。このことかもしれない。

さらに、そのグループが解散するとなると、涙を流す女性も現れる。率直にいって、芸能界はどうでもよく、国の競争力のことを言っているつもり。企業連合国家にとって、それが生命線だからである。

まさか、秋本真利議員同様、一年前、こんな騒ぎになるとは夢にも思わなかった。

（二）

最近になってようやく「その場の雰囲気に合わす」の「本当の原因」に、「なるほど」と、うなずいています。事務所がそういう事情を抱えていれば、年を取るどころではなく、事務所内では「心の平静を、どう保つかということで精一杯。周りの人も、それに触れることはタブーだっただろうし、その場の雰囲気に合わせるしかなかった」ということだったのかもしれない。

（三）

里見浩太朗さんは、好きだという俳優さんではないけれど、先日、たまたまサンテレビでチャンバラものを見た。何と、里見さんは背中でも、ちゃんと剣を構えておられた。もうビックリ。

（四）
大森一樹監督が仰っていた（わが心の自叙伝）のですが、ヤクザ映画を撮るとき、大部屋の俳優さん方が、ズラリと居並ぶ場面に「圧倒された」と。

（五）
先日テレビを点けると、豊川悦司さんが映っていました。

ズボンのポケットに両手を突っ込み、ただ単に壁にもたれ掛かっているだけ。だが私は、その存在感に満足。「豊川悦司を見た！」でした。

（六）
これまた、テレビで何かの映画に十八代目中村勘三郎さんが出ておられた。見た瞬間「天才だ」と思った。笹野高史さんが『神戸新聞』の「わが心の自叙伝」で書いておられたのですが、勘三郎さんは十九歳の時、笹野さんなどの舞台を見て「いつか一緒にやりたい」と思われたそうです。

笹野さんは「ドキドキ」だったそうですが、実際後に勘三郎さんの歌舞伎の舞台に立たれた。評判は良かったそうですが、ある劇評家が笹野さんの起用について批判的だったことに対し、勘三郎さんは即その劇評家に抗議され「今後一切取材には応じない」と宣告されそれを貫かれたそうです。

十九歳で共演したいと思い、自分を貫かれたことといい「天才は生涯天才」。そう思った。

（七）
「雰囲気を大事にする」というタレントさんと、同じ事務所の有名な方が武者行列で馬に乗り颯爽と行進。なるほど「カッコイイ」。と思いつつ、目が勝手に腰に行きました。途端、ギョギョギョギョのギョ。なんとそれは蒟蒻。もうビックリ。続く馬上の俳優さんの腰はチャンと腰でした。

（八）
若手の監督さんが、時代劇を撮るに当たって、諸先輩方の時代劇を二〇〇本見られたそうです。そして、やはり「圧倒された」と、仰っていました。感性は失われてはいない。ただ、目覚めさせられていないだけ。

（九）
以前なら、監督さんが指摘されなくとも、大部屋の俳優さん方から「腰はこうしろ」と実演してもらえただろうに。関係者が「雰囲気タレント使う」では、それも無理か。

（十）

記者会見のお陰で、両者の比較が可能だった。（その放映の範囲内では）被害を訴えられた方々（※後述一）は、チャンと「大人の存在感」としてテレビに映っていた。

それでも、既述の通り、解散となれば涙を流し、その事務所のタレントさんは、映画に、テレビに、コマーシャルに引っ張りダコだ。

つまり「ジャニーズ事務所＝私たちの顔」だ。

（十一）

幸い、里見浩太朗さん、笹野高史さん、豊川悦司さんはおられる。

眠っている感性を呼び戻すべし。

誰が？

自由人＝マスコミ、学者先生、評論家、小説家。パンを作らず、道義的責任以外全て免罪。それでも、飯の食える人は、全部自由人（例えば、学者先生は、どれほど麻薬生徒を輩出しようが警察に引っ張られることはない）。

日本の政治家は支持できない？　そうではなく、自由人の凋落が全ての原因。「彼らの唯一の責務＝誤謬の権力を引き下ろすこと」ができていないからだ。勉強のし過ぎで、知った事柄に雁字搦めになり動けなくなっている。それが自分の仕事と勘違いしている。街に出て我々を正しい方向へ導くのが彼らの仕事だ。

沖縄有事が目前と言うのに何をした？　解説ばかり。

例えば、安倍政権の源泉の一つは票の配分。先生方は、その最長政権に何を挑まれた？三人の自殺者阻止に何をされたか？　だ。極端な言い方をすれば「自由人が、自由人の役割を果たしていれば、あんな不幸はなかったのではないか」と思われる。

（十二）

にも関わらず、マスコミは「〇〇テレビは当事者が被害者の救済と人権侵害の再発防止をどう着実に進めていくのかを見て適切に対処します」などと言う。

上記は、「これまで通り同じ過ちを繰り返します」と宣言しているようなものだ。

なぜなら、「私たちは『本物でないものを、本物でないものとして排除する、あるいは本物に育てなかった』という『本当の原因』に、今もって全く気づいていない」からだ。

「福島県ＴＯＫＩＯとの連携継続　〝寄り添い続けてくれた〟（ＮＨＫニュース・防災　二〇二三年九月一五日）」。「ジャニーズ」であろうがなかろうが、どうでもいい。そういうことなんです。マスコミさん。経団連会長さん（※後述二）。
ちなみに、初めに述べた「一例だけを除いて」の一例は「ＴＯＫＩＯ」のことです。

（十三）
結論。
ジャニーズ事務所から見える日本の景色＝「日本の凋落は自由人の凋落が原因」

※後述一
告白された方々は、すごいと思う。頭の下がる思いです。
ところで、ジャニーズ事務所での出来事から、我々は具体的に何をしたらいいのか。
一、既述の通り、女性については小学校一年から空手を必須とする。
二、もし親御さん（特に父親は、そういう認識が薄いと思われるので）に、そういう認識がなければ、これを機会に、十歳くらいから「我が子が、いかにもオッサン」になるまでそういう認識を持って見守る。相手は何に興味を持つか分からない。だから、美形かどうかは関係ない。
三、先生方は十歳くらいから、年に数回ホームルームの時間で「まず逃げ方」。次いで「笑い方、及び泣き方」についてグループ実践をやらせる。つまり「磁場から離れる」。

「その気の相手の気分をぶっ壊す研究」。これ案外子供は、わいわいがやがや乗ってくれると思うけど。

四、男女を問わず、女性に襲われる場合もあるはず。どう対処するのか？
当事者が独身とは限らないから、やっぱり二と三で避ける方がいいと思う。

私たちができそうで、今、思い浮かべられるのは、これくらいです。

五、「自由人の凋落」について「どうするか」は、「自由人の方々」で考えてください。私の答えは、既述の通り「（スポーツ同様）実相の中で育てる」。つまり「企業は中卒か高卒で採用し、大卒以上からは採用しない」です。

六、また、このことに拘わるのは、「全ての行為は、美意識が決める」という私にとって、「ジャニーズ事務所問題」＝「日本国力の凋落が、深く静かに進行していた」でもあるからです。

※後述二
経団連会長〝タレントが活動継続できる対応も検討を〟
ジャニー喜多川氏の性加害の問題を受けて、企業の間で、ジャニーズ事務所に所属するタレントとの関係を見直す動きが広がっていることについて、経団連の十倉会長は「タレントは、ある意味、被害者であって、加害者ではない」と述べ、タレントが活動を続けられるような対応も検討すべきだという考えを示しました（ＮＨＫニュース　二〇二三年九月一九日）。

二〇二三年八月一〇日

広末さん、猿之助さんのこと、他

●デジタル禅問答

（一）

浮気をする人、神さんは、その人が家族や子供のことを考えて行動するように創ってはらへん。心神喪失というが、心神喪失などなく、頭で考えて行動する我々への肉体の復讐。広末さん、猿之助さん、ましてやその家族の方々が、我々にどんな害を与えはったと言うのだろう？

にも関わらず、重罪を、マスコミは課す。

「その人の美意識が、その人の人生を左右する」とするならば、「研ぎ澄まされた頂点にある『完成された我が美意識』を守るため、尊厳を懸けて『死』を選んだ」と言うことになるけど、気の毒に。

同様の「美意識」から、マスコミは『マスコミの尊厳を懸けて、書かない』という選択肢は、なかったのだろうか？

そう言えば、以前、テレビで、中村敦夫さん主演の、記者ものがあり、そのドラマの中味は「取材はするが、結局、毎回、それを没にする」というものだった（この主人公なら、きっと、匿名で所属事務所に「かくかくしかじか」と告げ、記事は『没』にしただろう）。

（二）

今は「お笑いタレント全盛期」。

この二つだけの比較からは、「日本沈没」と言ってもいいように思う。

「俺はこれをやらない」＝「人間が人間の尊厳を懸けて人間に逆らう」。ほんの最近まであったのに。どこへ行ってしまったのだろう？

同様に、沈没前の人は「私は古い人間」（↑T社長）。「それが私の限界」（↑山田監督）。

また、私の記憶では、国会で、加藤紘一さんが「禅問答」のような質問をされた。

それらの方々の前では「恐れ入ります」と、ただただ「ひれ伏す」だけです。

結局、ここでの「日本沈没＝内省の喪失」。テレビで見る限り、さまざまな事件の当事者に、一昔前までの「『罪を犯した』という『罪悪感』はあるのだろうか？」と思ってしまいます。

一つは、私の場合は、既述の通り「I地区の皆から『お前はえしこい』と言われたくない」があった。

一方、不特定多数のスマホに、毎日のよう誘引文を送りつける発信者に、果たして「達成感」以上の「罪悪感が生まれるだろうか」です。

先日、四十九日の法要に行った。

「一時間半ほど掛かる」とのこと。

読経が始まる。何を言っているか、さっぱり分からないまま。でも、いつも不思議なことに、意外と退屈しない。が、時間が過ぎるにつれ、突然「おじゅっさん（お坊さん）、ウクライナのこと、いろいろな事件のこと、どう思ってはるのやろ」と浮かんできた。

心のどこかで「これって、おじゅっさんの担当と違う？」と思ったのだと思う。

とはいえ、今は檀家も少なくなり、それどころじゃあないだろう。重石としての自然に期待できないし、村の無言の掟もないし、結局「法と週刊誌」しか、心にブレーキをかけるものがない以上、渋々「日本沈没」ではなく、これが「デジタル社会」として受け入れるしかないか。

おじゅっさんのお経を聞きながら、ぼんやり考えた。「大変だ！」

では一体、我々が「大変だ！」に対して、何をもって行動規範とすべきなのだろう。

二〇二三年七月四日

身近に見る人間の行動規範

●日々思うあれこれ

（一）

先日、散歩の途中、一歳半くらいの女の子が、その数歩先を行く振り返ったお母さんらしき女性に向け、道路にでんぐりかえって泣き叫んでいました。少し離れた所にいた、その子の兄と思しき五歳ぐらいの男の子が、スーと近づき、自分の持っているお菓子を泣き叫ぶ女の子の口に、サーと入れました。

するると、女の子は泣き止み、立ち上がりお母さんの所へ駆け寄りました。でんぐりかえる子、スーと近づく子は、男の子であったり、女の子であったり、まちまちですが同じような光景を何度か見ています。

（二）

公園で、いきなり「チンチンが『気を付け』した」の声あり。ふと振り返ると四歳くらいの男の子が、母親らしき女性に向かって叫んでいました。そして、その男の子の前では、野良犬が「交尾」していました。

（三）

午前一〇時に会う約束で、その場所に待っていた。かれこれ三〇分が過ぎても相手が現れない。で、受付へ行き「まだですかねえ」と言うと「伝えていますので、今しばらくお待ちください」とのこと。さらに一〇分。やっぱり現れない。だんだんイライラしてくるも、現れない。さらに一〇分待つも来ず、立ち上がり爪先立って、来そうな方向を覗き込むも、姿は見えない。怒り心頭。

そして一〇分。ようやく現れた背のスラッとした女性は、「すいませんね。ほな行きましょか」と私のやや後ろにまわり左手を、私の右肩にそっと置き、これから行く方向へ私を優しく押す。

怒り心頭、のはずなのに、私は「大変ですね」と声掛けをするため「夜勤あるんですか」と尋ね「たまにあります」の返答に、予定通り「大変ですね」と返す。

男を、とっくに卒業した私と若い看護師さんの寸劇。これはもう私というより、きっと生まれ持った、私に宿る「神さんの演出」に違いないと思った。

（四）

Ｉ地区では、どこでも鶏を飼っていて、卵の他、何かのときのご馳走としてそれを絞めていました。それはＩ地区の子供にとっては、身近なものではあったけれど、やはり、どこかに気持ち悪さがあり、鶏さんにも申し訳なさがありました。

そして、その感情は、慣れていくものでもありませんでした。だから、ジビエに関し猟師さんが「一片たりとも無駄にできない」と言われる気持ち、子供の頃から感じ取っていた（死への畏怖＝神から授けられた抑止力）と思います。

私は、幸いなことに、戦争の経験がありません。

庭いじりなどしているときに、大急ぎで逃げ惑う害虫を見つけると、何もかもが吹っ飛んで「こん畜生」と必死になって追っ駆けまわし「潰し」にかかります。

戦時は、そういうことなのかなぁ。

ただ、「人間は悪の強さに耐えられるようにはできていない」は、「一対一で向き合う」、ここまでかもしれない。集団での、武器を用いた敵対では「耐えるべき悪の限界がなくなる」のかもしれない。さらには、もっと間接的な戦いでは「神の与えた死への抑止力」は、消失するかもしれない。そうだとすれば、科学技術の進歩と相まってゲームへと変化するに違いない。

つまり、これからの戦争は限りなく「ゲーム」に近づき「神の与えた抑止力外」となってしまう。そして、その「ゲーム＝現実」と認識される。そうなると「武装による抑止力」ではなく、「戦争はやらない」とするしか防ぎようがないということになる（※後述一）。

（五）
たまたま、何かのとき、小学校四年生の男の子が「ゾロ」が好き、と言っているのに甚だしく感じ入り「今日日の子も渋いじゃん」と思った。

（六）
ある社長さんが、長年勤めている古参の従業員が、「いつまでも借家住まいは、風が悪い」と言って自分が保証人になり新築マンションに住まわせた。

（七）
―継投ピタリ　虎逃げ切り　四‐二の八回一死二、三塁。三日連続で登板した加治屋は「こういう場面で起用してもらって嬉しい。どれだけ連投が続こうが、勝つために腕を振るだけ」（『神戸新聞』朝刊　二〇二三年七月三一日）―

（八）

中日でヘッドコーチをされた伊東勤さんが、通算二千安打を達成した大島選手のことを書いておられた。大島選手を中心におき、遠くから近くから四六時中寄り添っておられた姿が伺える。競争世界だから、実体遊離は許されない。だからこそそういう風になるのかなぁ（『神戸新聞』夕刊「マスク目線」二〇二三年九月六日）。

前記から、それが生活と結びついて、不文律に我々を、誘引する場所＝「（I地区大人の決まり＝）I地区少年団の決まり」はもうなくなり、今は「法と、傲慢なマスメディア（T社長の言葉）」がそれに代わっている。

そうではなく、人が感じられる距離で実体を通して、神から授けられた、ありのままの自分に宿るものが行動基準になる集落。結いの村ではそうしたい。

競争に勝つことが、全てに優先される野球界で、なぜか「持って生まれた感性が生きている」と感じる。同様のものを社長さんにも感じます。

学問や研究で生まれたものではなく、神から授けられた感性で行動基準が成り立っている「企業連合国家」を、ぜひ試みてほしい。

※後述一

一

日本の現状。

私が、ネットで知った結果は、次の通り。

㋐沖縄戦から七十八年間、沖縄におんぶにだっこ。自治会のゴミ当番を七十八年間やらされ「交替してほしい」と訴えても、総会で否決（＝最高裁判決）。「法治国家だから従え。ウクライナを見よ！（※後述二）」派↓一一〇／一二三＝八九・四％

㋑七十八年間はひどい。既述の通り「ウクライナは米脚本、監督の『戦争ごっこ』。だから、少なくとも、今我々ができることは米脚本、監督の『戦争ごっこ＝台湾有事＝沖縄有事』は、『不参加』しか防ぎようがない」派↓一三／一二三＝一〇・六％

端っから狙って試みたわけではありません。たまたま、それらしい数字を拾っただけ――前記二項目、及びウクライナ、郭台銘さん（※後述三）を絡めた一文で、ネットに投稿しました。それに対し「いいね」が一三で、「ブー」は一一〇でした――。

二

「新」九条論

既述の通り、「新」とは言っても、「新」などなく、あるのは「現状に合うよう荷車に乗って我々を移動させる」だけ。

㈠、「『神の与えた抑止力外』の『戦争ごっこ』というゲーム」を選び、「人間の考え出した『壁を構築し集団の武力という抑止力』(『蛸と演劇は血を荒らす』)」に向かってひたすら突き進む。

何のことはない。政治家先生は、手前勝手な「正義の看板」を引っさげ「やられたら、やり返す(力の抑止力)」と「ヤクザの出入り」を大真面目にやっているだけ。

㈡、「神の与えた抑止力をなくした以上、その殺戮が止まることはない」。だから「戦争はやらない」と決めるしかない。

それに向かって「暴走をもたらした張本人=科学文明」の「浸透力」をひたすら信じ、パンだけの条件で各国と交渉により折り合う。

㈢、前記の二項目のうち、前者を選ぶか、後者を選ぶか。

企業人は「企業活動の阻害要因である(前者)」ではなく、常日頃そうであるよう「交渉で折り合う」後者を選ぶだけ。

そこに「正義や悪や歴史や主義等々」はない。あるのは、ただひたすら「パン=目の前の日々の生活」だけだ。

㈣、企業界では領土の侵略は日常茶飯事。その侵略に対し「国も正義も悪も、敵も味方も」ない。折り合いをつけるだけ(※後述四)。ましてや「ヤクザの出入り」などあろうはずがない。それがロシアでも、中国でも、アメリカでもNATOでも……でも、今我々の住む、これが本当の現実の世界だ。

そこでの判断基準は、政治家のように「看板（作り上げられた『あるべき世界』）」ではなく「従業員を背負った自分（主として社長）」。郭台銘さんの発言は、「その世界で生き抜いた」という「確信」あっての言葉だと思う。

㊄、「『新』九条論」

ここでも結局「企業連合国家」とならざるを得ない。

※後述二

一、「三権分立に賞味期限」あるのかなぁ。

企業人からすれば、「賞味期限のない商品」などない、というよりは自ら賞味期限に追い込んでいる（新商品開発）からです。後生大事に「三権分立」などと言っておれない。なぜなら「会社が潰れる」からです。

沖縄からすれば「法に従え！」と政府にお墨付きを与えるのであれば「（沖縄戦争含む）七十八年間のゴミ当番の理不尽さも一緒にさばいてもらわないと、やりきれない」となるだろう。

例えば「㋐（三六五頁）の八九・四％の皆さん、本日をもって、普天間基地の受け入れ先を辺野古沿岸域から、あなた方の県などに移設することを最高裁の決定とするとともに、本日以降七十八年間ゴミ当番をすること」。「よって即準備にかかってください」とでも言ってもらわないと納得がいかないだろう。

現状は「これはこれ。それはそれ。ワシャ知らん」。切ないねぇ。何も起こらなければいいが……（※後述五）。

二、「三権分立に賞味期限」が、来ているのなら、どうするねん？

㈠
以下は「結いの村」よりの抜粋。
・昔、I地区は、近所の揉め事は、隣保長さんが裁いていた。それで収まらなければ、区長さんだった。
・決め事を作れば窮屈だ。できるだけ決めない方がいい。
・弁護士不要。
・そこに住む人たちが、あまり細かいことは決めず、暮らしやすいようにすればいい。
・机上の空論はいらない。有識者ではなく、肌感覚でできることを精一杯するだけ。

㈡
それ以外
・一番手っ取り早いのは、既述の通り「中国の核の傘に入る」。貧乏な日本には最適。

・本稿一～八＝「神から授かった感性」からすると、「四六都道府県の知事さんが相談して一年以内に沖縄以外の受け入れ先を決める」となる。神さんが、へそを曲げはると、何しはるか分からんので、そうしはった方がいいと、私は思うけど。

㊂

結論。

・理屈を言えば、お互いキリがない。だから、小難しい理屈はどうでもいいので、「神から授かった感性」で普通に、実状熟知の当事者同士が話し合って妥協する。

今のところ、これくらいです。

※後述三（一部再掲）

［ロイター　台北二〇二三年八月二八日］—台湾の鴻海（ホンハイ）精密工業の創業者、郭台銘（テリー・ゴウ）氏は二八日、来年一月の総統選に無所属で出馬すると表明した。

その中で、

一、台湾を第二のウクライナにはしない。

二、「企業家による政治の時代」に入った。

三、自身の資産を犠牲にする用意がある（「『言うことを聞かなければ、ホンハイの財産を没収する』と中国が言うたら、私は『はい、どうぞ』と答える」 二〇二三年八月二九日 NHKニュース おはよう日本）。

四、「私は中国の支配下にあったことは一度もない」とし、「彼らの指示には従わない」と。

この決意を前にして、他人が「あんさん、喧嘩して、ウクライナになりなはれ。応援します」と、「彼らの尊厳を根こそぎにする」ことなど、できる訳がない。しかも「沖縄のウクライナ化付き」で。

政治家先生は、何を考えておられるのか、サッパリ分かりません。

現役の会長さんや社長さんは無理なので、一線を退かれた企業人の方々、「沖縄戦含む七十八年間のゴミ当番は、気の毒」と思われたら、郭台銘さんと共に「台湾、沖縄のウクライナ化回避は『有事不参加、話し合い』しかない」と声を上げてもらえませんか。これなら、今すぐ、四兆四千億円（※後述六）を使うことなくできる。よろしくお願いします。

※後述四
「象印のオーブンレンジ好調。対立した中国大手と共同開発（『神戸新聞』朝刊 二〇二三年九月一四日）」。

一方、政治家は、特に男は、「戦争ごっこ」が大好きで、すぐそれに酔っ払う。では、なぜ「ゴッコ」に酔えるのか。彼らは「選挙」という「手に取ることのできない紐」で我々と結ばれるが故に、「どうにでも遊泳可能」となる。しかもマスコミは、無責任に「ゴッコ」を囃し立てる。政治家が増長するのも無理はない。

政治家と違って、企業人は、従業員の顔と直接的に繋がっている（「子供の頃、感じ取った死への畏怖＝神の授けた抑止力」が働く）。彼らの生活も背負っている。顔を見ながら、生活を背負いながら「戦争ごっこ」など、できるわけがない。「折り合いをつける」以外の選択肢はない。

※後述五
以前、宗教に触れた文（※後述七）の中で「切な過ぎます」と書いて、その七年後、安倍さんの事件が起きたので。たまたまだと思うけど。

※後述六
「麻生さんの『戦う覚悟』と『若い人たち』へ」の二六五頁（十一）より。米のウクライナへの支援を台湾有事に同額でするとして、米一国はしんどいとするなら、誰が埋め合わせをする？　キャンプデービッドでの方々か？　だから、これはあくまで私の類推の数字

です。

※後述七

「神から『弱い者イジメ』を受け、例えば、宗教に触れ、それを自己昇華させ、新たな世界を知る、ということもあるでしょう。しかし、それは普遍性ゼロではないにしても、きわめて個の限定的世界です。少なくとも生活レベルでの普遍性はないです。生活レベルで、そう言われると、『切な過ぎます』（二〇一五年三月六日記述）」。

旧統一教会は、全てを「生活レベル」に落とし込み、関わった方々は、全員かどうかは分かりませんが、傍目には、とても「切なく」感じます。

既述の「生活レベルに落とし込んでくるものは『偽物と思え！』」と、「そのことを『義務教育段階』で教えるべき」は、この記述からです。

「触らぬ神に祟りなし」。偽物には「近づかないのが一番」だと思います。

二〇二三年九月七日

納税で儲かる制度など断じてあってはならない

初めに、ふるさと納税について詳しくは知りません。と言うより「ふるさと納税」をなんとなく「胡散臭い」と感じていて「端っから関心がありません」でした。
だから、以下の数字は見当外れかも知れませんが、一応思うところを記述してみます。

一
業界別平均粗利率（返礼品は色々あるけど小売を例とします）。
◎小売業：三一・二％（※総務省統計局：中小企業実態基本調査　令和二年確報）。
◎（一四四・九－一〇〇）／一四四・九≒〇・三一
◎役所は、当然卸値で仕入れていると思う。一方我々は商品を売値でしか評価できない。
だから売値で考えるべきだと思う（もし、役所が売値で仕入れていれば職務怠慢）。

二
◎ふるさと納税利用者　八九〇万人
◎総務省発。令和四年度ふるさと納税総額九六五四億。前年度比一三五一億増。

◎平均寄付金額
一〇二六六六円（ふるさと納税ガイド　二〇二三年八月四日更新）

三
◎八九〇万×二〇〇〇円＝一七八億
◎九六五四億－一七八億＝九四七六億
◎九四七六億×〇・三×一・四九九≒四二六一億
◎四二六一億÷八九〇万人－二〇〇〇円＝四万五八七六円（利用者一人当たり儲け額）
※四五八七六÷一〇二六六六＝四四・六八％（売値ふるさと納税者一人当たり儲け率）
◎九四七六億×〇・三＝二八四二億。二八四二億÷三一五億＝九年（年間の税からの我々の懐へのポッポ額
＝還流金は、全政党の政党交付金の九年分）
◎返礼品三割までOK。故に、仮に私企業で三割還元セールを十五年間もやれば間違いなく全企業倒産。つまり、ふるさと納税＝亡国制度。

四
今のままでは「政治家の顔＝我々の顔」。
だから「我々が自省して身綺麗になる事」と「政治家の裏金問題を糾弾する事」は同時並行でないとおかしい。一方的に政治家をこき下ろすのは身勝手すぎると思う。

五

結論

「納税で儲かる制度＝ふるさと納税＝亡国制度」は廃止。

廃止に伴う「経費五割ＯＫ分」は「減税」へ。

二〇二四年三月一六日

ウクライナ戦争における被爆国日本の役目

一

◎ウクライナ議会〝北方領土は日本の領土と確認する決議〟採択

二〇二二年一〇月八日六時五八分　ＮＨＫ　ＮＥＷＳ　ＷＥＢ

二

右記のように、北方に住んでおられる方々にとっては、他国の領土支配「ＮＯ」で戦っているはずなのに、その当事者＝ゼレンスキー大統領から「北方領土居住者は日本に支配されよ」と言われる。

そして、バイデン大統領はその大統領と結束を確認している。

私の頭では、到底ついていけません。

ゼレンスキー、バイデンに対する裁量は「神さんに委ねる」しかありません。

「神の裁量」は、

①日本同様身の程知らずのゼレンスキーに対しては※核投下（↑「だから何としても避けないといけない」が前回記述の主旨だったが……）。

②一方、その煽り者＝バイデンに対しては「トランプ大統領の誕生」となるかもしれない。

（二は二〇二三年九月二二日記述）

三

◎F16、ウクライナに輸送　近く飛行開始、防衛強化へ　米国務長官

二〇二四年七月一〇日　二二時四七分配信　時事通信

◎〝ロシアの「ハイブリッド攻撃」欧州で激化〟NATO　各国対抗へ

二〇二四年七月一七日　一七時三三分　NATO

四

◎バイデン氏、撤退は「全能の神」が降臨した場合のみ　ABCインタビュー

二〇二四年七月六日　一一時二五分配信　CNN．co．jp

五

一年弱前にバイデン大統領に対して「神の裁量」を求めたことが、まさか、太平洋の向こうで、バイデン大統領自らが「神の裁量」について言及されるとは、夢にも思わなかった。

そのことは、どうでもよく、三で見られるよう、双方が、徐々に戦況の幅を広げていることが気が気でない。

ともかく、戦いをストップにしてほしい。

政治家は無理なので、
以下を、我々が、声を出して言おう。

一）ウクライナに対して「支援は復興のみにしてください」。「復興すべき物件を増やすために、壊す（攻撃用の支援は、その倍返しのロシアからの反撃を受ける事）支援をする金銭的余裕はありません」とはっきり言おう。

二）日本を含めた欧米諸国に、「攻撃用支援」＝「ウクライナ市民に銃口を向け発砲するという『酷たらしい』ことは『即止めよ』」と言おう。

ロシアへの攻撃は、その倍返しの反撃を食らうからです。

もう一つの「神の裁量」①が、ウクライナに降臨する前に！

被爆国だからこそ日本には①阻止の責務がある！

※核事故かもしれない。

二〇二四年七月一五日

了

著者プロフィール

井筒屋 弟二郎（いづつや ていじろう）

出身　兵庫県

為政者は「無報酬、任期五年限定」の企業連合国家で統治を

過疎、介護対応は互助の「結いの村」で。

2024年10月15日　初版第１刷発行

著　者　井筒屋 弟二郎
発行者　瓜谷 綱延
発行所　株式会社文芸社
〒160-0022　東京都新宿区新宿1－10－1
電話　03-5369-3060（代表）
03-5369-2299（販売）

印刷所　TOPPANクロレ株式会社

ISBN978-4-286-25145-5